名家散文
自选集

散文就是同亲人谈心

昔日重现

肖复兴／著

民主与建设出版社

昔日重现

第1辑·昔日重现

第4辑·我们都是小小的土块

第 1 辑 · 昔日重现

父亲和信

　　初三毕业的那年暑假，一天晚上，我已经躺在床上睡下了。父亲走进来，轻轻地把我叫醒。睁开惺忪的睡眼，望着父亲，不知有什么事情，都已经这么晚了。父亲只是很平淡地说了句"外面有人找你"就又走出房间。

　　我大了以后，父亲不再像我小时候那样砸姜磨蒜一样絮絮叨叨地教育我，他知道我不怎么爱听，和我讲话越来越少。初三那一年，我正在积极地争取入团，和他更是注意划清阶级界限，因为他参加过国民党。父亲显然感觉得出来，更是明显的和我拉开距离，不想让自己当成我批判的靶子，当然，更不想影响我的进步。因此，他和我讲话的时候，显得十分犹豫，不知该说什么才好。最后，索性少说，或者不说。

　　我穿好衣服，走出家门，看见门口站着一个女同学。起初，没有认出是谁，定睛一看，是我的小学同学小奇。她笑着在和我打着招呼。我们是小学同学，她是上四年级的时候，从南京来到北京，转到我们学校的。我们同年级，不同班。第一次见面的情景，立刻在她向我挥手打招呼的瞬间闪现。我们学校有几台乒乓球案子，课间十分钟，是同学们抢占案子的时候，每人打两个球，谁输谁下台，让另一个同学上来打。那时候，我乒乓球打得不错，常常能占着台子打好多个回合。那一天，上来的同学，劈头盖脸就抽了我一板球，让我猝不及防，我忍不住叫了声："够厉害的呀！"抬头一看，是个女同学，就是小奇。

小学毕业，我们考入不同的中学，初中三年，再也没有见过面。突然间，她出现在我家的门前。这让我感到奇怪，也让我感到惊喜。看她明显长高了许多，亭亭玉立的，是少女时最漂亮的样子。

她是来我们大院找她的一个同学，没有找到，忽然想起了我也住在这个院子里，便来找我，纯属于挂角一将。但那一夜，我们聊得很愉快。坐在我家旁边的老槐树下，她谈兴甚浓，50多年过去了，谈的别的什么都记不得了，唯独记得的是，她说暑假跟她妈妈一起回了一趟南京，看到了流星雨。我当时连"流星雨"这个词都没有听说过，很好奇，问她什么是流星雨。她很得意地向我描述流星雨的壮观。那一夜，月亮很好，星光璀璨，我望着夜空，想象着她描述的壮观夜空，有些发呆，对她刮目相看。

谈不上阔别重逢，但是，少年时期的三年，正是人的模样、身材和心理、生理迅速变化的三年，时间过得很快，回想起来却显得很长。意外的重逢，让我们彼此都有一种异样的感觉。我们就是这样接上火，令我们都没有想到的是，我们的友谊，从那一夜蔓延了到整个青春期。高中三年，"文化大革命"两年，一直到我们分别到北大荒插队，整整五年的时间，从16岁到21岁。

从那个夜晚开始，几乎每个星期天的下午，她都会到我家找我，我们坐在我家外屋那张破旧的方桌前聊天，天马行空，海阔天空，好像有说不完的话，窄小的房间，被一拨儿又一拨儿的话语涨满。一直到黄昏时分，她才会起身告别。那时，她考上北京航空学院附中，住校，每星期回家一次，她要在晚饭前返回学校。我送她走出家门，因为我家住在大院最里面，一路要逶迤走过一条长长的甬道，几乎所有人家的窗前都会趴有人头的影子，好奇地望着我们两人，那眼光芒刺般落在我们的身上。我和她都会低着头，把脚步加快，可那甬道却显得像是几何题上加长的延长线。我害怕那样的时刻，又渴望那样的时刻。落在身上的目光，既像芒刺，也像花开。

我送她到前门22路公共汽车站，看着她坐上车远去。每个星期天的下午，由于她的到来，变得格外美好，而让我期待。那个时候，我沉浸在少男少女朦胧的情感梦幻中，忽略了周围的世界，尤其忽略了身边父亲和母亲的存在。

　　所有这一切，父亲是看在眼睛里的，他当然明白自己的儿子正在发生了什么事情，又在经历着什么事情。以他过来人的眼光看，他当然知道应该在这个时候需要提醒我一些什么。因为他知道，小奇的家就住在我们同一条街上，和我们大院相距不远，也是一个很深的大院。但是，那个大院和我们大院完全不同，不同的原因，从外表就可以看得出来，它是拉花水泥墙，红漆木大门，门的上方有一个浮雕大大的五角星。这便和我所居住的那种广亮式带门簪和门墩的黑色老门老会馆，拉开了不止一个时代的距离。

　　其实，这一点，我是知道的，每天上学下学，都要路过那里。但是，当时的我对这一点却根本忽略不计。对于父亲而言，这一点，是表面，却是直通本质的。因为居住在那个大院里的人，全部都是解放北京城之后进城的解放军的军官或复员军人和他们的家属。那个被称作乡村饭店的大院，是解放之后拆除了那里的破旧房屋后新盖起来的，从新老年限看，和我们的老会馆相距有一两百年的历史。在父亲的眼里，这样的距离是不可逾越的。不可逾越，从各自居住不同的大院就已经命定。我发现每一次我送小奇到前门回到家，父亲都好像要对我说什么，却又都欲言又止。从那时我的年龄和阅历来讲，我无法明白父亲曾经沧海的忧虑。我和父亲也隔着一道无法逾越的距离。

　　有一天，弟弟忽然问我："小奇的爸爸是老红军，真的吗？"那时，我还真不知道这个事实。我觉得老红军是在电影《万水千山》里，在小说《七根火柴》里，从没有想过老红军就在自己的身边。弟弟的问题让我有些意外，我问他从哪儿听说的？他说是父亲和妈妈说话时听到的。当时，我不清楚父亲对母亲讲这个事实的心理。后来，在我长大以后，我清楚了，我和小奇越走越近的时候，父亲的忧虑也越来越重。特别是在北大荒插队的时候，生产队的头头在整我的时候，当着全队人叫道："如果是蒋介石反攻大陆，肖复兴是咱们大兴岛第一个打着白旗迎接蒋介石的人，因为他的父亲就是一个国民党！"

　　两个父亲，两个党，一个共产党，一个国民党。

　　后来，我问过小奇这个问题。她说是，但是，她并没有觉得父亲老红军的身份对自己是多么大的荣耀。她只是说当时父亲在江西老家，十几岁，没有饭吃，饿得不行了，路过的红军给了他一块红苕吃，他就跟着人家参加了红军。她说的是那样轻描淡写。在当时所谓高干子女中，她极其平易，对我一直十分友好，充满温暖的友情，即使是以后"文化大革命"格外讲究出身的时候，她也从来没有有些干部子女的趾高气扬，居高临下。那时候，我喜欢文学，她喜欢物理；我梦想当一名作家，她梦想当一名科学家。她对我的欣赏，给我的鼓励，表露于我的友谊和感情，伴随我度过青春期。

　　说心里话，我对她一直充满似是而非的感情，那真的是人生中最纯真而美好的感情。每个星期天她的到来，成为我最欢乐的日子；每个星期见不到她的日子，我会给她写信，她也会给我写信。整整高中三年，我们的通信，有厚厚的一摞。我把它们夹在日记本里，涨得日记本快要撑破了肚子。父亲看到了这一切，但是，他从来没有看过其中的一封信。

　　寒暑假的时候，小奇来我家找我的次数会多些。有时候，我们会聊到很晚，送她走出我们大院的大门了，我们站在大门口外的街头，还接着在聊，恋恋不舍，谁也不肯说再见。那时候，不知道我们怎么会总有说不完的话，长长的流水一般汩汩不断，扯出一个线头，就能引出无数条大路小道，逶迤迷离，曲径通幽，能够到达很远很远未知却充满魅力的地方。

　　路灯昏暗，夜风习习，街上已经没有一个行人，安静得像是睡着了一样。只有我们两人还在聊。一直到不得不分手，望着她向她家住的乡村饭店的大院里走去的背影消失在夜雾中，我回身迈上台阶要回我们大院的时候才蓦然心惊，忽然想到大门这时候要关上了。因为每天晚上都会有人负责关上大门。那样的话可就麻烦了，门道很长，院子很深，想叫开大门，不是件容易的事情。很有可能，我得在大门外站一宿了。

　　当我走到大门前，抱着侥幸的心理，想试一试，兴许没有关上。没有想到刚刚轻轻一推，大门就开了。我庆幸自己的好运气，大门真的还没有关闭。我走进大门，更没有想到的是，父亲就站在大门后面的阴影里。我的心里漾起一阵感动。但是，我没有说话，父亲也没有说话，就转身往院里走。我跟在父亲的背后，走在长长的甬道上，只听见我和父亲咚咚的脚步声。月光把父亲瘦削的身影拉得很长。

很多个夜晚，我和小奇在街头聊到很晚，回来的时候，生怕大院的大门被关闭的时候，总能够轻轻地就把大门推开，看见父亲站在门后的阴影里。

那一幕的情景，定格在我的青春时代，成为了一幅永不褪色的画面。在我也当上了父亲之后，我曾经想并不是每一个父亲都能做到这样的。其实，对于我和小奇的交往，父亲从内心是担忧的，甚至是不赞成的。因为在那讲究阶级讲究出身的年代，一个共产党，一个国民党，他们的水火不容，注定他们的后代命运的结局。年轻的我吃凉不管酸，父亲却已是老眼看尽南北人。

只是，他不说什么，任我任性地往前走。因为他不知道该如何说，他怕说不好，引起我的误解，伤害我的自尊心，更引起我对他的批判。更重要的是，他知道说了也不起什么作用。两代不同生活经历与成长背景的人，代沟是无法填平弥合的。在那些个深夜为我等门守候在院门后面的父亲，当时，我不会明白他这样复杂曲折的心理。只有我现在到了比父亲的当时年龄还要大的时候，才会在蓦然回首中看清一些父亲对孩子疼爱有加又小心翼翼地心理波动的涟漪。

1973年的秋天，父亲脑溢血去世了。那时，我在北大荒插队，赶回北京奔丧。父亲的后事料理停妥之后，我打开我家那个黄色的小牛皮箱。那里藏装着我的看家宝贝，父亲的工资、所有的粮票布票邮票等等。我想会不会有父亲留给我的信，哪怕是只写几个字的纸条也好。在小牛皮箱子的最底部，有厚厚的一摞子信。我翻看一看，竟然是我去北大荒之前没有带走的小奇写给我的信，是整整高中三年写给我所有的信。

望着这一切，我无言以对，眼前泪水如雾，一片模糊。

2015年5月29日于北京

独草莓

姐姐家在呼和浩特，她住一楼，房前有块空地，种着一株香椿树、一株杏树和一株苹果树。退休之后，姐姐把这块空地开辟成了菜园。翻土，播种，浇水，施肥……每天乐此不疲。姐姐一辈子在铁路局工作，年年的劳动模范，局里新盖了高层楼，分她新房，面积多出三十多平方米。她不去，舍不得她的这片菜园。孩子们都说她，如今，一平方米房子值多少钱？你那破菜园能值几个钱？却谁也拗不过她，只好随了她。

我已经好多年没有见到姐姐了。今年，是姐姐的80大寿，说什么也要来看看姐姐。想想63年前，1952年，姐姐17岁，就只身一人来到内蒙古，修新建的京包线铁路。那时候，我才5岁，弟弟两岁，母亲突然逝去，姐姐是为了帮助父亲扛起家庭的担子，才选择来到了塞外。姐姐每月往家里寄30元钱，一直寄到我21岁到北大荒插队。那时候，姐姐每月的工资才有几十元钱呀。姐姐说起来当年她要来内蒙古前离开家时，我和弟弟舍不得她走，抱着她的大腿哭的情景，仿佛岁月没有流逝，一切都恍若目前。

来到姐姐家，先看姐姐的菜园。菜园不大，却是她的天堂，那里种着她的宝贝。特别是姐夫前几年病逝之后，那里更是她打发时光消除寂寞的好场所。菜园被姐姐收拾得井井有条。丝瓜扁豆满架，倭瓜满地爬，小葱棵棵似剑，韭菜根根如阵，西红柿、黄瓜和青椒，在架子上红的红，青的青，弯的弯，尖的尖……忍不住想起中学里学过吴伯箫的课文《菜园小记》里说的，真的是姹紫嫣红。这么多的菜，吃不完，送给邻居，成为了姐姐最开心的事情。

菜园旁，立着一个大水缸，每天洗米洗菜的水，姐姐从厨房里一捅一捅拎出来，穿过客厅和阳台，走进菜园，把水倒进水缸，备用浇菜。节省一辈子的姐姐，常被孩子们嘲笑，而且，劝她说现在菜好买，什么菜都有，就别整天忙乎这个了，好好养老不好吗？姐姐会说，劳动一辈子了，不干点儿活儿难受。想想，在风沙弥漫的京包铁路线上餐风饮露，这是她念了一辈子的经文，笃信难舍。再想想，人老了，其实不是享清闲，而是怕闲着，能有点儿事干，而且，这事干着又是快乐的，便是养老的最好境界了。姐姐种的那些菜，便有她自己的心情浸透，有她往事的回忆，是孩子都上班上学去之后孤独时的伙伴，她可以一边侍弄着它们，一边和它们说说话。

夸她的菜园，就像夸她的孩子一样的高兴。我对她的菜园赞不绝口。姐姐指着菜园前面绿葱葱的植物，我没认出是什么。她对我说，这里原来种的是生菜和小水萝卜，今年闹虫子，我把它们都给拔了，改种了草莓。不知这么闹的，也可能是我不会种这玩意儿，你看，一春天都过去了，只结了一个草莓。

我跟着她走过去，伏下身子仔细看，才看见偌大的草莓丛中果然只有一颗草莓，个头儿不大，颜色却很红，小小的红宝石一样，孤独地藏在叶子下面，好像害羞似的怕人看见。

孩子们看着它好玩，都想摘了吃，我没让摘。姐姐说。我问她，干吗不摘，时间久，回头再烂了，多可惜。姐姐笑着说，我心里盼望着有这么一个伴儿在这儿等着，兴许还能再结几个草莓！

相见时难别亦难，和姐姐分手的日子到了，离开呼和浩特回北京的前一天的晚上，姐姐蒸的米饭，我炒的香椿鸡蛋，做的西红柿汤，菜都来自姐姐的菜园。晚饭后，姐姐出屋去了一趟菜园，然后又去了一趟厨房，背着手，笑眯眯地走到我的面前，像变戏法一样，还没等我猜，就伸出手张开来让我看，原来是那颗草莓。你尝尝，看味儿怎么样？姐姐对我说。

我接过草莓，小小的，鲜红鲜红的，还沾着刚刚冲洗过的水珠儿，真不忍心下嘴吃。姐姐催促着，快尝尝！我尝了一口，真甜，更难得的是，有一股在市场买的和采摘园里摘的少有的草莓味儿。这是一种久违的味儿。

2015年6月4日于呼和浩特细雨中

回力牌球鞋

坦率地说，我父亲在世的时候，比较抠门儿。其实，是我们那时年龄小，吃凉不管酸，不知道家里生活拮据，父亲的工资每到月底总会捉襟见肘，而只知道我和弟弟从他那里要到钱，是很难的。他总会有很多理由等着我们。比如说，过春节的时候，弟弟要买鞭炮，父亲会说："你买鞭炮，自己拿着香去点鞭炮，手哆哆嗦嗦的还害怕，你放炮，别人在一旁听响，所以，傻小子才买鞭炮放。"他有他的花钱的逻辑和说辞，我和弟弟常在背后说他是要饭的打官司，没得吃，总有的说。

我弟弟不怎么爱学习，就爱踢足球，父亲开始还说说他，后来说疲沓了，觉得说也没有用，便由着弟弟的性子踢他的球。有一次，弟弟在学校里踢球，把球从窗户踢进教室里，班主任老师请家长。父亲要上班，让我代替他去学校。我从学校回来把老师对弟弟的批评告诉父亲。我以为父亲会接着数落弟弟一番，谁想到他把弟弟叫过来，对弟弟说，你要是真把球踢好了也是本事。同样靠一张嘴，陆春龄吹笛子，侯宝林说相声，都是本事。同样踢球，年维泗张宏根踢得好，也是本事！你得练本事，不能就会把球往教室里踢！

父亲的这一番话，让弟弟踢球更来劲了。弟弟上初一那年，我读高一。我们大院里有一个我的同学新买来一双回力牌球鞋，把我弟弟馋得够呛。那个年月，回力牌球鞋，是最高级的鞋，就像现在的耐克鞋一样呢。回力牌球鞋是高帮的，天蓝色的海绵鞋底，弹性十足，如果踩在泥土地上，会印上鞋底的"回力"两个字样，花开一般，在人眼前一亮，很让人羡慕。

弟弟开始磨父亲给他买一双回力牌的球鞋。父亲没有搭理弟弟。我知道，父亲是不会答应的，那时我们上体育课顶多穿一双白力士鞋，一双回力牌球鞋的价钱，比一双普通的力士鞋贵好多。父亲怎么会舍得掏那么多钱呢？那时，父亲每月只给我三块钱，买公共汽车月票，就要两元，我兜里便只剩下可怜巴巴的一元钱了，要看电影、买书，或者买根冰棍，全都得靠这一元钱了。

没有想到，父亲咬咬牙，还是给弟弟买了一双回力牌球鞋。这对父亲来说，是不容易的，甚至可以说是破天荒的。弟弟从王府井北口八面槽的力生体育用品商店买回一双白色高帮回力牌的球鞋，像得了宝，穿在脚上，到处显摆，还特意踩在泥土地上，让鞋底上"回力"那两个字清晰地印在地上，自我欣赏，也让大家看看。

其实，父亲是不懂行，这种高帮的回力牌球鞋，打篮球合适，踢足球并不合适。我把这番话对父亲说了，埋怨父亲偏向弟弟，多余花这么多的钱。但是，父亲对弟弟说，给你买了这双鞋，是要你好好练习踢足球，不管学什么，既然学，就一定把它学好，学出本事！然后，父亲把我拉到一旁，对我说，什么虫就让他爬什么树。既然他喜欢踢球，就让他好好踢球吧，兴许也能踢出点儿名堂。

一直到过了很久之后，我和弟弟才知道，父亲是卖掉了他英格纳牌的老怀表，才有了富裕的钱，给弟弟买了这双回力牌球鞋。这块老怀表，是父亲唯一值点钱的东西了，从年轻的时候就跟着他，一直跟到我们的青春期。

初二的时候，弟弟没有辜负父亲，终于参加了先农坛业余体校的少年足球队。弟弟从业体校回来，很兴奋地对父亲说，教练说了，我们练得好的，初中毕业就可以直接升入北京青年二队。父亲听了很高兴，觉得这双回力牌球鞋没白买！

在我兄弟俩的中学时代，这双回力牌球鞋，可以说是奢侈品。鞋早就千疮百孔，用胶皮粘粘，接着穿，一直到中学毕业，弟弟也没舍得丢掉。而我一直都没有得到父亲的恩惠，也能穿上这样的一双回力牌球鞋美一美。

2016年11月4日北京

丝棉裤小传

寒冷的冬天又到了。如今的年轻人，谁还穿棉裤呢？有人索性连秋裤和毛裤都不穿了，温度早就让位给了风度。

我年轻的时候，冬天是一定要穿棉裤的。

想起那时候，遥远得如同天宝往事。那时候，北京城里，哪一家没有外出插队的知青呢？孩子都去上山下乡，城里的空巢多了起来。那时候，我家两个孩子，我去北大荒，弟弟去了青海油田，崔大婶家四个个孩子，老大早工作结婚，另外两个女儿分别去了内蒙古兵团和山西插队，最小的儿子参军去了甘肃。谁离开家走的时候，不要带上一条棉裤呢？无论塞外还是北大荒，冬天都是天寒地冻。那里风寒，别落下腰腿病。我离开北京到崔大婶家告别时，崔大婶就这样对我说。

崔大婶家，是我家在北京唯一的亲戚。其实，只是崔大婶和我的母亲都是河南信阳人，当姑娘时就在一起；崔大叔和我父亲从解放前到解放后一直在同一个税务局工作。我们一家刚到北京没地方住，就住在崔大婶家，一住多年。崔大婶家是我们的另一个家。特别是我5岁的那一年，母亲突然病故，崔大婶待我更像母亲。去崔大婶家，总会让我涌出分外亲切的感觉。

那时候，和我家一样，崔大婶家也只剩下了孤零零的老两口。我再看望他们，只有从北大荒回家探亲的时候了。再一次走进崔大婶家，一种从来没有过的凄凉感，不禁油然而生。坐在客厅里，显得那样的空空荡荡，说话的回音在地板上跳荡着，让我忍不住把话音放低。

记得是那样清晰，是1971年的冬天。那是我到北大荒将近三年之后第一次回北京。从我进门到落座之后，崔大婶的目光一直落在我的腿上。那时，北大荒冷，我穿的棉裤厚厚的，笨重得很，棉花赶毡都臃在一起。崔大婶没说什么。临离开北京要回北大荒之前，我去崔大婶家告别，她拿出一条早已经做好的棉裤，让我换上。仿佛要和我身上穿的这条笨拙的棉裤故意做对比似的，那条棉裤又薄又轻。我对崔大婶说："北大荒冷，我穿不上这个！"崔大婶笑着对我说："傻孩子，这是丝绵裤，比你身上穿得暖和多了！快换上，北大荒天寒地冻的，别冻坏了，闹成了寒腿，可是一辈子的事。"

这是崔大婶为我特意做了一条丝棉的棉裤，这是我这一辈子穿的第一条也是唯一一条丝棉裤。那棉裤做得特别的好，由于里面絮的是丝棉，又暄腾，又轻巧，针脚分外的细密。我换上这条丝棉裤，感动得很，一再感谢她，并夸她的手艺好。她叹口气说："你的亲娘要是还活着，她比我做活好，还要细呢！"她说这番话的时候，让我从她的眼睛里能够看到对往昔的一种回忆，也让我看到只有作为母亲才有的一种慈爱之情。

崔大婶已经明显的苍老了许多，岁月真是不留情啊，在她的脸上刻下了明显的皱纹，在她的鬓上添了许多雪丝。她一共生了四个孩子，一辈子没有工作，省吃俭用，操持着这个家，一直把老人送终，把孩子带大。孩子好不容易长大了，却又一个个地离开了家，而且越走越远。她要操的心很多，却总是不忘记我，从来没有给自己的孩子做过一条丝棉裤，她却把这条丝棉裤送给了我。我知道，她是把我当成了她自己的孩子，始终把她的关爱给予我，默默地替代着我母亲的那一份情分。虽然大多的时候，崔大婶并不说什么，但我能够感受得到，就像是风，看不到，摸不着，却总能够感受得到风无时无地不在吹拂着我的脸庞。

那条丝棉裤，虽然现在再也穿不上了，却一直压在我的箱子底。45年过去了，它是岁月的见证，也是生命与情感的见证。我应该为它写传。

2016年岁末北京

水袖之痛

胡文阁是梅葆玖的徒弟，近几年名声渐起。作为梅派硕果仅存的男旦演员，胡文阁的声名无疑是沾得梅派的光。其实，他自己很刻苦努力，唱得确实不错。六年前，我第一次看他的演出，是在长安剧院，他师父梅葆玖和他前后各演一折《御碑亭》。坦率讲，说韵味，他还欠着火候，和师父有距离，单说声音，他要比师父更亮也更好听，毕竟他正值当年。

对于我，对于胡文阁的兴趣，不仅在于他的梅派男旦的声名和功力，而是在听他讲了自己80年代的一件往事之后。

那时，他还不到20岁，在西安唱秦腔小生，却心有旁骛，痴迷京戏，痴迷梅派青衣，便私下向高师李德富先生学艺。青衣的唱腔当然重要，水袖却也是必须要苦练的功夫。四大名旦中，水袖舞得好的，当属梅程二位。水袖是青衣的看家玩意儿，和脸谱一起是京戏独一无二的发明，既可以是手臂的延长，载歌载舞；又可以是心情的外化，风情万千。那时候，不到20岁的胡文阁痴迷水袖，但和老师学舞水袖，需要自己买一副七尺长的杭纺做水袖。这一副七尺长的杭纺，当时需要22元，正好是他一个月的工资。

为了学舞水袖，花上一个月的工资，也是值得的，而且，对于一个学艺者，也算不上什么。干什么，不需要付出学费呢？关键的问题是，那时候，胡文阁的母亲正在病重之中，他很想在母亲很可能是一辈子最后一个生日的时候，给母亲买上一件生日礼物。但是，他已经没有钱给母亲买生日礼物了。在水袖和生日礼物两者之间，他连选择都没有，犹豫也没有，毫无悬念地买了七尺杭纺做了水袖。他想得很简单——年轻人，谁都是这样，把很多事情想得简单了——下个月发了工资之后，再给母亲买上生日礼物补上。

在母亲的病床上，他把自己的想法对母亲说了。已经不会讲话的母亲嘶哑着嗓子，呃呃的不知在回答他什么。无情的时间，对于母亲，已经没有了下个月，便也就没有给胡文阁这个补上母亲生日礼物的机会。母亲去世了，他才明白，世上有的东西是补不上的，落到地上的叶子，再也无法如鸟一样重新飞上枝头。三十多年过去了，胡文阁到现在一直非常后悔这件事情。水袖，成为了他的心头之痛，是扎在他心上的一枚永远拔不出来的刺。

胡文阁坦白道出自己的心头之痛，让我感动。作为孩子，对于养育我们的父母，常常会出现类似胡文阁这样的事情。在我们自己的人生之路上，事业也好，爱情也好，婚姻也好，小孩也好……摩肩接踵，次第而来，件件都自觉不自觉的觉得比父母重要，即使在母亲如此病重的时刻，像胡文阁这样还是觉得自己的水袖重要呢。都说年轻时不懂爱情，其实，年轻时是不懂亲情。爱情，总还要去追求，亲情则是伸手大把大把接着就是了，是那么轻而易举。问题是，胡文阁还敢于面对自己年轻时的浅薄，坦陈内疚，多少孩子吃凉不管酸，并没有觉得自己有什么对不起父母的地方，没有什么心痛之感，而是将那一枚刺当成了绣花针，为自己刺绣出最新最美的图画。

面对我的父母，我常常会涌出无比惭愧的心情，因为在我年轻的时候，一样觉得自己的事情才是重要的，父母总是被放在了后面。记得80年代母亲从平房搬进新楼之后，年龄已经过了80，腿脚吧利落，我生怕她下楼不小心摔倒，便不让她下楼。母亲去世之前，一直想下楼看看家前面新建起来元大都公园，兴致很高地对我说：听说那里种了好多的月季花！正是数伏天，我对她说天凉快点儿再去吧。谁想，没等到天凉快，母亲突然走了。真的，那时候，总以为父母可以长生不老地永远陪伴着我们。我们就像蚂蟥一样，趴在父母的身上，那样理所当然地吮吸着他们身上的血而心安理得。

我不知道，如今的胡文阁站在舞台上舞动他风情万种的水袖的时候，会不会在偶然的一瞬间想起母亲。不知道为什么，自从听到了胡文阁讲述了自己这件三十多年前的往事之后，无论是在舞台上，还是在电视里，再看到他舞动水袖的时候，我总是有些走神，忍不住想起他的母亲。

也想起我的母亲。

2016年7月30日于北京

金妈妈杏

杏树，在我国是个古老的树种，起码在孔子时代就已经很旺盛，孔子讲学的地方叫作杏坛，四围就种满了杏树，可见是和古柏一样神圣的树。非常奇怪的是，如今北京的孔庙里尽是柏树，没有了一株杏树。

小楼一夜听春雨，深巷明朝卖杏花。说明宋时陆游客居京城的时候，城里或城边还是有杏树的。可如今北京城里大街小巷也难找到一株杏树，杏树都被赶到了北京城外的山上。如果往北走，过了平谷和顺义，到了怀柔和密云，才能够见到山上一片片的杏林。

我不知道杏树的沦落出自何时，也不知道杏在众多水果中的地位是否也同样在坠落。和苹果葡萄香蕉梨这样的大众水果相比，杏可卖的时间极短。因为难以保存，很容易烂，一个杏烂，很快就会烂掉一筐。卖水果的，一般都不愿意卖杏。在北京，一年四季，什么水果都可以买到，真正属于时令水果的，就只剩下了杏。杏黄麦熟时节，水果摊上，卖杏只会卖那么短短的半个来月，香白杏卖过，黄杏一上市，基本就到了尾声。而且，卖的都是尖顶上带青的杏，为的是多保存几天。可是，和苹果梨不一样，杏必须得是树熟才好吃，放熟的，就是两个味儿了。

很多年以前，我到兰州，赶上杏熟时节，满街好多卖杏的，有一处在纸牌子上写着"金妈妈杏"。我见少识短，第一次见到这个名字，杏里面还有这样人情味浓的品种，不觉好奇，便买了他家的杏。卖主儿一边给我称杏，一边说："算是你有眼光，这是我们甘肃的名产，敢说是全中国最好吃的杏！不信你就尝尝吧！"

那杏金黄金黄的，有的一面带有一丝丝隐隐的金红，颜色油亮，像抹了一层釉。而且，个头儿很大，我从来没有见过这么大的杏，一斤才有十来个。关键是确实好吃，绵沙沙的，甜丝丝的，还有一股难以言传的清香。那香不像花香那样轻浮或过于浓郁，而像是经过沉淀之后慢慢浸透进你的心里。

卖杏的看着我美美地吃了第一个杏后，说："没骗你吧？"

我问他为什么叫金妈妈杏？他答不上来，说："反正我们这里都这么叫！妈妈呗，还有比妈妈更亲更好的吗？杏和人是一个样的！"

我自幼喜欢吃杏，每年杏上市那短短的几天，都不会放过它。那时候，杏很便宜，几分钱就能买一斤。比起枇杷荔枝这样富贵的水果，杏属于贫民的水果。连带着我童年的记忆。可以说，除了到北大荒那六年，我年年都没有和杏失约。只是最近这几年到美国去看望孩子，时间都安排在春天和夏天，没能吃得上杏。美国自己没有什么杏树，超市里很少见到杏，即便有，卖得很贵，而且味道远不如金妈妈杏。那几年，每每到杏黄麦熟时节，我都非常想念北京的香白杏和大黄杏。当然，还有金妈妈杏。

今年，杏黄麦熟时节，孩子从美国回北京，没有错过吃杏。由于我喜欢吃，连带着孩子也跟着吃，连连说好吃，比美国的杏好吃！

陪孩子一起到密云的黑龙潭玩，在售票处的门外，正好遇到一位卖杏的老大娘，她蹬着一辆三轮车，车上的两个大柳条筐里装着都是杏，那杏个头儿不大，黄澄澄的，在午后热辣辣的阳光下格外明亮，特别是和她那一头白发对比得过于醒目。

我对于杏没有免疫力，忍不住走了过去。其实，上午经过怀柔，我刚买过杏。老大娘笑吟吟冲我说："都是刚从树上打下来的，甜着呢！青的也甜着呢！你尝一个！"说着，她掰开一个青杏递在我的手里。我吃了这个青杏，真的很甜。便和她聊起天来，知道自打杏熟之后，她天天骑着三轮车到这里来卖。我问她家种多少棵杏树？她说："那我可没数过，每年这个季节，能打几千斤吧！"我说："这么多杏，怎么不让你家老头儿来卖？都是你自己一个人蹬车来卖？"她一摆手，说："我家老头儿这些年一直在外面打工，哪儿顾得过来。"我说，让你孩子来卖呀！她又说，眼睛都指望不上，还指望眼眉毛？孩子考上了大学，结了婚住在城里，现在正忙活他们自己的孩子呢！每年这几千斤杏，都是您自己一个人蹬着车跑这里卖的？都能卖得出去吗？她有些欣慰地告诉我：还真的都卖出去了，借着黑龙潭这块地方，来的游人多。我卖得便宜，挣点儿是点儿，给儿子养孩子添点儿力呗！他也不容易！说着，她拿起一个黄杏让我尝，不买也没事，都是自家的玩意儿！

我尝了，要说甜和香，比不上金妈妈杏，但说味道，比金妈妈杏更让我难忘。那一刻，我想起了金妈妈杏。

2016年7月11日于北京

五角粽

奶奶这几年身体大不如以前，每年端午节的粽子，不再亲自动手包了，都是孩子们到外面买些五芳斋的粽子吃。奶奶包的粽子，可比五芳斋要好吃得多了。不仅是里面的糯米和五花肉好吃，就是外表的五个尖尖的角翘翘的，也好看。儿子吃完了五芳斋的粽子，常常这样对奶奶说。

去年端午节前，奶奶忽然兴起，让儿子按照她的要求，买来江米、五花肉和粽叶，要亮亮手艺了。儿子明白奶奶的心思，老人是特意包给唯一的孙子吃的。孙子去年暑假去美国留学，读研究生。一年没有回家了，奶奶想孙子，平常不说，做儿子的心里明镜似的清楚。而且，以往孙子最喜欢吃奶奶包的肉粽。

儿子买回来东西，摊在奶奶的门前，笑着说，您给您孙子包好了粽子，得等一个来月呢。奶奶笑眯眯说，包好了，冻在冰箱里，等孙子回来吃，照样新鲜好吃。您这是想孙子心切呢！儿子心里说，没有把话说出来，只是看着奶奶把五花肉煨好，把江米泡好，把粽叶一叶叶挑好，用剪刀沿尖剪齐，也泡在清水里，红的红，白的白，绿得绿，还没包，光看颜色就那样好看。

奶奶要等待端午节的头一天晚上，才会上手包粽子。这是老人多年的老规矩，说是时令的食品就得讲究时令，这时候包的粽子米才糯，肉才香，粽子才有粽子味儿。以前，奶奶在包粽子前念叨这套经时，儿子总笑，只有孙子支持奶奶，说老规矩就是民俗，能够成为民俗的东西，就得信。

去年的端午节前夕，奶奶一个人坐在灯下包粽子，不让人插手。儿子看得出来，奶奶很享受包粽子的这个过程，像一个戏迷自己在静静的角落里神情专注地唱念做打，一丝不苟，自得其乐。而且，她是把对孙子的感情和思念，一起包进了粽子里面。只是，奶奶的身体真的不如以前了，她的动作显得迟缓多了。一盆粽子包好了，她从那一盆粽子里挑了四个粽子，放进冰箱里。奶奶说，多了也吃不了，四个，图个四平八稳！儿子看明白了，那四个五角粽，个头儿一般齐，是包得最漂亮的，那是奶奶的杰作呢。

盼了一年的孙子回来了，从美国给奶奶带来了好多礼物，其中包括奶奶最爱吃的黑巧克力。儿子在一旁说，奶奶没白疼你。奶奶一宿没睡好觉，第二天早早就起来了，从冰箱里拿出那四个五角粽，解完冻之后，坐上一锅水，把粽子煴在锅里的笼屉上，等孙子一醒就端上桌，作为迎接孙子的第一顿早餐。

孙子一觉睡到快中午才醒，别人都上班去了，家里只有奶奶。奶奶端来粽子，孙子笑着说，起晚了，起晚了，我和同学都约好了，要迟到了，奶奶，我得先走了。奶奶端着粽子，望着孙子风风火火的背影大声说，是你爱吃的粽子，你就回来吃吧，别忘了。孙子大声回答：行，您放在那儿吧，我回来吃。

都是大学里同学，一年没有见面了，聚会一直闹腾到半夜，孙子回到家里，累得倒头就睡，早把奶奶的粽子忘在脑后。问题是，这一天晚上忘了情有可原，却几乎是天天孙子有聚会，不是大学同学，就是中学同学，还有从美国一起回来的研究生同学从外地到北京来玩。孙子几乎是脚不沾地，风吹着的云彩一样没有停下来的时候。

一直到暑假结束，孙子回美国读书去，那四个五角粽还放在冰箱里。儿子发现粽子已经有些变馊，悄悄拿出来扔进了垃圾箱。

今年的端午节又要到了，奶奶却已经病逝了。

2016年5月25日写于北京

年 灯

去年的大年夜，我家后面老爷子家的那盏年灯，在他家封闭阳台的落地窗前，照往年一样，又亮了起来。

老爷子是位老北京，讲究老理儿。过年的时候，家里如有亲人还没有赶回来，要点亮这样一盏年灯，等候亲人的归来。什么时候亲人回来了，这盏年灯才可以熄灭。如果亲人一直都没有回家过年，这盏年灯每晚都要点亮，一直要等到正月十五，也就是年完全过后，才可以将灯取下。

老爷子家这盏年灯，好几年过年的时候，都在点亮。从我家的后窗一眼就能望见，正对面老爷子家阳台窗前的这盏年灯，就这样一直亮到正月十五满街花灯绽放的时候。如今，满北京城，如老爷子这样坚持守候过年老理儿的人，不多见了。

每年过年期间，望着老爷子家这盏年灯，我都会想起自己年轻的时候，那时候母亲还在世，不管晚上我回家多晚，她老人家都会让家里的灯亮着。每次骑着自行车回家，四周房屋里的灯光都没有了，一片漆黑，老远，老远，一望见家里那盏橘黄色的灯光闪亮着，跳跃着，像跳跃着一颗小小的心脏，我的心里便会充满温暖，知道母亲还没有睡，还在等着我。母亲去世之后，我晚上回家，再也看不见那盏橘黄色的灯光了，好长一段时间都不适应，心里都会有些伤感。对于我，灯，就是家；灯下，就是母亲。无论你回来有多晚，无论你离家有多远，灯只要在家里亮着，母亲就在家里等着。

因为老爷子和我的儿子都在美国，一样读完博士，在美国成家、生子、工作，我们有很多共同的话题，比较熟，也比较说得来。我知道，前些年，老爷子和老伴还常常去美国，看他的儿子，帮助带带孙子。如今，孙子都上中学了，老爷子真的老了。他不止一次对我说，快八十了，十几个小时的飞机坐不了喽，前列腺不争气，总得上厕所。便盼望儿子能够带着媳妇和孙子回来过一回春节。盼了好几年，不是儿子和儿媳妇工作忙，就是孙子春节期间正上学请不了假，都没有能够回来。每年春节，老爷子家阳台的窗前，都亮起了年灯。

今年老爷子家的这盏年灯，变了花样。以往，都只是一盏普通的吊灯，半圆形乳白色的灯罩，垂挂着一支暖色的节能灯。有时候，为了增添一些过年的气氛，老爷子会在灯罩上蒙上一层红纸或红纱。今年，换成了一盏长方形的八角宫灯，下面垂着金黄色的穗子，木制，纱面，上面绘着彩画，因为距离有点儿远，看不清画的是什么，但五颜六色的，显得很漂亮，过年的色彩，一下子浓了。不知道老爷子是从哪儿淘换了这么一个玩意儿。

老爷子家的这盏年灯，就这样又像往年一样，在大年夜里亮了一宿。烟花腾空，缤纷辉映在他家窗前的时候，暂时遮挡了年灯，但当烟花落下之后，年灯又明亮的亮了起来。让我觉得特别像是大海里的浪涛，一浪一浪翻滚过后，只有它像礁石一样立在那里不动。那岿然不动的样子，那执着旺盛的心气，颇有点儿像老爷子。

大年初一过去了，大年初二也过去了……老爷子的年灯，就这么一直亮着。在整个小区里，不知道还有没有什么人，会注意到有这样一盏年灯；在偌大的北京城，不知道还有没有什么人，能守着这么一份过年的老理儿，点亮这样一盏守候着亲人回家过年的年灯。

一天半夜里，我起夜，在厕所的后窗前瞥见那盏年灯，无月无星只有重重雾霾的夜色里，它比一颗星星还亮，亮得如同一个旷世久远的童话。心里不禁有些感慨，既为老爷子，也为老爷子的儿子，同时，也为自己。

大年初五的早晨，我起床后，从后窗望去，忽然发现老爷子家阳台落地窗前的那盏年灯没有了。这一天的天气难得格外的晴朗，太阳斜照在他家阳台的落地窗上，明晃晃地反光，直刺我眼睛，我以为眼花了，没有看清。定睛再细看，年灯真的没有了。

正有些奇怪，看见一个男人领着一个十几岁的男孩子，走进阳台，他们都穿着一身运动衣，两人做起了体操来。不用说，老爷子的儿子和孙子回家了。虽然没有赶上年夜饭，毕竟赶上了今天晚上破五的饺子。离正月十五还有十天，年还没有过完呢。

又要过年了，想起老爷子的那盏年灯。

2013年春节北京

颐和园的小姑娘

六一儿童节的黄昏，我坐在颐和园的长廊里写生。我在画停泊在排云殿前的画舫，忽然听到身边有个脆生生的声音："爷爷，你画的这个龙船还真像！"我转过头来，看见一个小姑娘不知什么时候坐在我的身边，大概一直等我把这艘她说的龙船画完，忍不住地夸奖了我。

我觉得她的口气像老师在鼓励学生，故意问她："你真的觉得像吗？"她拧着脖子，很认真地说："真的，就跟我们课本里印的画一样！"

这话说得更像老师在鼓励学生了。我注意打量了她，一身连衣裙，一双塑料凉鞋，都有些脏兮兮的，脚上的丝袜明显有些大，像是母亲穿过的。因为她有点儿外地口音，我问她是哪里人？她告诉我是河南泌阳的。泌阳？我没有听说过这个地方，问她泌字怎么写，她很得意地在我的画本上写上了"泌"字，又补充告诉我，是属于驻马店地区。

我以为她是随父母旅游的，便问她是跟谁来颐和园玩的？

她又一拧脖子说："我和我弟弟。"我有些奇怪，叮问她："就你们两个孩子？从河南？你才上小学几年级呀？"她说："我上四年级，可我就住在北京。离颐和园很近，走路十多分钟就到了。我和弟弟常到这里来玩。今天不是六一节放假吗？上午我们都玩半天了，中午回家吃完饭，下午又来了。"我问她中午谁做饭？她一扬下巴："我呀！"我问她："你会做什么？"西红柿炒鸡蛋，煮面条，我都会。

我猜出来了，父母打工，她是和父母一起从河南来北京的，而且来的时间不短，河南话里已经有明显的北京味儿。并不是我有意问她，是我在画长廊和排云殿相接处的一角飞檐的时候，随便问她长廊附近有卖冰棍的吗？她看着我的画头也没抬说："有也别买，这里卖的都贵，要买就到外面买去。我妈就是卖冰棍的。"然后，她指着画上我画的松针问我："这画的什么？"我说是松针，不像吧？你还没画完，画完就像了。她挺会安慰人，是个小大人。

我不知道如今在北京打工的外地人有多少，他们的子女到北京来上学的人又有多少？我们都管这个小姑娘的父母叫作农民工，这是个改革开放以来出现的新名词。这个偏正词组，让他们一脚踩着两条河流，却又哪一头都靠不上。他们已经不是传统意义的农民，早就脱离了土地而进入了城市，工作在城市，生活在城市，按理说，他们已经无可辩驳地成为了城市有机的一分子。由于城乡二元的社会结构，户籍制度等一系列制度与政策，使得他们又不是城市人，他们的身份认同处于一种尴尬和焦虑的位置上。作为城市里出现的第一代和第二代农民工，他们最终归宿还是要落叶归根，回到家乡农村去的。但是，他们的孩子，特别是一天天长大在城市里的孩子，对于农村的印象和归属感，没有父母那样的强，城市生活的影响和诱惑，又会使得他们不可能如父母一样只是把城市当成打工的漂泊之地，他们更愿意成为城里人，这从他们的打扮、饮食和爱好，已经越发显示出趋光性一般向城市靠拢的天性。但是，城市并没有完全的接纳他们，首当其冲的，没有城市的户口，便如一道石门，令他们无法打开真正能够通往城市的道路，读小学借读还可以，高考就被打回老家。他们成为了中国城市中第一代边缘人，他们是无根的一代。

我想起曾经来过北京的诺贝尔经济学奖获得者丹尼尔·麦克法登说过的话："如果向贵国领导人提建议，我会建议他关注农民工下一代教育问题。"望着我身边的这个小姑娘，我想，颐和园可以让她这样的农民工的孩子与北京的孩子共有，学校也应该让她和北京的孩子一样共有，这应该是起码的公平，是解决农民工下一代教育问题的前提。

爷爷，你怎么不画了呀？我有些走神，停下了画笔，她在催促我。我对她说："太阳快落山了，你弟弟呢？你怎么不找找你弟弟，得回家了。"她一拧脖子，说："我才不找他呢。我们净打架，我得等他来找我！"我问她："你弟弟几岁了？你不怕他找不到你？"我弟弟比我小一岁，我们常在这里玩，这里，他可熟了，不会找不到我的。

　　弟弟不知还在哪里疯跑？姐姐还在长廊里等着我把飞檐画完。他们的母亲不知在哪里卖冰棍？晚饭，还是要她来做吗？

　　暮色四垂，昆明湖的色彩暗了下来，那艘龙船不知什么时候开走了。

2016年6月6日于北京

落叶的生命

想找树叶做手工，已是入冬。几场冷风冷雨，树上的叶子凋零无几，大多落在地上。不过，由于雨水频繁，落在地上的叶子湿润，还散发着树枝的气息，呼应着残存在枝头上的叶子，做最后的告别，虽有几分凄婉，却也十分动人。

放学的时候，在路口等候校车，看见小孙子从车上跳下来，见到我的第一句话就是：咱们找树叶去吧！便先不回家，沿着落叶缤纷的小路找树叶。这时候，才会发现秋末时分枝头上的树叶，或金黄，或红火一片，在秋风的吹拂下，是那样的灿烂炫目；落在地上的叶子却有别样的形状、色彩和风情。

形状不一样了。由于距离的变化，拿在手中，近在眼前，才发现同样都是枫树，有三角枫、五角枫和七角枫的区别。而且，不同的枫叶，像伸出不同的触角，活了一般，让那红色的叶脉弯弯曲曲像是真的有血液在流动。不同流向的叶脉，让叶子的触角有了不同的弧度，那弧度像是舞蹈演员柔软而变幻无穷的手臂，富有韵律，让我们充满想象，便也成为我们做手工最佳的选择。我和小孙子用这样红色和黄色的枫叶，做成的金孔雀和红孔雀，让我们自己都惊讶那一片片枫叶怎么那么像孔雀开屏时漂亮的羽毛呢？好像它们就是特意落在地上，等着我们弯腰拾起，去做孔雀那五彩洒金的尾巴呢。

还有那槭树和石楠的叶子，椭圆形，粗看起来，大同小异，细看大有玄机。石楠叶小，槭树叶大，小的小巧玲珑，像童话里的小姑娘，大的像大姐姐一样温柔敦厚。石楠叶薄，薄得几乎透明，红红的颜色像是过滤了一样，淡淡的胭脂似的，可以随风起舞翩跹。槭树叶厚，且有光亮的釉色，像穿着盔甲的武士，似乎能够听到风声雨声；又像天鹅绒的幕布，拉开来，舞台上就可以上演有趣的戏剧。槭树叶和石楠叶最好找，几乎遍地都是，我们常常会如进山寻宝的人，总有些贪婪，弯腰拾起了这片，又抬头看见了那片，捧在手里一大捧，反复权衡，恋恋不舍，好像它们都是我们的至爱亲朋。我们用不同的槭树叶做成了不同形状的鱼，用不同的石楠叶做成了莲花，五片石楠叶错落在一起，就是一朵盛开的莲花；大小两片石楠叶合在一起，就是一朵含苞待放的娇羞的莲花；再找两片小小的黄栌，要找那种还能顽强保持着绿色的叶子，放在莲花下面，就是莲叶田田了。

当然，色彩也不一样了呢。别看落叶没有了在枝头连成一片的金黄和火红耀眼的阵势，但落叶不是落花顷刻辗转成泥，溃不成军。落叶区别于树上叶子的重要之处，在于树上的叶子连成一片的金黄和火红，让所有的叶子变成了一种颜色，淹没在相同的色彩之中，很像当年见过的"红海洋"，和如今已经泛滥的凡·高向日葵的金黄色。落叶散落在草丛中，灌木间，或泥土里，却是色彩不尽相同，彰显每一片叶子舒展的个性，甚至色彩渗进叶脉，都让我们看得须眉毕现，触目惊心，也赏心悦目。

同样是杜梨树上落下的叶子，经霜和被雨水反复打湿后，每一片叶子上的红色已经相同，那种沁入红色深处的黑色光晕，浸淫红色四周的褐色斑点，像磨出的铁锈，溅上的离人泪，似乎让每一片落叶都有了专属于自己前世的故事似的，更让每一片落叶都成为了一幅绝妙而无法复制的图画。由于杜梨叶比较厚实，叶子上面有一层釉色，显得很是油亮，每一片落叶都像是一幅精致的油画小品。那些随心所欲而富有才华的大色块渲染，毕加索未见得能够胜上一筹；那些飞溅而落的斑斑点点，西尔斯拿手的点彩也未见得能够如此五彩缤纷。

杜梨叶，是我们最喜欢的，我们常常在地上仔细寻找，不放过任何一片闯入眼帘的叶子，常常会有美丽的邂逅而让我们赏心悦目，便常常会听见小孙子的大呼小叫："爷爷，快看，这里有一片好看的树叶！"

找到的最好看最别致的一片杜梨叶，竟然是黑色的。那种黑，不是被污染的乌黑，也不是姑娘劣质眉笔的那种漆黑，而是油亮油亮的黑，叶子的边缘有一层浅浅的灰色，像黑色的火焰燃尽之后吐出后一抹余韵；像淡出画面之外的空镜头里的远天远水，让叶子的黑色充满想象的韵味。

这片黑色的杜梨叶，一直没有舍得用。也不是真的舍不得，是不知道用在哪里恰到好处。我们用别的杜梨叶做的热带鱼或大公鸡，都让不同色彩的杜梨叶尽显各自的英雄本色，让那种不同的红色交织成一曲红色的交响。只是这片黑杜梨叶，一直夹在书本里。曾经想用它做成一只海龟，它黑亮黑亮的釉色和粗粗的叶脉，还真有几分海龟的意思。也曾经想把它一剪两半，做成两条木船，在上面用银杏叶和红枫叶做成它们各自的风帆。但是，都觉得不是最佳选择。它暂时还沉睡在我们的书本里，它的生命跃动，在我们的想象中，也在它自己的梦中。

真的，别以为落叶就是死掉的树叶，落叶离开树枝，不过是生命另一种形式的转移。龚自珍诗曾说："落红不是无情物，化作春泥更护花。"落叶更是如此，更具有化为泥土中腐殖质的营养作用，来年新一轮春花的盛开，是落叶生命的一种呈现。如今，落叶生命的另一种呈现，在我和小孙子的手工中，它们存活在我们的册页里和记忆中。

2015年11月23日于布鲁明顿

重回土城公园

门口变得很窄，为防止自行车进入，曲形铁栏杆的入口只能容一个人进出。迎面原来是一片地柏，已经没有了，右手一则的土高坡还在，那就是元大都的城墙，土城因此得名。32年前，我家住在土城旁边，走路两分钟就到。这一道土城如蛇自东向西迤逦而来，上面只有稀疏零落的树木和荆棘，风一刮，暴土扬尘，名副其实的土城。四围正在修路，土城公园也在绿化布局。那时候，我的孩子才4岁多一点，土城公园成为了他的乐园，几乎天天到那里疯玩。一直到他读小学四年级，全家搬家，他转学，离开了这片他儿时的乐园。

今年夏天，孩子从美国回来，想去看看他的这片儿时的乐园。他自己的孩子都到了当年他自己最初见到土城公园的年龄，直让人感慨流年暗换之中人生的轮回。

我陪孩子重回土城公园，正是合欢花盛开的时节。记得那时候进得公园穿过土城，下坡处的一片空地上，便栽有好几株合欢，这是土城公园留给我最深的记忆。合欢盛开的夏天，我曾经指着开满一片绯红云彩的合欢树，对刚刚读小学的孩子说："这树的叶子像含羞草，到了晚上就闭合，第二天白天自己又会张开。"孩子眨眨眼睛，不信，晚上一个人从家里悄悄跑来，看到满树那两片穗状的叶子果真闭合了，兴奋异常，像发现了新大陆。

从4岁多到11岁读四年级时转学，孩子不到土城公园已经26年。我也26年未到土城公园了。对于孩子，成长的背景中，土城公园是浓墨重彩的一笔；对于我，因对于孩子曾经的重要性而连带得成为我人生之书一页色彩浓郁的插图。

有时候，大人其实是很难理解孩子的心。对于事物的好与坏、高级与低级、好玩与不好玩、平常与不平常、丰富与简陋……孩子的价值标准和家长的并不一样。孩子大学毕业离开北京到美国读书后，我曾经翻看他留下的日记和作文，那里有许多地方不厌其烦地记述着、诉说着、倾吐着、回忆着、留恋着土城公园那一片他童年的天地，令我格外惊讶，没有想到家楼后面这座普通的土城公园，对于一个小孩子的成长，居然作用如此巨大。对于一个独生子女，土城公园，不仅成为陪伴他玩耍的伙伴，也成为伴随他成长的一位长者或老师，甚至像童话里的魔术师，可以点石成金，瞬间怒放能装满衣袋他正渴望的满天星斗。

小时候，我家楼后便是元大都遗址，虽也算是文化古迹，其实没什么可以游览的，只有一座不高的山坡和树木了。但那里昆虫特别多，也就成了我的乐园。童年像梦一样，我的童年是这大自然中和小动物和昆虫一起度过的。夏天，是我最快乐的时候。因为昆虫在这时候特别多。

雨前捉蜻蜓、午后粘知了、趴在草丛里逮蚂蚱、找来桑叶喂蚕宝宝……最有趣要算是捉瓢虫了。我钻进铁栏杆，就来到的元大都遗址的后山，树荫下是一片小草，草尖是青的，草根是绿的，草中夹杂着蒲公英，黄色的小花像米罗随意撒了几点黄。远远要，就能看见在那绿和黄中间零星的几点红，走近了，这就是瓢虫，像玩魔术一样和我捉迷藏。蹲下身，睁开眼，啊，就在身边的花上、草上呢！瓢虫的壳大多是红色的，但壳上的星的多少却不同，有一星、二星、七星、二十八星的，星数决定了它们的种类，二十八星的。小时候，富于正义感，这片草地就是我伸张正义的舞台。小心地把瓢虫从草叶山和花中挑出来，仔细地数它们背上的星。小孩的心总是更善良，生怕害了好人，如果是二十八星的，我就就地处决，攥起小拳头狠狠地说："让你吃小草！"心里轻松极了，像做了一件大好事，大快我心。有一次错害了七星的，心里真实难过了好几日，发誓下次要再认真数星星。如果是七星的，我就一只只捉来，攒到一大把，张开手向天空一扔，就像放了星星，放飞了一颗颗红色太阳。天便红了，脸也红了，

我便醉了，醉在漫天飞舞的瓢虫之中了……

　　这是孩子初三时的日记。说实话，看完之后，我很感动。只有孩子才会有这种感情。我们大人还能有这种心境吗？我会精心去数二十八星的瓢虫然后把它们就地处决吗？我能放飞那一只只七星瓢虫而感觉出是在放飞一颗颗红太阳吗？在孩子童年那些岁月里，我和孩子其实是一样天天也从那片土城公园走过，我却从未看见过一只瓢虫，自然也就看不见漫天飞舞的红太阳的童话世界了。

　　小时候，家里没什么玩具，更没什么游戏机。和我相伴最多的也是我最爱的就是楼后元大都土坡上的树、草和树间草间的小生命了。或许，小孩都是爱小动物的，望着、捉着那些小生命，总让我想起普里什文和列那尔的写过的树林和动物的文字，幻想着身边的这个废弃的小土坡会不会变成文中写的那种样子呢？晚上会不会也"没来由地飘下几片雪花，像是从星星上飘下来的，落在地上，被电灯一照，也像星星一般闪亮"？晚上十点左右，会不会"所有的白睡莲也会个个争炫斗巧，河上的舞会就开始了"呢？……那里不高的山坡，山上那一片浓郁的树林和山下几丛常绿的地柏，以及藏在草丛里那些小生命，就是我童年全部美好的回忆了。它影响我整个的审美情趣和对人生理想的探求方向。我认为我童年美好的一切都在那一片不大的公园、一座不高的山上山下了。

这两段日记，给我留下很深的印象，在去土城公园的路上，再一次想起。我和孩子一路都没有说话，不知道他的心里是否也想起了他自己写过的话？只看见他带着他的孩子跑进公园，先爬上了土城墙，像风一样，从这头一直跑到了那头，然后，从那头走下来。公园里的树木都长高了，长密了，浓荫匝地，将燥热的阳光都挡在外面，偶尔从树叶缝隙晒下来几缕阳光，也变成绿色，如水轻轻荡漾，显得格外轻柔凉爽。远远的，看着他领着孩子，从浓密的树荫下一步三跳地向我走过来的情景，仿佛走来的是我领着读小学的他。人生场景的似曾相识，在重游故地时会格外凸显，仿佛真的可以是昔日重现，却已经是人事有代谢，往来成古今。不过，土城公园，确实对于孩子不可取代，起到了家里父母和学校老师起不到的作用。是它让孩子能够学会听得懂小虫子的语言，看得懂花的舞蹈，嗅得到树木的呼吸，和七星瓢虫对话，幻想着树林中童话和河上的舞会……

可惜，孩子没有找到他童年最心爱的七星瓢虫，他带着他的孩子在他童年曾经非常熟悉的草丛中仔细寻找了好多遍，都没有找到。

我也没有看到一株合欢树。公园入门后下坡处那一片空地上，没有了。我沿着公园找了一圈，没有找到。

2016年8月20日 于北京

校园记忆

漫长人生中，存有自己心里的记忆会有很多。不知别人如何，在我最美好最难忘的记忆，在校园。

2006年的春天，我第一次来到芝加哥的校园。那时，儿子在这所大学读博。十年过去了，多次来美国，只要是在芝加哥入境，我都要到芝加哥大学的校园里转转，尽管儿子早已经毕业，不在这里了。

我很喜欢在校园里走走，尤其是在美国大学的校园里。我们国内的大学，其实也有很不错的校园，比如北大、武大、厦大，但是，不知这么搞的，最近这几年那里一下子人流如潮，爆满得如同集市。或许是大学扩招之后的缘故，或许是家长和孩子对好大学的渴望，参观校园成为了一种时尚。再有，和美国大学的校园不同，我们的大学都有院墙，挡住了人们随意进出的路，有些不大方便。想想，自儿子从北大毕业，我已经有14年没有去北大的校园了。去年樱花开放的时候，我去了武大一次，校园里，人群如蚁，人头攒动，感觉人比樱花还要多，没有了校园里独有的幽静，漫步让位给了拥挤，花香败阵于尘嚣。

来芝加哥大学，有时候是白天，有时候是晚上。无论什么时候，这里的校园人并不多，抱着书本或电脑疾步匆匆的，大多是学生；举着相机拍照的，大多是外地的游客；嗓门儿亮亮的在呼朋引伴的，大多和我一样是来自国内的同胞。即便是这样的嗓门儿，在偌大的校园里，很快就被稀释了，校园就像一块吸水的海绵，包容性极强。它容得下来自世界各地的莘莘学子，也容得下来自世界各地的如我一样的过客。

夏天的芝加哥，感觉比北京似乎都要热，但只要走进校园，尤其是树荫下，一下子就凉爽了许多。有时候，我会到图书馆，或到学生的活动中心，会到展品极其丰富的西亚博物馆，那里的空调，又过于凉快了，需要多带一件外套。在美国大学里，学生的活动中心，是特别的建筑，一般都会十分轩豁和讲究，仿佛它是大学的一个窗口。芝加哥大学的学生活动中心是一幢古色古香的大楼，楼上楼下有很多房间，房间里有沙发和座椅，学生可以在那里学习休息，也可以在那里的餐厅用餐。那里的餐厅，宽敞而高大，彩色的玻璃窗，圆圆的拱顶，都会让人觉得实在太像教堂，却说学生的餐厅。那里的饭菜要照顾不同国家学生的口味，有西餐，也有墨西哥和印度饭菜，没有中餐，印度菜中的咖喱鸡可以代替。

活动中心后面是一座小花园，有一个下沉式的小广场，还有一个小池塘，夏天的水面绣满斑斓的浮萍，开着几朵睡莲，像一幅莫奈的画。最漂亮的是它的一排花窗，夏天爬墙虎会沿着窗沿爬满，殷勤第为每一扇窗镶嵌上绿花边。我常坐在窗前的椅子上胡思乱想，偶尔也为窗子和爬墙虎画画，有时窗下会停几辆学生的自行车，有的车没有放稳倒下了，能感觉那个学生的匆忙和粗心，成为了画面里生动的点缀。

冬天的芝加哥，肯定比北京冷。芝加哥号称风城，频频的大风一刮，路旁的枯树枝醉汉一样摇晃，真的寒风刺骨。但是，大雪中的校园很漂亮。甬道上，楼顶上，树枝上，覆盖着皑皑白雪，校园如同一个童话的世界。校园里有好几座教堂，我特别喜欢走到校园的一座教堂前，教堂全部都是用红石头垒砌，我管它叫作红教堂。在白雪的映衬下，红教堂红得如同一朵盛开的红莲。

我还喜欢到校园北边和东边去，北边有一个叫作华盛顿的公园，树木茂密，游人很少，很幽静。离公园不远一片深棕色的楼房里，奥巴马就曾经住在那里。那年，奥巴马当选美国总统的时候，芝加哥大学不少学生围在这里狂欢。东边紧靠着密西根湖，湖边是一片开阔的沙滩。春天可以到那里放风筝，夏天可以到那里游泳。蔚蓝的湖水，像是芝加哥大学明亮的眼睛。

有时候，我会到校园里的书店转转。有一个叫作鲍威尔的二手书店，店不大，书架林立，有点儿密不透风，但分类明显，很好挑书。这里的书大多是从芝加哥大学教授那里收购的，大多是各个专业方面的学术类的书籍。他们淘汰的书，像流水一样循环到了这里，成为学生们最好的选择。那些书上有老师留下的印迹，可以触摸到老师学术的轨迹，读来别有一番味道和情感。

今年的春天，我在芝加哥乘飞机回国，专门提前一天到的芝加哥，为的就是到那里的校园转转。两年未到，校园里有一些变化，体育场和体育馆在维修，连接老图书馆的新馆建成了，阳光玻璃房，冬阳下，在那里读书会很舒服，书上会有阳光的跳跃。过活动中心，马路的斜对面，一幢老楼完全装饰一新，是神学院。

大概是周末的缘故，里面的人不多，教室和会议室里静悄悄的，神祇不知藏在哪里。最漂亮的廊墙上的浮雕，窗上的彩色玻璃，每一座浮雕，每一扇窗子，都不尽相同，古色古香，静穆安详，让人想起遥远的过去。

美国著名建筑家莱特设计的罗比住宅的旁边，新开张一家法国咖啡馆，名字叫作"味道"。我进去喝了一杯法式咖啡，喝惯美式咖啡，会觉得那里的杯子太小，但里面的人却很多，每个人都守着一杯那么小的咖啡，意不在喝。坐在我旁边的一位美国学生，手里拿着一摞打印好的材料在学，我瞄了一眼，是资治通鉴的中文注释。窗外对面坐在一对墨西哥的男女学生，不知在热烈交谈什么。外面有很多木桌木椅，夏天，一定会坐满人，树荫下，会很风凉，让校园多了一道风景。

当然，我又去了一趟美术馆。这里是我每次来这里的节目单上必不可少的保留节目。芝加哥大学的美术馆可谓袖珍，但藏品丰富，展览别致。这次来，赶上一个叫作"记忆"的特展。几位来自芝加哥的画家，展出自己的油画和雕塑作品之外，别出心裁地在展室中心摆上一张桌子和一把椅子，桌上放着一个本子，让参观者在上面写上或画上属于自己的一份记忆。然后，将这个本子收藏并印成书，成为今天展览"记忆"的记忆。

这是一个有创意的构想，让展览不仅属于画家，也属于参观者。互动中，让画家的画流动起来，也让彼此的记忆流动起来。我在本上画了刚才路过图书馆时看到的甬道上那个花坛和花坛上的座钟。它的对面是活动中心，它的旁边是春天一排树萌发新绿的枝条。我画了一个人在它旁边走过。那个人，既是曾经在这里求学的儿子，也是我。然后，我在画上写上"芝加哥大学的记忆"。那既是儿子的记忆，也是我的记忆。

2016年7月11日写毕于北京

毕业歌

在20世纪50年代中期，我们大院里陆陆续续搬进好多新住户。好多是从农村来的，都是些出身贫寒的人家。租住的房子，是大院里破旧或其他废弃的房子改建的，房租仨瓜俩枣，没有多少钱。那时候，我们大院的房东心眼儿不错，可怜这些人，旁人一介绍，就住进来了。

那时候，玉石和他的爸爸妈妈住进我们大院，房子是用以前的厕所改建的。我们什么时候到他家去，地上总是潮乎乎的，总觉得有股子臭味儿。但是，玉石觉得比他们家以前在农村住的好多了，关键是离学校近，这让他最开心。他对我说过，在村里上学，每天得跑十几里的山路。

玉石搬进来那一年，读小学六年级，来年就要读中学了。这是他家决心从农村搬进北京城的一个主要原因。如果读中学，玉石就要到县城去，那就更远了。玉石学习成绩好，他爸爸说，就是砸锅卖铁也要供玉石读中学，然后上大学。那时候，上大学对于我是一件遥远的事情，但和玉石在一起，天天听他念叨，便也成为我一件特别向往的事情。

玉石的爸爸在村里是泥瓦匠，有手艺，到了北京，很快就在建筑工地找到了活儿。房子虽然是厕所改的，一家人的日子过得其乐融融。就是玉石像豆芽菜一样，显得瘦小枯干，虽然比我大3岁多，长得还没有我高。记忆最深的是，有一次我们房东太太好心地对玉石的妈妈说："你家孩子这是缺钙呀！"玉石妈妈连忙摆手说："我们家玉石不缺盖，家里的被子絮的棉花挺厚的。"

我们大院里好多街坊，都像房东一家关心玉石家，不仅因为两口子待人和气，关键是心疼玉石，玉石学习确实棒，小学毕业以全校第一的成绩考入汇文中学，更是让人们的心偏向玉石。并且，家家都拿玉石做榜样，催促自己孩子好好学习。我爸爸就是最有代表性的一个，几乎天天对我说："你瞧瞧人家玉石是怎么学的，你得向玉石一样，也得考上汇文！"

三年后，我也考上了汇文中学。玉石又考上了汇文的高中。这时候，全院开始以我们两人为骄傲。这是1960年的秋天，自然灾害和人祸一起搅和，饥饿蔓延，家家吃不饱肚子。冬天到来的时候，玉石的爸爸从工地的脚手架上摔了下来，当场没了气。事后，从玉石妈妈的哭丧中人们才知道，玉石的爸爸是把粮食省下来让玉石吃，自己尽吃豆腐渣和野菜包的棒子面团子，天天在脚手架上干力气活儿，肚里发空，头重脚轻，一头栽了下去。

玉石是个懂事的孩子，爸爸走了，妈妈没有工作，他不想再上学了，想去工地接他爸爸的班。工地哪敢要他？背着书包，他不是去学校，而是瞒着他妈妈，天天去别的地方找活儿。一直到我们学校里的老师到家里找来了，是他班主任丁老师，一个高个子教物理的老师。玉石没在家，还在外面跑呢。丁老师对玉石妈妈说："玉石学习成绩一直很好，是个读书的材料，这么下去就可惜了，您要劝劝他。学校也会尽力帮助的。咱们双管齐下好吗？"

玉石妈妈没听懂双管齐下是什么意思，等玉石回来，只是一把鼻涕一把眼泪地对玉石说："孩子呀，你爸爸为啥拼着命从村里到北京来？又为啥拼着命干活儿？还不就是为了让你好好上学？你这说不上学就不上学了，对得起你爸爸吗？说句不好听的，你爸爸就是为了你死的呀！"

玉石又开始上学了。有一天放学，在学校门口，我碰见了他。他显然是在校门口等我半天了。他要我跟着他一起去一个地方，我虽然很敬佩他的学习，毕竟比他低三个年级，平常很少和他在一起，不知道他要我跟他去干什么。

我跟着他一直走到东便门外，那时候，蟠桃宫还在，大运河也还在，顺着河沿儿，我们一直走到二闸，这是我第一次去这个地方，人越来越少，已经是一片凄清的郊外了。他带着我走到了一个废弃的工地上，这时候，天擦黑了，暮霭四起，工地上黑乎乎的，显得有些瘆人。他悄悄对我说，你就在这里帮我看着，如果有人来了你就跑，一边跑，一边招呼我！他这么一说，让我更有些害怕，不知道他要做什么。不一会儿，就看见他从工地上拉出好多钢丝，还有铜丝，见没人，拽上我就跑，跑到收废品的摊子前，把东西卖掉。他分出一部分钱给我，我没要，我知道，这也是没办法的事，他妈妈现在给人家看孩子，他是想用这种办法分担母亲。

终于有一天，我们让人给抓到了。虽然是废弃的工地，还有不少建筑材料，也有人看守。玉石拉上我就跑，那人追上我们，一把揪着我们的衣领子，像拎小鸡似的把我们抓到他看守的一间板房里，打电话通知我们学校。来的老师，骑着自行车，高高的身影，大老远就看出来了，是玉石的班主任丁老师。那人余怒未消，对丁老师气势汹汹地叫嚷道："你们学校得好好教育这两学生，明目张胆地偷东西，太不像话了！"丁老师点着头，把我们领走，推着他那辆破自行车，沿着河沿儿，一路没有说话，只听见自行车嘎嘎乱响，我感到我们的脚步都有些沉重。走过东便门，走到崇文门，在东打磨厂口，丁老师停了下来，对我们说："快回家吧。"然后，他从衣兜里掏出了几块钱，塞在玉石的手里。玉石不要，他硬塞在玉石的兜里，转身骑上车走了。走进打磨厂，路灯亮了，我看见玉石悄悄地抹眼泪。

玉石和我再也没有去工地。学校破例给了他助学金，一直到他高中毕业。1963年，他考入地质学院后，和他妈妈一起从我们大院搬走，我就再没有见过他。"文化大革命"中，听我妈说，玉石来大院找过我一次，那时，他大学毕业，在五七干校等待分配。可惜，我正和同学外出大串联，没能见到他。后来，我才知道，他来找我，是找我陪他一起回学校看看丁老师。那时候，丁老师被剃成了阴阳头，正在挨批斗。

前不久，我接到一个从西宁打来的电话，让我猜他是谁。我猜不出来，他告诉我他是玉石。他说他后来分配去了青海地质队，一直住在青海。他说他看过我写的柴达木的报告文学，也知道我弟弟在青海油田工作过。他说他一直生活在青海，他妈妈一直跟着他，一直到去世。他说他退休后在学习作曲，而且出过专辑的唱盘。他笑着对我说："你觉得奇怪吧？我是学地质的，怎么改行了呢？"我说我是有点儿奇怪，你是跟谁学的作曲？他说："我是自学的。但也不能这么说，你知道我读高中的时候，教我们数学的是阎述诗老师。"我问："你跟他学的？"我知道阎述诗老师曾经为著名的《五月的鲜花》作过曲。他笑着说："不是，但是，我想阎老师可以教数学又可以作曲，我为什么不能学地质搞勘探又能作曲？"玉石是一个有能力的人，有能力的人，世界在他面前是圆融相通的。

最后，他告诉我，他学作曲，是想为丁老师作一支曲子。那个晚上，丁老师让他难忘，让他感受到世界上难得的理解和温暖。他说，这么多年，只要一想起丁老师，心里就像有音乐在涌动。

我告诉他，丁老师早好多年就已经去世了。他说我知道了，所以，我想你把我的这番心思写篇文章好吗？我想借助你的文章让人们知道丁老师。过几天，我会把歌寄给你。

我收到了玉石作的歌，名字叫《毕业歌》。说实在的，曲子一般，但其中一句歌词让我难忘："毕业了那么多年，你还站在我的面前；那个懵懂的少年，那个流泪的夜晚。"

2015年9月24日写于北京

木刻鲁迅像

我和老傅是高中同班同学。那时，我们住得很近，我住在胡同的中间，他住在胡同的东口，天天抬头不见低头见。高中毕业那年，正赶上"文化大革命"，闹腾了一阵子之后，我们两人都成了逍遥派。天天不上课，我们更是整天鳔在一起。他和他姐姐住一起，白天，他姐姐一上班，我便成了他小屋里常客，厮混一天，大闹天宫。

除了天马行空的聊天，无事可干，一整个白天显得格外长。要说我们也都是汇文中学好读书的好学生，可是，那时已经无书可读，学校的图书馆早被封上大门。我从语文老师那里借来了一套十本的鲁迅全集。那时，除马恩列斯和毛选外，只有鲁迅的书可以读。我便在前门的一家文具店里，很便宜地买了一个处理的日记本，天天跑到他家去抄鲁迅的书，还让老傅在日记本的扉页上帮我写上"鲁迅语录"四个美术字。

老傅的美术课一直优秀，他有这个天赋，善于画画，写美术字。那时，我是班上的宣传委员，每周在教室后面的黑板上出一期板报，在上面画报头或尾花，在文章题目上写美术字，都是老傅的活儿。他可以一展才华，在黑板报上龙飞凤舞。

老傅看我整天抄录鲁迅，他也没闲着，找来一块木板，又找来锯和凿子，在那块木板上又锯又凿，一块歪七扭八的木板，被他截成了一个课本大小的长方形的小木块，平平整整，光滑得像小孩的屁股蛋。然后，他用一把我们平常削铅笔的小刀，是那种黑色的，长长的，下窄上宽而扁，三分钱就能买一把——开始在木板上面招呼。我凑过去，看见在木板上他已经用铅笔勾勒出了一个人头像，一眼就看清楚了，是鲁迅。

于是，我们都跟鲁迅干上了。每天跟上课一样，我准时准点地来到老傅家，我抄我的鲁迅语录，他刻他的鲁迅头像，各自埋头苦干，马不停蹄。我的鲁迅语录还没有抄完，他的鲁迅头像已经刻完。就见他不知从哪儿找来一小瓶黑漆和一小瓶桐油，先在鲁迅头像上用黑漆刷上一遍，等漆干了之后，用桐油在整个木板上一连刷了好几层。等桐油也干了之后，木板变成了古铜色，围绕着中间的黑色鲁迅头像，一下子神采奕奕，格外明亮，尤其是鲁迅的那一双横眉冷对的眼睛，非常有神。那是那个时代鲁迅的标准像，标准目光。

我夸他手巧，他连说他这是第一次做木刻，属于描红模子。我说头一次就刻成这样，那你就更了不得了！他又说看你整天抄鲁迅，我也不能闲着呀，怎么也得表示一点儿我对鲁迅他老人家的心意是不是？说着，他从衣兜里掏出一张纸递给我，说我还写了首诗，你给瞧瞧！

那是一首七言绝句：

肉食自为庙堂器，布衣才是栋梁材。
我敬先生丹青意，一笔勾出两灵台。

写得真不错，把对鲁迅横眉冷对和俯首甘为的两种性格的尊重，都写了出来。老傅就是有才，能诗会画，但做木刻，鲁迅头像是他头一回，也是最后一回。自然，这帧鲁迅头像，他很是珍贵，他说做这个太费劲！刀不快，木头又太硬！他把这帧木刻像摆在他家的窗台上，天天和它对视，相看两不厌，彼此欣赏。

一年后的夏天，上山下乡运动开始了，我先去的北大荒，他后去的内蒙古。分别在北京火车站上车，一直眼巴巴地等他，也没见他来。火车拉响了汽笛，缓缓驶动了，他怀里抱着个大西瓜向火车拼命跑来。我把身子探出车窗口，使劲向他挥着手，大声招呼着他。他气喘吁吁地跑到我的车窗前，先递给我那个大西瓜，又递给我一个报纸包的纸包，连告别的话都没来得及说一句，火车加快了速度，驶出了月台，老傅的身影越来越小。打开纸包一看，是他刻的那帧鲁迅头像。

　　一晃，48年过去了。经历了北大荒和北京两地的颠簸，回北京后又先后几次搬家，丢掉了很多东西，但是，这帧鲁迅头像一直存放在我的身边，我一直把他摆在我的书架上。而且，48年过去了，他写过的很多诗，我写过的很多东西，我都记不起来了，他写的那首纪念鲁迅的诗，我一直记得清清爽爽。毕竟，那是他20岁的青春诗篇，是他20岁也是我20岁对鲁迅的天真却也纯真的青春向往。

2016年12月4日于北京

贝 壳

从玩具的变化可以看到世界的发展真是神速。现在的玩具，已经可以虚拟，到电脑上玩了，花样层出不穷，刀光剑影，过关斩将，可谓惊心动魄。不要说我小时候了，那时的玩具有什么呀，记得大院里有钱人家的女孩子抱着一个眼睛能眨动的布娃娃，就足让我们瞠目结舌，算是奇迹了；而我们男孩子只能蹲在地上撅着屁股玩弹球，或者是拍洋画；滚铁环，抽陀螺，都得爹妈给点儿钱才行。

我有了孩子以后，孩子拥有的玩具，已经和我小时候不可同日而语了。记得给儿子买的第一个自己会动的玩具，是一个大象转伞，一头大象拉着一辆小车，车上支着一把伞，只要往大象的身上安上电池，大象就可以拉着车转动，车一转，彩色的伞就会漂亮的打开，这是那时候很新鲜的玩具了。

儿子5岁那一年的夏天，他的玩具发生了根本性的变化。那一年的夏天，我去了一趟深圳。那时，深圳的建设刚刚起步，沙头角刚刚开放，在那条当时人头攒动的中英街上，我给孩子买了一辆遥控小汽车。这是当时我家最现代的玩具了。只可惜我家那时地方太小，地又不平，小汽车无法跑得开，我们只好让儿子抱着它到陶然亭公园去玩。小汽车在公园的空地上尽情地奔跑，一直能奔跑到远处的草坪中，像兔子似的钻进草丛中出不来。看着孩子用遥控器控制着汽车左右前后地奔突的样子，才会明白不同的玩具带给孩子的欢乐是多么的不同。小汽车上面的天线在风中颤巍巍像小手一样向他挥舞抖动，让孩子兴奋不已，欢叫声和小汽车的喇叭声此起彼伏。

还是那一年的春节，友谊商店破例可以不用外汇券卖货儿天，但是需要有入场券，我们得知消息找到入场券，带着儿子马不停蹄去买玩具。大概是这个遥控小汽车闹的，让孩子对这种现代化的玩意儿越发感兴趣。当然，也是不断变化的玩具，让孩子个个都变得喜新厌旧。从那些平常只卖给洋人的小孩或手持着外汇券准洋人的小孩的众多玩具中，孩子挑选了一种红外线打靶枪，那枪离靶几米远，只要对准靶心，扣动扳机，红外线就可以让面前的靶心中的红灯闪亮，同时鸣响起轻快的声音。

家里有了这样一把枪和一辆车，儿子可以威风凛凛，持着枪，开着车，在房间里横冲直撞，畅通无阻，简直像个西部牛仔了。儿子在那一年成了暴发户，玩具一下子多了好几件，而且从电动到遥控到红外线一步几个台阶地飞跃。

如今，儿子已经长大，他自己的孩子都长到他当年玩遥控小汽车和红外线打靶枪一样的年龄了。我对他说起这些玩具，他居然已经都不大记得了。这让我有些奇怪，便问他还记得小时候玩的什么玩具呢？他说让他记忆犹新的玩具，是家里存放的那些贝壳。

这让我更有些惊奇。比起那些电动的、红外线的玩具，贝壳如果也算玩具的话，大概是孩子很简单甚至是最原始的玩具了。这些贝壳不是买的，许多是他自己从海边捡回来的，一些是朋友送给他的。特别是他光着小脚丫，自己从海边捡回来的那些贝壳，让他格外珍惜，家里只要来了客人，他都会拿出来向人显摆。那些贝壳，给他带来很多意想不到的快乐。好长一段时间里，他对照着一本少年百科辞典，一一查出了他的这些宝贝的名字，然后把名字写在小纸条上，贴在贝壳上，熟悉得像是自己的朋友，然后，他让妈妈帮助他把其中一些诸如东方鹑螺、唐冠螺、竖琴螺、夜光蝶螺、焦棘螺、虎纹贝……他珍爱的贝壳放在盒中，摆放在柜子里，可以天天和他对视对话，彼此诉说着关于大海和童年许多有趣的事情。

有意思的是，去年，他到法国工作半年，带着他的孩子一起住在那里，放假的时候，他和孩子最喜欢到海边去拾贝壳。爷俩儿在退潮的沙滩上寻找贝壳，孩子有意外发现之后的大呼小叫，大概让他想起了自己的童年。半年之后，他和孩子拾了满满两大瓶贝壳，沉甸甸地带回北京，全部倒在桌子上给我看，然后听他的孩子细数每一粒贝壳是从哪里的海边捡到的，那股子兴奋劲儿，让我想起了儿子的小时候。

时代的发展，日新月异的玩具变化，带给新一代孩子们更多新颖神奇数字化高科技的惊喜，令他们应接不暇，很容易将过去一代的玩具视为老掉牙乃至不屑一顾。比如，这些贝壳，无论如何也不会比那些电子玩具更对孩子有吸引力。我很高兴，儿子和他的孩子居然都很珍惜这些并不起眼、没有一点儿科技含量的贝壳。

孩子的玩具，从来都是和孩子的童年联系在一起的。如今孩子的玩具，和孩子的童年互为镜像，从玩具的变迁中能看到孩子童年的变化。只是，我不知道这些变化，哪些为忧，哪些为乐。

2017年2月27日于北京

昔日重现

　　《昔日重现》是一首老歌。我第一次听是20多年前，卡朋特唱的，朴素真诚，没有花里胡哨，唱得很幽婉动听，倾诉感和怀旧感很强。那歌词即使不能完全听懂并记牢，但那一句"yesterday once more"，如丝似缕，却总也忘不了。

　　这一次，朋友发来视频，配放这首歌的画面，是黑白片的老电影，里面出现了《罗马假日》的赫本，和《魂断蓝桥》的费雯丽。选的真的是好，如果选彩色电影，还会有这样的效果吗？赫本和费雯丽是这首歌深沉的两个声部，她们的出现，让歌词"yesterday once more"从旋律中飞出，变成了动人的画面。

　　在这两部老电影中，赫本的清纯，费雯丽的忧郁，让人感动。想起第一次看《魂断蓝桥》，是刚刚粉碎"四人帮"的时候，电影是在体育馆里放映的，费雯丽迎着车灯光迷离走去，很多人都在暗暗落泪，我也一样，觉得费雯丽是那样的让人难忘。前年，去美国的飞机上，电视里可以选择的电影很多，我选择了老电影《罗马假日》，赫本让我想起自己年轻的时候，青春期再如何迷茫与蹉跎也是美好的，赫本就是青春的一种象征。

出演《罗马假日》时赫本才23岁，那实在是一个令人怀念的年龄。费雯丽演《魂断蓝桥》时27岁，却已经经历生离死别。23岁时，我在北大荒；27岁时，我刚回北京，在郊区一所中学里教书。那时候，父亲突然脑溢血去世，家中只剩下老母亲一人，我只好和青春恋人在北大荒春雪飘飞的荒原上离别。我没有赫本如此美妙的罗马假日，却有着和费雯丽一样的生离死别。

那时候的电影，真的是那样叫人难忘；那时候的演员，真的时那样叫人迷恋。日后好莱坞的明星也出了不少，却总觉得没有那个时期的明星让人信任。特别是女演员，如赫本和费雯丽，她们所表演出来的清纯和真情，让人觉得就是生活中的真实，在她们青春洋溢的脸上，看不到一点的风尘、脂粉与沧桑。而我们如今的影视屏幕上那些女演员，能找到哪位是赫本和费雯丽一样的清纯与真情呢？她们的脸上，让我看到更多的是风尘、脂粉和久经沧海难为水的沧桑，以及徐娘半老偏要扮嫩的从心灵到肉体的一体化的虚假。

同样，如今我们也缺少如《昔日重现》这样真情自然倾诉的歌声。尽管我们的晚会上载歌载舞的大歌很多，尽管我们的电视中真人选秀的歌手很多，吼叫着比试嗓门，像书法里比试怪写法一样，比试着怪唱法的很多，却很难听这样和赫本与费雯丽一样清澈纯情的歌声。我们那些陕北信天游里的酸曲，内蒙古的长调短调，还有青海的花儿，都不知道跑到哪儿去了。我们缺少这样自我吟唱式的歌唱，是因为我们已经缺少了这样朴素的表达方式。从历史的原因来说，和我们社会曾经长期处于的假大空有着明里暗里的关系，或是无奈的藕断丝连，或惯性的轻车熟路。从现实的原因来看，流行文化和消费文化致命到骨髓的影响，我们更愿意九百九十九朵玫瑰式的和爱你一千年一万年不变的感情奢靡和空泛的抒发。朴素的表达方式便这样理所当然地就被抛弃，真诚便这样轻而易举地就被阉割。难以找到《昔日重现》，难以找到赫本与费雯丽，便是理所当然毫不奇怪的了。

红颜薄命，赫本只活到64岁，费雯丽更短，只活到57岁。她们创作的《魂断蓝桥》和《罗马假日》，让她们始终定格在青春时清纯的模样。

妹妹卡朋特死得更早，只活到了32岁。她的生命，留存在她的歌声里。

《昔日重现》，真的一首百听不厌的好歌。赫本、费雯丽和卡朋特，连同我们自己的记忆，都会在这样的歌声里不止一次的重现。

"yesterday once more！"

2016年9月12日于北京

归途的歌

　　一代代就这样拉开了明显的距离，给人以逝者如斯的感觉。保罗·西蒙属于上一代的歌手，和我一样的老了，无可奈何。但我确实喜欢保罗·西蒙的歌。在20世纪70年代末，粉碎"四人帮"后，我考入大学，第一次听保罗·西蒙，就喜欢上了他。

　　他的歌中流露出那种怀恋青春的情绪，是不受岁月和语言的阻隔，而能够让人心相通的。那时，我虽然是在大学里读书，因为隔着一场"文化大革命"，读大学的年龄却是整整晚了十年的时间。青春已经过去了，不过，心理上依然还顽固地固守在青春的痴想与梦幻中。也许正是这样年龄和心理上的落差，让我选择了保罗·西蒙，而没有选择当时正热门的邓丽君。

　　他的歌，《忧愁河上金桥》《寂静之声》《斯镇之歌》《星期三凌晨三点》……一首首都是那样的好听。我最喜欢的是他的那首叫作《归途》的歌。那是保罗·西蒙自己真实的写照，也是我们所有人真实的写照。人生中，我们都是匆匆的过客，谁不是行色匆匆地奔走在离家又渴望归家的路途之中的呢？归途是我们一生心情和行为的象征。

保罗·西蒙深情地唱道：

我手握车票坐在火车站上，
即将奔赴又一个目的地，
旅行箱将陪伴我这一整夜，
还有手中紧握的吉他。
每一个小站，
都在孤独的诗人和乐手美妙的计划中。
归途，我的希望，
归途，故乡是我的思念……

听这首歌，常常让我想起在北大荒插队的那几年，从遥远的北大荒回北京的家探亲一次，先要乘坐敞篷的解放牌卡车，经过将近一个白天的颠簸，到达一个叫作福利屯的小火车站，才能乘坐上火车；然后，还要到佳木斯和哈尔滨换乘，才能最终乘上开往北京的火车。前后最少需要三天的时间，才会到家。如果赶上是冬天，北方的风雪弥漫之中的火车站，让归途更觉得漫长而迷茫。在福利屯，在佳木斯，在哈尔滨，在这三个名字或充满乡野或充满洋气味道的火车站候车，手里握着一张火车票眼巴巴地望着火车进站的情景，尽管已经过去了将近五十年，依然恍若眼前。身边没有旅行箱，手中更没有吉他，只有一个破旧的手提包，里面装满北大荒的大豆，再有的就是保罗·西蒙唱的归途中的希望和思念。

那一声声归途，真的是唱得人心紧蹙。保罗·西蒙就是这样把我们平常人青春时节的爱与恨、感动与激情，希望与梦想，还有我青春时节的在火车上奔波的记忆，用一种平易的方式，一种挚切的感情和吟唱的民谣之风，娓娓道来，蒙蒙细雨一般，渗透进我的心田。这种方式，也许真的是属于上一代了。即使作为先锋的摇滚，也似乎落伍，显得不那么前卫。这种吟唱，也许更真的是属于上一代的音乐形式了，让今天的年轻人觉得有些磨磨唧唧。

也许，保罗·西蒙的歌，只能让我们怀旧，保罗·西蒙只是一枚上一个时代的标本，陈列在岁月的风尘中，和我们对逝去青春的怀想和怅惘中。

不过，也许不能这样认为，音乐无所谓新旧，只有动人和感人。当然，一个时代会有一个时代的音乐，这个时代的音乐就成为了这一代人的精神饮品，在当时和以后回忆口渴时饮用。便也成为了这一代人心头烙印上的钙化点或疤痕，成为这一代人抹不去记忆里一种带有声音图案的标本，注释着那一段属于他们的历史。就像一枚海星、海葵或夜光荧螺，虽然已经离开大海甚至沙滩，却依然回响着海的潮起潮涌的呼啸或沉吟。

2016年12月5日北京

书信的衰落

如今的人，手写的书信越来越少。尤其是手机微信的发达，更简便易行地替代了手写书信。有时候，真觉得科技是人类情感的杀手，用貌似最迅速的速度和最新颖的手段，扼杀人类心底最原始的也是最朴素的诉说。只是手指在手机上轻轻几下按动，不仅将人们相互情感的表达变得懒惰，冰冷冷的缺少了身体的温度，更变得千篇一律的格式化。

信件就是这样飞速又无可奈何地衰落。家书抵万金，更只是昔日的辉煌，残照般明灭在依稀的记忆里。就更别去说将信刻印在竹子上面的竹简了，如今哪儿还有那样的耐心，写一封信要费用那样的功夫，饶了我吧！

看到法国上月出版的新书《致安娜》（*Letter a Anne*），书中收录了前法国总统密特朗从1962年到1995年他去世之前33年里，写过女友安娜一千多封书信。忽然想起前些年曾经在报上看到消息，美国前总统杜鲁门写给他的妻子所有的信，也印成了一本书《亲爱的贝思》（*Dear Bess*）。从1910年杜鲁门给贝思写的第一封情书到他1972年去世之前写的最后一封信，一共1322封。一个33年，一个62年，都是一千多封信，想象那种由信件连缀起来的漫长岁月，一种由信件流淌而出的心底倾诉，含温带热，可触可摸，是那样的让人感动而羡慕。

我这里所说的羡慕，是在说我们如今的人，还能够像密特朗和杜鲁门一样一辈子里写下这样多的信吗？或许有人会说，人家是总统，我们普通人一辈子哪有那么多的信可写？这话说得也没错，但普通人之间也需要交流，尤其是亲人之间的家书，更是我国自古以来的传统，即使自己不会写字，也要请别人代写家书，以这样的"代写书信"的先生，在街头摆摊常见。只不过如今交流的方式已经被手机微信和视频理所当然的取而代之。孩子给父母买一个手机或将自己的手机替换给父母，便将自己给父母写信一并省略了。

如今手写书信的衰落，是生活的挤压、虚假的泛滥、实用的放纵的一种现实；是感情的枯燥、精神的失落、内心的委顿的一种折射；却偏偏渴望虚荣、眷慕奢华、信奉浮夸的一种映照。别的不用说，你试验一下，给自己的情人一下子送上999朵玫瑰，能够做到。但像密特朗和杜鲁门一样，能够水滴石穿坚持写下一千多封信，恐怕是天方夜谭。不要说一连写几十年，就是写几年试试看？就是写几封试试看？就该没词儿了，就该借助手机里那些现成的短信了，虽然是早在别人的嘴里咀嚼过不知多少遍的口香糖，那已经成为一种舒服的快餐般的表达方式和经过格式化修剪的习惯姿态。只是信原本带有的私密性已经被公共性所取代。

自然，唯恐说不尽，临行又拆封，写信时的那种独有的感情；远梦归侵晓，家书长不达，等信的那种等待的心情；独下千行泪，开君万里书，拆开信封时那一瞬间的美好感觉；更都是已经荡然无存。

手写书信的衰落，潜在的另一个拿不出手的因素，是我们手写的字越来越差，只好用手机微信来遮丑。以前上学临帖写大字，是必修的一门功课，是多少年来的文化传统，讲究的是意在笔先，也就是说执笔写字前心中要有所思，现在却是根本不用想，只照葫芦画瓢复制手机朋友圈上现成的词语就万事大吉。如今许多我们民族根性的东西都已经被我们自己丢弃了，更不要说写字了。有趣的是，我们的字写得丑陋不堪，我们在手机上的微信可是越来越花哨和肉麻。这也许是我们自己一种逃脱不掉的反讽。

密特朗和杜鲁门各自那一千多封信，让我想起这样的一个问题，我们一个人一辈子能够写多少封信？从《鲁迅全集》中查，我看鲁迅先生一辈子也是写了一千多封信，便想当然地觉得，大概最多也就是这样一个数字吧？无论密特朗、杜鲁门，还是鲁迅，都是名人，写的信自然要多一些，如我们一般的平常人，肯定比他们要少，一辈子又能够写多少封信呢？当然，因人而异，会有人多些，有人少些，但是，即使再少，也得有几封，哪怕一封，是由你自己亲手写下的或由你自己亲手接过来的信吧？这一辈子的回忆，才有了一个实实在在的依托吧？

记得我母亲去世之后，我在母亲珍藏的包袱皮里，发现了一封信，是1972年的春节前夕我写给她的一封信，那时候，我还在北大荒。母亲一直珍藏着。其实，母亲并不识字。

2016年10月30日北京

又到桂花开放时

又到了桂花开放的季节，我又想起了小雯。忘记了是从哪一年秋天，桂花开时，她开始在信中夹一些桂花寄给我。但肯定是她迈出学校大门走到工作岗位她长大以后。桂花是一种成熟的花，和秋天许多果实成熟一起才绽放在枝头。从那以后，每年江南桂花盛开的时候，她都不会忘记寄我一些桂花。那花香很是浓郁，未拆信封，便香透纸背，弥漫四周了。

虽然她已经工作了，但还是个孩子。

有多少成年人能有这种类似浪漫的情致呢？也许，只有她这样童心未泯的孩子了。如今，借助现代化的电话和微信，人们连信都懒得写了，新年圣诞或春节，顶多寄一幅画面和贺辞千篇一律的贺卡，谁还会想起那三秋桂子，一片秋色？

那一年，小雯15岁，是江苏常熟的一个中学生，刚上初三，给我写来一封信。那是她写给我的第一封信，她的字娟秀，比一般同年级孩子的字要漂亮得多。大概是这个原因，当然还有她的班主任老师向她推荐了我当时写的一本长篇小说，而这本小说是被好些老师禁止学生看的，为了向她的这位老师表示感谢，我给她回了一封信。我们长达八年之久的马拉松通信就这样开始了。

想想，这是一桩非常美丽的事情。八年的岁月加起来，是一条长长的河，流过了一段百花盛开的山谷；八年的信件加起来，该比一部长篇小说还要长了，而且，比小说还要真实可靠。我的信大多写得短而匆忙，她原谅我的潦草。她的信写得比我好，不仅文笔好，更好在她的内心世界毫无保留的坦露。她让我感到世上居然还有这样一份真情、这样一份信任，沉甸甸地托付给你，让你做人或者下笔都要珍重一些。即使一时做不到鲁迅先生那样接到一位电车工人买他书的钱而感到他的体温而格外自责，起码别那么信笔由缰，胡抡海哨。

那时，我们素不相识，从未谋面，但她确实给予我许多，她把她的学习、思想、生活，苦恼、痛苦、喜悦和幼稚可笑，同父母的矛盾、和老师的感情、连同她自己朦胧的初恋……都委婉而细致地写在信笺上。如果将八年来这一封封信连缀起来，是一个女中学生青春期成长的小百科全书。她让我看到今天的年轻人行为、情感、思维的轨迹。她让我想起自己的青春，情不自禁做着对比，便常充满有些显得苍凉的感慨，有时也心生羡慕，甚至嫉妒。

就应该是从她毕业后工作的那一年秋天，她开始每年在信中寄给我一些从她家树下飘落的桂花。一直到她23岁那年秋天，她来信告诉我她快要结婚了，她在信中说"以前总觉得婚姻一件很遥远的事，不知不觉它却悄悄向我走来。少女时代总是显得那么美丽而短暂……"她说得有些伤感。我向祝福的同时，真诚地告诉她：青春不是一棵常青树，该好好珍惜，不要像我们这一代青春只剩下一个痛苦回忆的象征。23岁的姑娘，到结婚的年纪了。

记得是那样的清楚，就在她这封信寄出不几天，她给我打来一长途电话，说是忘记在信里告诉我，今年是闰八月，江南的桂花到现在还没开，这封信里没法给您寄去，等桂花一开，我马上给您寄去！她还想着她的桂花呢，只有她这样的孩子还保留着这样透明的心绪。

大概是结婚之后，她不再在信中给我寄桂花了。或许，那时她才真正长大了，觉得那有点儿小儿科。

前两年的秋天，她出差来北京，到家里来看望，给我带来一瓶她自己做的糖桂花。她告诉我，是用她家树上的桂花做的。算算，她今年应该四十三四岁了。她的孩子都快到了她当年在信中给我寄桂花的年龄了。日子过得飞快，一代人的青春飞走了，只有在文字中，在桂花里，青春和情谊，绵长又芬芳。

2016年10月7日改于北京

只有清香似旧时

30年前的1986年，我写过一部长篇小说《青春梦幻曲——一个女中学生的日记》，起因于我到母校汇文中学参加一个座谈，一位正读高三的女同学拿来她读高中所写的三大本日记给我看，说或许对于您的写作有帮助。那一年，她正好17岁。

17岁真的是人生最美好的季节。记得席慕蓉写过一首诗，其中有一句"十六岁的花季只开一次"，最为出名。其实，诗中的"十六岁"换成"十七岁"才最合适，因为16岁的年龄还小，17岁已经和18岁只有一步之遥，是成年礼的前奏，换季时的花开只有一次，才越发显得珍贵的独一无二。电影《十七岁的单车》，将年龄定位的更准确。

那三本日记里，17岁的日记最让我感动和难忘。她写的确实好，不是现在网上或手机微信中流行语的汇编或摘抄，而是她自己的真情实感，而且有具体的内容，鲜活的人物。它让我触摸到一个青春少女的情感与心理谱线。我抄录了好多，她的日记帮助我完成了这部长篇小说。在小说中，我给她取了个新名叫路天琳。高三毕业时，她执意报考外地的大学，考入了四川大学生物系遗传专业。于是，我在小说加一个尾声，以她的口吻写了一封信，讲述了她进入大学的心情和生活。在四川大学的校园里，告别了她的17岁，进入到18岁。她说仿佛自己一下子变老了。

30年过去了，至今还有天真而善良当年的读者给我写信，关心的寻问路天琳的近况，他们以为小说中的人物就是那个考入了四川大学的真实的姑娘。我也很想知道今天她的情况。从母校老师那里打听到她的近况，找到她，并不很难。可是，我始终没有打听。说心里话，我有些害怕。

算一算，她今年应该四十七八岁了，已属熟女，不仅容颜会大大改变，心态也会和以前大不相同。她应该早已经结婚生子，上有老，下有小，两头担子一肩挑。和很多这样年龄的中年妇女一样，或许还在为房子还贷，为孩子上学，为已经年迈的父母养老，甚至为自己的职场生涯发愁。没错，不管是16岁还是17岁，那年龄的花季只开一次。以后的日子，不敢说就一定是残花败柳，却敢说再开的花，绝不是青春鲜艳的桃李，而会是秋季的霜菊或蜀葵了。

谁都经历过狼狈不堪的中年。17岁时即使流泪也会是偷偷地流，让泪水溅湿自己的日记本；27岁时即使大把大把的流泪，也会有人递过来香水手帕或纸巾，甚至为你体贴拭泪。47

岁时流泪。只能暗自流进心底。这实在是一个尴尬的年龄，我害怕打听到的消息，和我想象中的满拧。即便她没有变成一名怨妇，没有变成一个名牌控或网购狂，而只是变成了一个过于实际的女人，也会带给我失望。

17岁，是一个多么美好的年龄。尤其是她，在她的那三本日记里绽开的是多么芬芳美丽的花朵，即使是一片被风吹落的花瓣，也是闪动着跳跃着那样充满敏感、善感和美感的心思和心情，是那样地让我感动而难忘，让我的心里和笔端都洋溢着无比美好的想象和憧憬，以致想起自己的17岁并和她进行对比。

每个人都有自己的17岁，只有一次，却值得无比的怀念。但是，不见得每个人都能够如她一样详尽细致而生动地记录下自己17岁的日记。说句心里话，我最怕见到她，问到那三本日记是否还保存至今，她回答我说那些幼稚可笑的日记早被我丢掉了。当然，也许不会，只是我隐隐的担心而已，那毕竟是她自己的青春。放翁有这样一句诗："人间万事消磨尽，只有清香似旧时。"17岁花季只开一次，但它所留有的清香却是可以保鲜一生的。

2016年9月26日写于北京雨中

遭遇雷雨

从深圳飞北京，应该下午两点四十降落首都机场。偏偏这时候，北京上空有雷阵雨。飞机盘旋了几圈之后，告诉大家只好暂时到天津机场降落，一律在机舱待命。

我身后坐的是一对情侣，虽然看不到他们的面容，却能够感觉到他们的柔情蜜意，因为他们一直依偎在我的身后喁喁细语。不知道他们在说什么，但能够听得出来，男的是典型的广东口音，女的则是地道的北京腔。暂短的异乡停留，让他们有了更多缠绵的机会。于是，身后蜜蜂嗡嗡一般响动着的声音，一直如音乐一样甜蜜。

一个小时过去了，飞机还没有起飞。音乐消失了，蜜蜂飞走了，焦躁开始如飞蛾扑来了。不是说雷阵雨吗？怎么这么久还不起飞？他们一唱一和地嚷起来。一脸汗珠的女乘务员跑过来，解释说迫降的航班很多，需要听命令。

两个小时过去了。他们彻底失去了耐心，只听见男的向乘务员要求下飞机，他们有急事，必须赶回北京去，不能总坐在飞机里死等。乘务员不住向他说再等一等，快起飞了，现在一律不允许下飞机。而那个女的不停在打手机，由于心急，话音都很响。听得出来对方是她的母亲，她在问妈妈你们到饭店了吧？生日的蛋糕订好了吧？送过来的话，你们就先吃吧，不要等我们了，飞机现在还在天津呢，不知道什么时候能够起飞。对方似乎在叮问："你是不是和他一起回来的？"她说："是，是我和他在一起。"说到"他"这个字的时候，她停顿了一下，我猜，她可能脸有些红了。然后，能够听见话筒里传来很大的声音："那就等你们回来一起吃嘛，让饭店等！"

我已经彻底听明白了，既是母亲的生日，也是未来的女婿第一次登门见面。今天的晚宴，这一对情侣是专门从深圳赶回来的。无论对于他们，还是对于母亲，晚宴都异常重要。突然的雷阵雨，却让他们耽搁在了天津，生活的戏剧性一下子比电视剧还电视剧。

又耽搁了一个多小时，男的嚷嚷叫机长，刚才说快起飞了，现在还没有起飞，如果刚才让我们下飞机，我们都到北京了。他的叫喊赢得很多人的呼应，都被传染了一样，也纷纷要求下飞机。机长没有办法，只好和地面联系，不一会儿，悬梯来了，舱门打开了，摆渡车也开过来了，乘务员满机舱里喊："没有行李托运在天津终止旅行的，现在可以下飞机了。"

我看见了这一对情侣背着简单的挎包匆匆走下了。一个梳马尾辫漂亮的姑娘，一个戴眼镜帅气的小伙子。他们边走边商量是打车直接回北京，还是打车到天津火车站乘城际动车，谁也说不准哪个更快。

呼啦啦下了一小半人，机舱里显得空旷起来，喧嚣如雷阵雨过后，也平息了下来。

人生中有时候真的是充满了阴差阳错，大概过了没有十分钟，摆渡车也许还没有停靠出站口，机长从驾驶舱里走了出来，招呼乘务员赶快准备好，说飞机可以起飞了。

飞机开始在跑道上滑行，这时候如果能够打开机舱的舱门，也许还来得及能够喊回那一对情侣。可是，很快，飞机已经收起了起落架轰轰响着仰着脖子离开了地面，飞上太空了。

20分钟后，飞机降落在首都机场。雨后的北京，清凉而湿湿润，我还在想那一对情侣，这时候走到哪里了？

2016年8月1日

窗前的花开了

　　难得的好天气，上午小区的儿童乐园里人不多，我陪小孙子去玩的时候，只有一个老太太带着一个4岁左右的小男孩在玩滑梯。小孩子见小孩子，就跟小狗相见一样，分外来情绪，立刻摇头摆尾地凑在一起，即使不讲话，眼神里透露出的信息，都明白彼此心里的意思。是个连体的双滑梯，两个孩子在滑梯上一边一个比赛了起来。每个人手里都拿着一个玩具小汽车，每一次都先把小汽车顺着滑梯滑下去，自己再滑下去追汽车，看谁滑得快，玩得不亦乐乎。

　　我和老太太在一旁乐得清闲，闲聊起来，知道这是她的外孙子。女儿从河北保定考上北京的一所大学，毕业得早，那时候工作还不像现在那样难找，留在北京民政部工作，女婿从山东来北京读大学，如今在一家大银行工作，赶上单位最后一拨儿福利分房，在长安街边上分得一处楼房，面积不大，位置绝佳。没有房子之累的年轻人，就是最有福气的了。我对老太太说。

老太太同意，不过，又说，好容易安定了好几年，这小孩子一出生，福气就打了折扣。得有人帮忙照顾孩子吧，爷爷奶奶身体不好，来不了北京，我和老伴就来了。房子太小，住不下了，这不才搬到这里来，一图房子宽敞，二图旁边就有个双语幼儿园。是租的房子，每月六千元，把长安街的房子也租出去了，每月七千元，两厢一去，富裕的那点钱，给孩子他爸爸来回开车的油钱了。

老太太很健谈，女儿和女婿很会周转。我对老太太夸赞了她的两个孩子，老太太乐了，说，孩子一落生，逼得他们，不周转怎么行？这不，刚搬过来，就赶紧在幼儿园报了名，前几天接到通知，等孩子4岁时可以入园了。我说，您的孩子够行的了，未雨绸缪，省了您多大的心，现在幼儿园多难进呀！您也可以尽享天伦之乐了！老太太一摆手，对我说，什么天伦之乐，是天伦之累！我知道老太太是有些得了便宜卖乖，便笑她，您别不知足了。她却说，不是我不知足，确实是有乐趣也有烦恼。我和老伴来北京快四年了，保定的房子门一锁，就再也没回去过。天天是我带孩子，老伴做饭，忙得脚不拾闲。当然，孩子也不容易，最头疼的事是孩子6岁就得上小学了，得找一所好小学，可找好小学比找好对象都难。花钱不怕，怕的是得走门子，托关系，可你说我们这两孩子都是从外地来北京的，烧香都找不着庙门。

话题转到这里，一下子沉重了起来。如今的社会就是这样子，孩子一落生，就得为幼儿园为学校头疼，一家人就像蜘蛛一样，跌进了关系织就的密密的网中，想出都出不来。没孩子，想要孩子；要了孩子，生活的负担和心理的负担都加重。望着在滑梯上下玩得兴高采烈的两个小孩子，一副吃凉不管酸的样子，熟得把彼此的小汽车交换着玩，我的心里忍不住叹了口气，年轻人，活得不容易。想起年轻时读过的屠格涅夫小说《浮士德》里曾经讲过的话，说是人生就是一个苦役，只有把一个个的荆棘都走过去了，最后才能够编织成一个花环。这话说给今天的年轻人正合适。只是等他们把荆棘编织成花环的时候，就和我们一样的老了，而他们的孩子也长大成他们一样的年纪，开始新的轮回。

所幸的是，老太太没有我多愁善感，脸上的云彩一会儿就散去了。她对我说，前些天，女儿和女婿终于买到了一套学区房，外孙子上学的问题算是落定了，免去了托人找关系的烦恼。你知道，买学区房有时间的问题，户口才能落上，人家学校才认。这一段时间，可是急死了人！我赶忙恭喜她，这可是件大事。不过，学区房可是不便宜。老太太说，可不是，要不这么说，有了小孩子，你身上的皮就得一层一层往下扒。房子8万多一平方米，买的只是一套50多平方米的老楼房，首付就花了他们全部的积蓄，还得加我们添上的。年轻人的小夹板算是套上了。我劝她，这就不是您操心的事情了，年轻人为孩子付出是天经地义的。老太太反问我："那我呢？快四年了，我连自己的家都没回去过，我付出为了谁？"没等我接茬儿，她自言自语道，人老了，就是贱骨头！为儿孙一辈子当马牛！

太阳照当头了，天有些热了。两个孩子玩得差不多了，交换回各自的小汽车，跑了过来，嚷嚷喊着要回家了。我和老太太道别，临走时，老太太忽然想起了什么，转身对我说了句："前两天，保定的亲戚来电话，说我们家窗前的花今年开了。快四年了，也没人浇水，居然还开花了。"我对她说，好兆头呢，您的外孙子一到来，您家的好日子在后头呢。我想，这一定是她心里的潜台词。

2017年4月10日改于北京

第 2 辑 · 遥远的土豆花

遥远的土豆花

在北大荒，我们队的最西头是菜地。菜地里种的最多的是土豆。那时，各家不兴自留地，全队的人都得靠这片菜地吃菜。秋收土豆的时候，各家来人到菜地，一麻袋一麻袋把土豆扛回家，放进地窖里。土豆是东北人的看家菜，一冬一春吃的菜大部分靠着它。

土豆夏天开花，土豆花不大，也不显眼，要说好看，赶不上扁豆花和倭瓜花。扁豆花，比土豆花鲜艳，紫莹莹的，一串一串的，梦一般串起小星星，随风摇曳，很优雅的样子。倭瓜花，明黄黄的，颜色本身就跳，格外打眼，花盘又大，很是招摇，常常会有蜜蜂在它们上面飞，嗡嗡的，很得意地为它唱歌。

土豆花和它们一比，一下子就站在下风头。它实在是太不起眼。因为队上种的土豆占地最多，被放在菜地的最边上，土地的外面就是一片荒原了。在半人高的萋萋荒草面前，土豆花就显得更加弱小得微不足道。刚来北大荒那几年，虽然夏天在土豆开花的时候，常到菜地里帮忙干活儿，或者到菜地里给知青食堂摘菜，或者来偷吃西红柿和黄瓜，但是，我并没有注意过土豆花，甚至还以为土豆是不开花的。

我第一次看到并认识土豆花，是来北大荒三年后的夏天，那时候，我在队上的小学校里当老师。

小学校里除了校长就我一个老师，从一年级到六年级的所有课程，都是我和校长两个人负责教。校长负责低年级，我负责高年级。三个高年级的学生，鸡呀鸭呀挤在一个课堂里上课，常常是按下葫芦起了瓢，闹成一团。应该说，我还是一个负责的老师，很喜欢这样一群闹翻天却活泼可爱的孩子。所以当有一天发现五年级的一个女孩子一连好多天没有来上课的时候，心里很是惦记。一问，学生七嘴八舌嚷嚷起来：她爸不让她上学了！

为什么不来上学呢？在当地最主要的原因是家里孩子多，生活困难，一般家里就不让女孩子上学，提早干活儿，分担家里的困难，这些我是知道的。那时候，我的心里充满自以为是的悲天悯人的感情和年轻涌动的激情，希望能够帮助这个女孩子，说服她的父母，起码让孩子能够多上几年学，便在没有课的一天下午向这个女孩子家走去。

她是我们队菜地老李头的大女儿。家就住在菜地最边上，在荒原上开出一片地，用拉禾辫盖起的茅草房。那天下午，老李头的女儿正在菜地里帮助他爸爸干活儿，大老远地就看见我，高声冲我叫着："肖老师！"从菜地里跑了过来。看着她的身上粘着草，脚上带着泥，一顶破草帽下的脸膛上挂满汗珠，心里想，这样的活儿，不应是她这样小的年纪的孩子干的呀。

我跟着她走进菜地，找到她爸爸老李头，老李头不善言辞，但很有耐心地听我把劝他女儿继续上学的话砸姜磨蒜的说完，翻来覆去只是对我说："我也是没有办法呀，家里孩子多，她妈妈又有病。我也是没有办法呀！"她的女儿眼巴巴地望着我，又望着他。一肚子的话都倒干净了，我不知道该再说什么好，竟然出师不利。当地农民强大的生活压力，也许不是我们知青能够想象的，在沉重的生活面前，同情心打不起一点分量。

那天下午，我不知道是怎么和老李头分手的。一种上场还没打几个回合就落败下场的感觉，让我很有些挫败感。老李头的女儿一直在后面跟着我，把我送出菜地，我不敢回头看她，觉得有些对不起她。她是一个懂事的小姑娘，她上学晚，想想那一年她有十三四岁的样子吧。走出菜地的时候，她倒是安慰我说："没关系的，肖老师，在菜地里干活也挺好的，您看，这些土豆开花挺好看的！"

我这才发现我们刚才走进走出的是土豆地，她身后的那片土豆正在开花。我也才发现她头上戴着的那顶破草帽上，围着一圈土豆花编织的花环。这是我第一次看到土豆花，那么的小，小的不注意，几乎会忽略掉它们。淡蓝色的小花，一串串的穗子一样串在一起，一朵朵簇拥在一起，确实挺好看的，但在阳光的炙烤下，像褪色了一样，有些暗淡。我望望她，心想她还是个孩子，居然还有心在意土豆花。

土豆花，从那时候起，不知为什么在我的心里有一种忧郁的感觉，让我总也忘记不了。记得离开北大荒调回北京的那一年夏天，我特意邀上几个朋友到队上的这片土豆地里照了几张照片留念。但是，照片上根本看不清土豆花，它们实在是太小了。

前几年的夏天，我有机会回北大荒，过七星河，直奔我曾经所在的生产队，一眼看见了队上那一片土豆地的土豆正在开花。过去了已经几十年了，土豆地还在队上最边的位置上，土豆地外面还是一片萋萋荒草包围的荒原。真让人觉得时光在这里定格。

唯一变化的是土豆地旁的老李头的茅草房早已经拆除，队上新盖的房屋，整齐排列在队部前面的大道两旁，一排白杨树高耸入天，摇响巴掌大的树叶，吹来绿色凉爽的风。我打听老李头和他女儿。队上的老人告诉我：老李头还在，但他的女儿已经死了。我非常的惊讶，他女儿的年龄不大呀，怎么这么早就死了呀？他们告诉我，她嫁人搬到别的队上住，生下两个女儿，都不争气，不好好上学，老早就退学，一个早早嫁人，一个跟着队上一个男孩跑到外面，也不知去干什么，再也没有回过家，活活地把她给气死了。

我去看望老李头，他已经病瘫在炕上，痴呆呆地望着我，没有认出我来。不管别人怎么对他讲，一直到我离开他家，他都没有认出我来。出了他家的房门，我问队上的人，老李头怎么痴呆得这么严重了呀？没去医院瞧瞧吗？队上的人告诉我：什么痴呆，他闺女死了以后，他一直念叨，当初要是听了肖老师的话，让孩子上学就好了，孩子就不兴死了！他好多天前就听说你要来了，他是不好意思呢！

在土豆地里，我请人帮我拍张照片留念。淡蓝色的、穗状的、细小的土豆花，在这片遥远得几乎到了天边的荒原上的土豆花，多少年来就是这样花开花落，关心它们，或者偶尔之间想起它们的人会有多少呢？

世上描写花的诗文多如牛毛，由于见识的浅陋，我没有看过描写过土豆花的。一直到20世纪90年代，看到了东北作家迟子建的短篇小说《亲亲土豆》，才算第一次看到了原来还真的有人对不起眼的土豆花情有独钟。在这篇小说的一开头，迟子建就先声夺人用了那么多好听的词儿描写土豆花，说它"花朵呈穗状，金钟般吊垂着，在星月下泛出迷离的银灰色"。这是我从来没见过的对土豆花如此美丽的描写。想起在北大荒时，看过土豆花，却没有仔细观察过土豆花，竟然是开着倒挂金钟般穗状的花朵。在我的印象里，土豆花很小，呈细碎的珠串是真的，但没有如金钟般那样醒目。而且，我们队上的土豆花，也不是银灰色的，而是淡蓝色的。现在想一想，如果说我们队上的土豆花的样子，没有迟子建笔下的漂亮，但颜色却要更好看一些。

让我没有想到的是，迟子建说土豆花有香气，而且这种香气是"来自大地的一股经久不衰的芳菲之气"。说实话，在北大荒的土豆地里被土豆花包围的时候，我是从来没有闻到过土豆花有这样不同凡响的香气的。所有的菜蔬之花，都是没有什么香气的，无法和果树上的花香相比。

在这篇小说中，种了一辈子土豆的男主人公的老婆，和我一样，说她也从来没有闻到过土豆花的香气的。但是，男主人公却肯定地说："谁说土豆花没香味？它那股香味才特别呢，一般时候闻不到，一经闻到就让人忘不掉。"或许，这是真的，我在土豆地，都是在一般的时候，没福气等到过土豆花喷香到来的时候。

看到迟子建小说这里的时候，我突然想起了老李头的女儿，她闻得到土豆花的香气吗？她一定会闻得到的。

2017年3月8日写毕于北京

北大荒的大年夜

　　春节又要到了。当年一起到北大荒去的知青朋友，又开始张罗一年一次的聚会。一般都会选择在年根儿底下，先在天坛的柏树林中碰头，其中一个节目必不可少，便是大合唱，可劲儿的吼几嗓子，仿佛歌声最能让自己回到青春的日子。吼痛快了，然后去天坛附近的餐馆聚餐，饭菜是次要的，重要的是北大荒酒少不了，要从北大荒驻京办事处买来带去的。北大荒酒纯粮食酒，60度，醇厚的香味，深刻的浓度，都是北京二锅头无法比拟的。就着绵延不断怀旧的话，几盅这样的酒仰脖下肚，一下子便不可救药地跌进了当年冰天雪地的北大荒。

　　在北大荒，寒冷的日子讲究猫冬。一铺火炕烧得烫屁股，一炉松木桦子燃起冲天的火苗，先要把过年的气氛点燃得火热。即使是再穷的日子，一年难得见到荤腥儿，队上也要在年前杀一口猪，炖上一锅杀猪菜，作为全队知青的年夜饭。同时，还要剁上一堆肉馅，怎么也得让大家在年三十的夜里吃上一顿纯肉馅的饺子。应该说，这是我们在北大荒最热闹最开心的日子。

只是这饺子必须是知青自己动手包。想想也是，我们队上有来自北京天津上海和哈尔滨的上百号知青，指望着食堂那几个人从年三十还不得包到正月十五去？自己动手，丰衣足食，是那时的口号。于是，分班组去食堂领肉馅和面粉，后来也就乱了套，香仨臭俩的，自愿结伴凑几个人，就去领馅和面。那情景，很有些浩浩荡荡般的壮观，因为食堂里没有那么多家伙什，大家只好用洗脸盆打面和馅，人们在食堂鱼贯出入，在知青宿舍和食堂之间连接成迤逦的队伍，脚印如花盛开在雪地上，再加上有人起哄凑热闹，一边大呼小叫，一边敲打着脸盆，跟放鞭炮似的，真的是好不热闹。

一直到把馅和面领光。后去的人，只好领鸡蛋和酸菜，包素馅的饺子了，或者索性等我们包好了饺子跑过来吃现成的，美名叫作"均贫富"。

包饺子不难，一般人都会，不会现学，也不难，即使包不出漂亮的花来，起码可以包成囫囵个儿。最让大家兴奋的是，男知青邀请到女知青加入到自己包饺子的队伍里来。大家在语文课本里都学过鲁迅的《故乡》，知道"豆腐西施"，便将来男知青宿舍里包饺子的漂亮的女知青叫作"饺子西施"。在大家的嬉笑之中，"饺子西施"很是受用地坦然接受。男女搭配，干活不累；男女一起，饺子包得有滋有味。在这样包饺子中眉来眼去最后成为一对的，还真的不乏其人。

最让大家头疼的是，没有包饺子的擀面杖和面板。不过，这难不倒我们。大家各显神通，当成擀面杖的，有人用从林子里砍下来的树干，用镰刀把树皮削光；有人用断了的铁锹棒，大多数人用的是啤酒瓶子；几乎目光一致的是，大家都心有灵犀地掀开炕席，在炕沿上铺张报纸，权且就当成了案板。知青宿舍很大，一铺炕睡十好几个人，一溜儿铺板长长的被大家分割成好多个案板，擀皮的，递皮的，包馅的，蹲在炕上的，站在地上的，人头攒动，人影交错，都集中在炕沿上，炕沿从来没有显示出那样的威力，一下子激动得面粉飞舞，那饺子包出了从来没有这样千军万马般的阵势。

饺子在大家嗷嗷的叫声中包好了，个头儿大小不一，爷爷孙子都有；面相丑的俊的参差不齐；但下到洗脸盆里，饺子都如同灰姑娘突然之间发生了蜕变，一个个的像一尾尾小银鱼游动着，煞是好看。脸盆下是松木桦子烧红的炉火，脸盆里是滚沸翻腾的水花，伴随着大家的大呼小叫，热闹非常，让好多人不顾饺子煮熟一半成了片汤，照样吃得开心。

当然，大年夜里不能光吃饺子。在北大荒知青的年夜饭里，主角除了饺子，必须还得有酒。那时候的酒是双主角，一是北大荒60度的烧酒，一是哈尔滨冰啤，一瓶瓶昂首挺立，各站一排，对峙着立在窗台上，在马灯下威风凛凛的闪着摇曳不定的幽光。那真算得上一半是火焰一半是海水，滚热的烧酒和透心凉的冰啤交叉作业，在肚子里得翻江倒海，是以后日子里再没有过的经验。得特意说一说冰啤，是结了冰碴儿甚至是冻成冰坨的啤酒，喝一口，那真上透心的凉。照当地老乡的话说，是傻小子睡凉炕全凭火力壮，年轻时吃凉不管酸，喝得痛快，如今让冰啤落下胃病的不在少数。

那一年的年三十上午，队上的司务长是北京知青秋子，知道这年夜里大伙的酒肯定得喝高了，便开着一辆铁牛到富锦县城，想为大家采购点儿吃的，哪怕买点儿水果罐头也好呀，好让大家有点儿解酒的东西，却只买到半麻袋冻酸梨。那种只有在北大荒才能见到的冻酸梨，硬邦邦，圆鼓鼓，黑乎乎的，跟铅球一样，放进凉水里拔出一身冰碴儿后，才能吃，吃得能酸倒牙根儿。但那玩意儿真的很解酒，那一年的大年夜里，很多人都喝醉了，都得靠它润嗓子和胃口。喝醉了之后，开始唱歌。开始，是一个人唱，接着是大家合唱，震天动地，回荡在年夜的夜空中，一首接一首，全是老歌。唱到最后，有人哭了。谁都知道，大家都想家了。

想想，是四十六七年前的事情了，遥远得仿佛天宝往事，却在北京每一年年根底下大家的聚会中，一次次的重现，近得触手可摸，仿佛就发生在昨天。我曾经写过这样一首打油送给大家，纪念我们那遥远的年夜和青春岁月：

青春最爱走天涯，年夜饭时偏想家。
乱炖一锅杀猪菜，闲铺满炕剪窗花。
冰啤饮罢风吹雪，水饺煮飞酒作茶。
醉后谁人歌似吼，三弦弹断弹琵琶。

2016年岁末于北京

小雪和大雪

我特别喜欢民间的谚语，充满智慧，既是对生活经验的总结，又是对大自然规律的提炼，下接地气，上敬天神。曾经有这样一句谚语：小雪腌菜，大雪腌肉。还有一句：小雪封地，大雪封河。这两句谚语，很有意思，前面一句，说的是民俗；后面一句，说的是自然。也可以这样说，前面一句，是平常百姓居家过日子的生活；后面一句，是过日子的自然背景；两者之间的关系，是相互勾连在一起的，互为表里。

按照节气，立冬过后，就是小雪。不过，这个小雪只是指节气，不见得一定会真的有小雪花飘落。如果小雪前后能够赶上一场雪，便属于初雪，即便落地即化，也会给人们带来喜悦，让一秋天树叶凋零的枝头，一下子玉枝琼花起来。

难怪人们常常将初雪比作初恋，那种晶莹洁白，落地转瞬即化的样子，很像是纯真又飘忽乃至飘逝无花果般的初恋。记得很多年以前，曾经读过一篇小说，讲一个少女的初潮来临的那一天，她跑出门外大叫，正好看见初雪飘落。当然，小说是虚构的，是想以初雪比喻初潮，让这样红白对比得更纯洁而美好，是初恋朦胧的前奏，也是人生新的觉醒和开始。

其实，在北京，小雪节气时赶上初雪的概率是很低的。放翁有一句诗："久雨重阳后，清寒小雪前。"这句诗里的小雪，是对仗于重阳的节气，并非指真的下雪。小雪未雪，是北方尤其是干燥的北京常见的，只是这个节气里，天气变得如放翁所说的，有些清寒。这"清寒"二字，是这个节气最恰当而形象的指示牌。如果说冬至后的大寒才会露出冬天真正的面目，那时候的寒冷可以称之为酷寒，"小雪"节气里的"清寒"，便由此对比得如同一位清瘦的旗袍女人，而那种"酷寒"的季节，则像是一个必得穿上羽绒服臃肿的胖美人了。所以，在我国从古至今，给女孩子起名字的，有叫小雪的，而很难见到叫大寒的。

小雪时节，赶上真的飘起细碎小雪花的，在我漫长的人生中，只赶上一次。那是48年前，我刚刚到北大荒插队不久，记得很清楚，是大田里的豆子刚割完收到场上，还没有完全入囤。一天上午，天忽然飘了小雪花。由于北大荒的田野甩手无边，一眼望过去，无遮无拦，一直连到远远的地平线。小雪花仿佛迈着细碎的小碎步，跳着芭蕾的小精灵一般，从天边慢慢地飘过来。起初，根本看不见，渐渐的，才见它们拉着洁白的轻纱一样，罩满了天空和田野，也罩满了我们的晒场。

那时候，我正在晒场上装满满一麻袋一麻袋的豆子入囤，眼瞅着小雪花就铺满了晒场的地上，绒毛毛的薄薄的一层，像是前些日子早晨起来常常看到过的秋霜。而沾在大豆上的雪花，更像是割豆子时常常冻僵我手指的霜花。连接入囤要爬上的那三阶高高的跳板，已经像铺上了一层银白色的地毯一样，飘忽在晶莹的雪花中。

北大荒地处我国最北方，天气显得更冷，小雪前下雪很常见。当地老农告诉我，还有在"十一"国庆节就下雪的时候呢。但是，对于我却是第一次见到这么早下雪。而且，雪越下越大，到了下午，已经是铺天盖地，白茫茫一片。跳板上全是雪花，太滑，入囤的活儿没法干了。队上放假，我们跑到当时的知青大食堂里玩，那里有我们自制的乒乓球球台，年轻时，吃凉不管酸，以苦为甜，找乐穷开心。尽管48年过去了，记忆里的情景还是那样的清晰，我和伙伴打乒乓球比赛，谁输谁要买一筒罐头请客。那时候，队上小卖部只剩下了香蕉罐头，那种香蕉罐头，到现在我也忘不了，一个长圆形的铁皮罐头里，直杵杵的，只立着四根，是两根香蕉从中间切成了两截。我们的比赛，一直打到小卖部的香蕉罐头卖光，我们把罐头里的香蕉吃光。

以后，小雪时节，我再没有见过下雪。当然，我再也没有见过这样的香蕉罐头。初雪，就这样消失在我逝去的青春里。

关于小雪和大雪那两句谚语：我小雪腌菜，大雪腌肉；小雪封地，大雪封河。小时候在北京就听，长大了到北大荒插队时候还听。两地的老人好像是一所学校里毕业的。只是，无论小时候还是长大以后，无论是在北京还是在北大荒，小雪腌菜还有，主要是腌雪里蕻，渍酸菜，但大雪腌肉没有了，因为那时候肉奇缺而显得格外珍贵，每人每月几两猪肉的限量，是无法腌的。不过，小雪封地，大雪封河，却是有的，无法更改。这凸显了这句谚语的力度，是远远高于小雪腌菜，大雪腌肉这句谚语的。生活的经验可以改变，大自然的规律是无法改变的。人在大自然面前，是渺小的，记得一位欧洲的科学家曾经说过：人在自然和生活之间，只是一个比例中项。所以，尊重自然，敬畏自然，是人应该的本分。

当年，我所在北大荒的大兴农场，前后被七星河和挠力河两条河环绕。小雪封地，大雪封河，这句谚语，在北大荒，比在北京还要格外彰显其准确性，灵验得就像安徒生童话里说的：一支手轻轻一动，就可以让冻僵的玫瑰花盛开，也可以让盛开的玫瑰花冻僵。

记得刚去的第一年冬天，顶着飘飞的大雪，我到七星河畔修水利，就是挖土方，准备来年开春将七星河两岸的沼泽地开垦成田地，当时的口号是：开发荒原，向荒原进军。那时候，已经到了大雪的节气，地冻得邦邦硬，一镐头下去，只显现出牙咬的一个浅浅的白印。七星河已经完全封冻，居然可以在河面上跑十轮卡车。这是我从来没有见过的情景。在北京，即便是大雪封河，封冻的河面不会那么厚，那么结实，敢在冰面上跑汽车的。夏天，我们从北京来这里时候，过七星河，还要乘坐小火轮呢，河水清澈见底，游鱼历历可数。两岸的沼泽地中芦苇丛生，起飞着白鹭仙鹤和好多不知名的水鸟。冬天来了，大雪飘飞的时候，七星河完全变成了另一种模样，安静而温顺得任十轮卡车在它的上面尽情奔跑，任我们的镐头在它的两岸纷飞挥舞。

真的，一辈子没见过这么纷纷扬扬的大雪，没见过这么结实的封冻的河面。那时候，大雪封河是和大雪封门这两个词是连起来一起用的。但是，大雪封门的时候，我们会铲掉门前的雪，依然出工到七星河畔去修水利，我们也会用炸药炸开河面厚厚的冰层，去捕捞河底的鲤鱼吃。我们没有想过，大雪封门的时候，我们就需要休息；大雪封河的时候，河同样也需要休养生息。

四十多年过去了。前几年，我回过一次北大荒。站在七星河畔，我格外惊讶，河水是那样的浅，那样的瘦，和当年我最初见到它时完全两个样子，仿佛一下子苍老成了一个瘦骨嶙峋的老人。河两岸当年被我们用双手开发成的田野，现在正在逐步恢复原有的沼泽地，说那是湿地，是七星河两岸的肾。河水滋养着沼泽地，沼泽地也滋养着河水。我感叹我们青春徒劳的无用功，更感叹大自然真的是一尊天神，不可冒犯，冒犯了，便会给予我们惩罚。

如今，依旧是小雪腌菜，大雪腌肉；依旧是小雪封地，大雪封河。只是，七星河的河面冰封时不再有原来那样的厚，那样的宽了。十轮卡车也不再在河面上跑了，因为河上架起一座人工修造的七星桥。

还是非常想念没有桥的时候，在大雪纷飞的时候，坐着爬犁，几匹马拉着，爬犁飞快地跑在封冻的七星河面的情景，是任何地方都比不上的壮观。洁白如玉的雪，厚厚的铺在河面上，爬犁的辙印刚刚印下粗粗的凹痕，立刻就又被雪花填平。爬犁始终像是在一面晶莹的镜面上飞行。

如果是雪停的时候，一下子，不知从哪儿突然飞来一群像麻雀大的小鸟，当地人管这种鸟叫雪燕，它们浑身的羽毛和雪花一样也是白色的，只是略微带一点儿浅褐色。雪地上飞起飞落着小巧玲珑的雪燕，和雪地那样浑然一体的白，在夕阳金色的余晖映照下，分外迷人。那情景有些像童话，仿佛我们要赶去参加森林女王举办的什么舞会，而它们就是森林女王派来的向导。那群雪燕在我们的爬犁前飞起飞落，然后飞跑，一直飞到七星河边的老林子里，落在树枝上，坠得树枝颤巍巍的，溅落下的雪花响起一阵细细的声响，如同音乐一般美妙。

那样的情景，是以后我再也没有见到的。那是只有童话里才有的一种情景，那是只有童话里才有的一种感觉。

2016年12月1日于北京

鲫鱼汤

有些事很难忘记，大学毕业那年暑假，我回北大荒一趟。那时，知青返乡热还没兴起，我是我们生产队乃至全农场第一个回去的知青，乡亲们都还健在，心气很高。过佳木斯，过富锦，过七星河，我赶回我曾经待过的大兴岛二队的上午，队上已经特意杀了一头猪，在两家老乡家摆出了阵势，热闹得像准备过年。

几乎全队的人都聚集在那里，等着和我一醉方休。挨个乡亲，我仔细看了一周遭，发现只有车老板大老张没有来。我问大老张哪儿去了？几乎所有人都笑了起来，七嘴八舌地叫道："喝晕过去了呗！得等着中午见了！"

大老张是我们队上有名的酒鬼。一天三顿酒，一清早起来，第一件事是摸酒瓶子，赶车出工的时候，腰间别着酒葫芦，什么时候想喝，就得咪上一口。有时候，去富锦县城拉东西，回来天落黑了，他又喝多了，迷了路，幸亏老马识途，要不非陷进草甸子里，回不了家。

不过，大老张干活儿不惜力，他长得人高马大，一膀子力气，麦收豆收，满满一车的麦子和豆子，他都是一个人装车卸车，不需要帮手。需要帮手的时候，他爱叫上我。因为他爱叫我给他讲故事，他最爱听水浒。我们俩常常为争谁坐水浒里的第一交椅而掰扯不清，我说是豹子头林冲，他非要说是阮小二，因为阮小二是打鱼的，他家祖上也是打鱼的。那都是哪辈子的事了？自从他爷爷闯关东之后，他就会赶马车。

那时候，知道我和大老张关系不错，大老张老婆老找我，让我劝大老张少喝点儿。每一次劝，大老张都会说："停水停电不停酒！"然后，接着雷打不动地喝。

那天午饭，我也没少喝。两户人家，屋里屋外，炕上炕下，摆了好几桌，杀猪菜尽情地招呼，乡亲们问我这个人怎么样，那个人又怎么样，一个个的知青，都关心地问了个遍。就着北大荒酒的酒劲，乡亲们的热情，一浪高过一浪。

午饭快要结束的时候，院子里传了粗葫芦大嗓门，叫着我的名字："肖复兴在哪儿了？"一听，就是大老张，这家伙，真的是等到中午才来？早晨的酒劲儿过去了，又接着中午这一顿续上了？我赶紧起身叫道："我在这儿！"他已经走进了屋，大手一扬，冲我叫道："看我给你弄什么来了。"我定睛一看，他手里拎着两条小鱼。那鱼很小，顶多有两寸来长。他接着对我说："一清早我就到七星河给你钓鱼去了，今天真是邪性，钓了一上午，钓到了现在，就钓上这么两条小鲫瓜子！"说着，他把鱼递给身边的一个妇女，嘱咐她："去给肖复兴炖汤喝，我就知道你们吃的什么都有，就是没有鱼！"

有人调侃大老张："我们还以为你喝晕过去了呢！"大老张很一本正经地说："今儿我可是一滴酒还都没有喝呢，我说什么也得给咱们肖复兴钓鱼去，弄碗鱼汤喝呀！"酒喝多了，鱼怎么钓？这话说得我心头一热。自从认识大老张以来，这是他第一次一上午滴酒未沾。

鲫鱼汤炖好了，端上来，只有小小的一碗。炖鱼的那个妇女说："鱼实在是太小了！"大家都让我喝，说这可是大老张的一片心意！这时候，大老张已经喝多了，顾不上鲫鱼汤，只管呼呼大睡。满是胡子茬的大嘴一张一合吐着气，像鱼嘴张开吐着泡泡；浑身是七星河畔水草的气味。

什么时候，有过一个人，整整一个上午，让你喝上一碗鱼汤，而为你专门去钓鱼？我的心里说不出的感动。单木不成林，一个地方，之所以让你怀念，让你千里万里想再回去看看，不仅仅是那个地方让你难忘，更是有人让你难忘。

我永远难忘那碗小小的鲫鱼汤，汤熬成了奶白色，放了一个红辣椒，几片香菜，色彩那样的好看，味道那样的鲜美。算一算，35年过去了，七星河还在，但是，钓鱼的人不在了。那个唯一一个上午忍着酒虫子钻心而专心坐在那里，专门为你钓鱼的人不在了。

2017年3月26日于北京

春节的苹果

我回到北京，说起这件事，好多人都不相信是真的。但它确实是真的。事情发生在48年前的春节，那是我离开北京到北大荒过的第一个春节。

大年初一的中午，队上聚餐。尽管从年三十就开始大雪纷纷，依然阻挡不住大家对这顿年饭的渴盼，很早，全部知青拥挤在知青食堂里。队里杀了一口猪，炖了一锅杀猪菜，为大家打牙祭。队上小卖部的酒，不管是白酒还是果酒，早被大家买光。

那是我第一次吃杀猪菜，翻滚着沸腾的水花，端将上来，热气腾腾，扑面而来，满眼生花，觉得很新鲜，尤其是里面的血肠，从来没有见过，特别滑爽好吃。

比血肠更让我感到新鲜的，是赶马车的车把式大老张带来的一大坛子酒，倒给我们每个人一小杯，让我们尝尝，猜猜是什么酒。这种酒，别说我从来没有喝过，就是见都没见过。度数没有北大荒酒强烈，却别有一种香气，浅黄颜色，非常鲜亮，味道有点儿甜，也有点儿发酸，入口进肚，绵绵悠长，特别受女知青的欢迎。一大坛子酒，很快被大家喝光。大老张告诉我们这叫嘟柿酒，是他用嘟柿自己酿造的。嘟柿，是一种秋天结的野果，那时，我没有见过这玩意儿，大老张说秋天带我进完达山摘嘟柿去。

这顿年饭，热热闹闹，从中午一直吃到了黄昏。难得队上杀了一口猪，难得大家能欢聚一堂。都是第一次离开家，心中想家的思念，便暂时被胃中的美味替代。有人喝高了，有人喝醉了，有人开始唱歌，有人开始唱戏，有人开始掉眼泪……拥挤的食堂里，声浪震天，盖过了门外的风雪呼啸。

就在这时候，菜园里的老李头儿扛着半拉麻袋，一身雪花的推门进了食堂。老李头五十多岁，大半辈子侍弄菜地，我们队上的菜园，让他一个人伺弄得姹紫嫣红，供我们全队人吃菜。不知道他的麻袋里装得什么东西，如果是菜，大家的年饭都已经吃完了，他扛来菜还有什么用呢？只看老李头儿把麻袋一倒，满地滚的是卷心菜（北大荒人管它叫洋白菜），果然是菜，望着一地的卷心菜，望着老李头儿，大家面面相觑，有些莫名其妙。几个喝醉酒的知青冲老李头儿叫道：这时候，你弄点儿子洋白菜干什么用呀？倒是再拿点儿酒来呀！

老李头儿没有理他们的叫喊，对身边的一位知青说，你去食堂里面拿把菜刀来。要菜刀干吗呢？大家更奇怪了。菜刀拿来了，递在老李头儿手里，只见他刀起刀落，卷心菜被拦腰切成两半，从菜心里露出来一个苹果。简直就像变魔术一样，这让大家惊叫起来。不一会儿的工夫，半麻袋的卷心菜里的苹果都金蝉脱壳一般滚落出来，每桌上起码有一两个苹果可吃了。那苹果的颜色并不很红，但那一刻在大家的眼睛里分外鲜红透亮。

可以说，这是这顿年饭最别致的一道菜。这是老李头儿的绝活儿。伏苹果挂果的季节，正是卷心菜长叶的时候。老李头儿把苹果放进刚刚卷心的菜心里，外面的叶子一层层陆续包裹上苹果，便成为苹果在北大荒最好的储存方式。没有冰箱的年代里，老李头儿的土法子，也算是他的一种发明呢。老李头儿就等着过年的时候拿出来亮相，让自己露一手。

很多人不大相信，有人对我说，卷心菜的菜叶是一层层从外面往里面长的，苹果怎么能包裹进菜心里面呢？说这样话的人，是没有种过卷心菜。前两天，我到北京郊区的知青农场的大棚里买新鲜的蔬菜，看到大棚里的卷心菜正在卷心长叶，和负责种菜的一位师傅说起这段往事，她望着卷心菜的菜心，笑着说，这倒真是一种好法子！现在，正是把苹果放进菜心里的时候。

2017年春节前夕于北京

西瓜记事

有好长一阵子，西瓜刚刚上市的时候，下班回家的路上，我总要停下自行车，走到路边的西瓜摊或西瓜车旁，帮助瓜贩或瓜农卖西瓜。好像那里有什么特殊的魔力在吸引着我，我就像一个棋迷，看见了棋盘，就忍不住情不自禁地向那里走了过去。

那时，广渠门内白桥那里，常常会停着一辆马车，车上装满西瓜，趁着下班人流密集，卖瓜的瓜农站在车上，吆喝着卖西瓜。我常常会帮他们卖西瓜。卖瓜的瓜农，自然很高兴，来了个不要工钱的帮手，就像现在的志愿者。关键是我挑瓜的手艺不错，总能够从瓜蒂的青枯，瓜皮纹络的深浅，或者轻轻地拍拍瓜，从瓜发出的声音，传递到手心的感觉，来断定瓜的好坏，瓜皮的薄厚，是沙瓤还是脆瓤，是刚摘的新瓜，还是前好几天摘的陈瓜。

开始，卖瓜的主儿含笑不语，买瓜的人满脸狐疑。好像在等待着一场什么好戏，等着意想不到的结局，或等着拾乐儿。

被刀切开的一个个西瓜豁然露出那鲜红的瓜瓤，比什么都有说服力。没过多久，他们对我充满了信任。信任，让人亲近起来，信任也像忽然得了传染病一样，让好多买瓜的人认识了我，在白桥一带，我有了一点儿小名气。他们说，这里有个挑瓜的，手艺不错！每天下班之后的黄昏时分，他们看见我在路边支上自行车，老远就纷纷地招呼我："师傅，帮我挑个瓜！"尤其是碰上个模样俊俏的小媳妇或时尚年轻的姑娘，绽开花一样的笑脸招呼我，心里还是挺受用的，甚至有些隐隐的得意，仿佛遇到了知音，挑起瓜来格外来情绪。

好在我没有失手过。当场验明正身，切开的瓜，红瓤黑籽，水灵灵的，红粉佳人一般，个个不错，惹人怜爱。所有人，包括我自己，在瓜被切开的那一瞬间，眼睛都会一亮。那几个卖瓜的主儿，看着车上渐渐变少的西瓜，眯缝着眼睛笑，乐得其所。那些买瓜的人，在瓜被切开之前，就像考试的学生在揭榜之前一样，有些兴奋，也有些紧张，还有些跃跃欲试的期待。我的眼睛里，不仅是西瓜，余光里有这些人的表情，心里的感觉很爽。

我趴在车前，拍拍这个瓜，再拍拍那个瓜，然后，指着前面那个瓜，对那些老头老太太小媳妇小姑娘说："就要这个瓜！"没错，就是它！面对一列众人和满满一车的西瓜，那落地有声，那信心满满，那指点江山，甚至有些得意扬扬的劲头，不像皇帝选六宫粉黛，不像将军指挥千军万马，也多少有点儿像引吭高歌一曲，立刻能获得满台掌声和瞩目你的目光。买瓜的高兴，卖瓜的高兴。顺便给自己挑一个西瓜，夹在自行车后架上，驮着夕阳回家，家里人也高兴。那一阵子，下班路上，瓜车前面，夕阳辉映之下，我颇有些成就感。

说起那一阵子，是我从北大荒插队刚回到北京的那几年。我所有挑瓜的手艺，都是在北大荒那里学来的。那时候，我所在的大兴岛二队的最西边，专门开辟了一块荒地做瓜园，种的都是西瓜和香瓜。从西瓜还未完全成熟，到西瓜拉秧耙园，我们从夏天一直能够美美地吃到秋天。那时，瓜园是我们知青的乐园，西瓜和香瓜是我们能吃到的唯一水果。

那时，西瓜刚刚结果，在瓜园里就搭起一个窝棚，每天从白天到夜晚都会派老李头儿看守，他是当地的老农，孤寡一人，伺候瓜地有一手，瓜园被他就像伺候自己的媳妇一样细致周全，自然每年瓜都结得不错，算是对他的回报。他每天吃住都在那里，为了防备獾和狐狸夜里跑来糟蹋瓜园。老李头儿大概是没有想到，夜袭瓜园的，常常不是獾和狐狸，而是知青。我们常常会趁风高夜黑时分溜进瓜地去偷西瓜。瓜园的田埂边，有一道不宽的水沟，西瓜要水，水沟是老李头挖的，为了瓜园浇水用。我们在瓜园里偷的瓜，就都放进水沟，瓜顺着流出瓜园，我们可以大摇大摆地拿到知青宿舍里尽情地吃。我们自以为老李头儿不知道，其实，他门清儿，只是不揭穿我们的小把戏罢了。事后好多年，我重返北大荒，见到老李头儿，提起旧事，老李头儿对我说："都是北京来的小孩子，一年难得有个瓜吃，就敞开了吃呗！"

赶上老李头儿高兴，他会教我们挑瓜。不过，那时候，我们不怎么听信他的。我们信奉实践出真知，吃得多了，见得多了，瓜的好赖，自然就分得清了。西瓜自然也被我们糟蹋不少。

西瓜成熟的季节，西瓜分不过来。队上分瓜，知青按照班组派人去瓜地挑瓜。去的人每人要挑出一麻袋西瓜，扛回来大家吃。这是个美差，因为扛西瓜回知青宿舍之前，先自己美美地吃得肚子滚圆。有一次，我和一个同学去瓜地挑瓜，先韩信点兵一般从瓜园里摘下半麻袋瓜，然后，一屁股坐在地头吃瓜，用拳头砸开瓜，吃一口不好，扔掉，吃一半扔一半，直到吃得水饱，吃不下去为止。老李头儿看见我们扔了一地的西瓜，气得冲我们喊："有你们这么糟蹋瓜的吗？那瓜长了一春一夏，容易吗？"吓得我们扛着麻袋一溜烟儿跑了。

我的挑瓜手艺，就是这样练出来了。

那时候流行语，叫作要知道梨子的滋味就要亲口尝一尝。如果说在北大荒那几年，青春蹉跎殆尽，残存的收获之一便是挑瓜的手艺了。想想那一阵子下班回家的路上，无所事事又像在干什么有意思的事情，去瓜车前挑瓜的情景，其实，兴奋自得之余，有些好笑，也有些苍凉。我就像一个过气儿的演员，已经没有了青春，没有了演出的舞台，却独自一个人跑到野台子上，亮亮嗓子和身段，过一把唱戏的瘾。

说起那一阵子，真的有些像天宝往事一样遥远。如今，马车早已经不允许进城，白桥那一带早已拆迁变得面目皆非。原来前面的女十五中，早改名为广渠门中学，整幢楼从南面移到北面了。世事沧桑中，我也廉颇老矣，偶尔在瓜摊前自以为是地挑个瓜，也不灵光，手艺潮了。挑瓜和唱戏一样，也得曲不离口，拳不离手，多年不练，武功尽废。

偶尔，也会想起老李头儿。只是，前好几年，他已经去世。

2016年8月22日写于北京

北大荒那盏马灯

44年前，我在北大荒一个生产队的小学校里当老师。说是小学校，就是两间用拉禾辫盖起的草房，其格局和当地农民的住房完全一样，只不过把烧柴锅做饭的外间，作为了老师的办公室。说起老师，除了校长，就我一个。我要教从四年级到六年级语文算术包括美术和体育所有的课程。而且，这几个年级所有的学生都在一个班，当地叫做复式班。拳打脚踢，都是我一个人招呼。

有一次，六年级算术课讲勾股定理，我带着学生到场院，阳光斜照下的粮囤，在地上有一个很长的阴影子，等到影子和粮囤大约成45度夹角的时候，我让学生量量影子的长短，告诉他们影子的长度就是粮囤的高度。这种实物教学，让学生感到新奇。

那天放学后，教室里的学生都回家了，只留下一个小姑娘还坐在座位上，我走到她的身旁，问她有什么事情吗？她站了起来，说："肖老师，今天，我们在地上量影子的长短，就可以不用爬到囤顶上去量了。"算术挺有意思，我想学算术。我对她说："好呀，你好好学，上了中学，算术变成了数学，还有好多有意思的课。"她接着问我："如果我学好了算术，是不是以后可以当咱们队上的会计？"我说："当然可以了！"然后，我又对她说，你干吗非在咱们队上当会计呀，还可以到别处做很多有意思的工作呢！

说完这些空洞的却当时我自己也感动的话之后，她满意地背上书包走了。我知道，她特意留在教室，就是为了问我这个问题的。一个大人看来简单的问题，对于一个六年级的孩子，却不简单，有时可能会影响她的一生。而一些看似美好的话，其实不过是一个漂亮的肥皂泡，漫长的人生中，不要说残酷的命运，就是琐碎的日子，也会粗粝地将孩提时的梦想灰飞烟灭。那时候，她年龄小，不会懂得，即便我年龄比她大多了，就懂得了吗？

44年过去了，我已经忘记了她的名字。只记得她是我们队上车老板的女儿，车老板是山东人，长得人高马大，她随她爸爸，长得也比同龄人高半头。在我教她的那一年里，我让她当算术课代表，她特别高兴，每天帮我收发作业本，她自己的作业写得非常整洁，算错的题，都会在作业本上重新做一遍。我知道，她最大的梦想就是以后可以当我们队的会计，她对我说过，这样就可以不用像她爸爸整天风里来雨里去赶马车了。她说她爸爸有时候赶车要赶到富锦县城，来回有一百多里地，要是赶上刮大烟泡，真的非常辛苦。她说的是多么实在，在她纯真的眼光里，充满着多么大的向往。抽象的算术，已经变成了一个看得见摸得着的会计，一种每天催促他努力的动力。

一年过后，暑假快结束，就要开学的一天晚上，我坐在办公室里备课，房门被推开了，进来的是她，手里提着一盏马灯，马灯昏黄的灯光把她的身影拉得很长，映在草房的墙上。我不知道她有什么事情，她已经读完六年级，小学已经毕业，再开学就应该到我们农场的中学读书了。我还没来得及问，就见她哭了起来，然后，她对我说：我爸爸不让我读中学了，肖老师，你能不能到我家去一趟，跟我爸爸说说，劝劝我爸爸让我去场部读中学！

沿着队上那条土路，我跟着她向她家走去。她在前面带路，手里的马灯一晃一晃的，灯捻被风吹得像一颗不安的心不住摇摆。但那时候，她显得很高兴，心里安定了下来，仿佛只要我去她家，她爸爸一定就会同意她去场部中学读书。她实在是太天真了。一路走，看着前面马灯灯光下拉长的她的身影，像一条灵动的草蛇在夜色中游弋，我对去她家的结果充满担心。

果然，车老板给我倒了一杯用椴树蜜冲的蜂蜜水，然后果断拒绝了我替她的求情。车老板只是指指在炕上滚的三个孩子，便不再说话。我刚进门时候还对他说：孩子想读中学，她想当一个会计……我明白了，他现在不需要一个会计，只需要一个帮手，帮他拉扯起这一个家。

离开车老板家，她提着马灯送我，我说不用了，她说路黑，坚持要送。我拗不过她，一路她不说话，一直到小学校。我正想安慰她几句，她忽然扑在我的怀里，嘤嘤地哭了起来。马灯还握在她的手里，在我的身后摇晃着。不知这么搞的，在那一刻，风把马灯吹灭了。那一刻，让我真的有些心惊，她也止住了哭声，只对我说了句："我当不了会计了！"

不知道该如何安慰她，我帮她把马灯拾起来，进房拿出火柴帮她把马灯重新点亮，看着她走远，影子一点点变小。马灯光在北大荒的黑夜里闪动着，一直到完全被夜色吞没。那一晚，北大荒沉重的夜色，一直压抑在我的心头。我知道，更会像一块石头一样，沉重的压抑在她的心头，而从此再也无法搬开。

11年前，即2004年夏天，我重返北大荒，又回到我们的生产队，打听车老板和他的女儿，乡亲们告诉我，车老板一家早就搬走，不知他们的消息。算一算，车老板的女儿如今应该40多岁，她的孩子到了她当初读中学的年龄了。我教书的那个小学校居然还在，一间普通拉禾辫的草房，居然能够挺立那么长的时间，比人的寿命都长。那天晚上，我走到我的小学校房前，不再用马灯了，房里面电灯明亮。我的身影映在窗子上，分为明显。就听一声清脆的声音："肖老师来了！"从房里面传出，紧接着，从里面走出来一个小姑娘和她的父亲，小姑娘和当年车老板的女儿大小差不多，让我一下子有一种恍然如梦的感觉。父亲告诉我他们是来收麦子的麦客，暂时住在这里。小姑娘对我说："早听说你要来，我学过语文课本里你的文章！"然后，她又好奇地问我，他们说以前这里是小学校，你就在这里当老师教书，是真的吗？

那一刻，我忽然有些语塞，因为我有些走神。我想起了车老板的女儿，想起了北大荒夜色中那盏马灯。

2015年3月10日于北京

荒原记忆

在我国传统文化中，只有大地、乡土或原野，没有荒原这个词。荒原这个词应该最早出现在五四时期。那时候，有艾米莉·勃朗特的《呼啸山庄》和奥尼尔的《荒原》翻译出版，荒原才不仅作为一种文学中的情境与意象，也作为一种新时代特别是"五四"之后，冲破的旧文化的藩篱而渴求新的生活的时代动荡中，人们向未知世界挑战或与欲征服的欲望和精神的存在。曹禺就是那个年代受到奥尼尔的影响，写作了《原野》。在曹禺的剧作中，在我看来，这是他最好的一部剧。去年，他的《雷雨》重新演出遭到年轻人的哄笑，但在《原野》中，不会出现这样由时代造成的隔膜而引发跨时空的笑声。因为《原野》中的背景不仅仅是时代更是人类共同生存的窘境，可以和现代人共鸣。而这恰恰是"原野"不受时空限制永恒的象征意义。其实，在奥尼尔剧中的"原野"一词，应该翻译为荒原。

荒原不是作为文本意义和象征意义，而是作为实实在在地存在，真正出现在我的面前，是1968年7月的夏天，我21岁。

我来到北大荒生产建设兵团一个被挠力河和七星河包围的大兴岛。一个北大荒的"荒"字，就命定了它荒原的归属。那时候，我们乘坐一艘柴油机动船，渡过七星河的时候，放眼望去，宽阔河水两岸都是长满芦苇的沼泽地，再远处，则是一片荒草萋萋的荒地，一直平铺待天边的地平线。我才见识了什么是荒原。在这样一片荒原包围下，轰轰作响的机动船，和船上的我们，都显得那么渺小。

后来，我们扎起了帐篷，开荒种地；再后来，我被调到生产建设兵团六师的师部，一个叫建三江的地方——这个名字是当时我们的师长取的，为了就是开发这一片三江荒原。所谓三江，指的是黑龙江、松花江和乌苏里江三条江包围的地盘。向荒原进军，是当时喊出的响亮口号。我奉命调到那里去编写文艺节目。记得我和伙伴们编写的第一个节目叫作《绿帐篷》的歌舞，第一段歌词是这样唱的："绿色的帐篷，双手把你建成；像是那花朵，开遍在荒原中……"

现在，才知道，当年我们开发的荒原，其实是湿地，被称作大地的肾。这些年，知青重返北大荒，成为了一种热潮。前些年，我也曾经回过北大荒，看到把开发出来的地重新恢复为湿地，保护湿地，成为和当年开发荒原一样响亮的口号。看着已经瘦得清浅的七星河，和变幻了色彩的原野，觉得历史和我们开了个玩笑。

后来看学者赵园的著作，她在论述荒原和乡土之间的差别时说：乡土是价值世界，还乡是一种价值态度；而荒原更联系于认识论，它是被创造出来的，主要用于表达人关于自身历史、文化、生命形态和生存境遇的认识。她还说，乡土属于某种稳定的价值情感，属于回忆；而荒原则由认识的图景浮出，要求对它的解说与认指。

赵园的话，让我重新审视北大荒。对于我们知青，它属于荒原，还是乡土？属于乡土，可当时那里确实是一片兔子都不拉屎的荒原，当年青春季节开发的荒原并没有什么价值；属于荒原，为什么知青如今把它当作自己的故乡一样频频含泪带啼的还乡？过去曾经经过的一切，都融有那样多的情感价值的因素？

我有些迷惘。仔细想当年荒原变良田，北大荒变北大仓的情景，和如今又恢复湿地的翻云覆雨的颠簸，该如何爬梳厘清这一切错综复杂的关系？或许对于我们知青而言，北大荒这片中国土地上最大的荒原和乡土的关系，并不像赵园分割得那样清爽。这片荒原，既有我们的认识价值，又有我们的情感价值；既属于被我们开垦创造出来的荒原，又属于创造开垦我们回忆的乡土。

我想起44年前，1971年的春节，我在师部，由于有事耽搁，等年三十要走了，突如其来的一场暴风雪，让我无法过七星河回原来的生产队和朋友老乡聚会一起过年。师部的食堂都关了张，大师傅们都早早回家过年了，连商店和小卖部都已经关门，命中注定，别说年夜饭没有了，就是想买个罐头都不行。

暴风雪从年三十刮到了年初一，我只好萎缩在孤零零的帐篷里。就在这时候，忽然听到有人大声呼叫我的名字。由于暴风雪刮得很凶，那声音被撕成了碎片，显得有些断断续续，像是在梦中，不那么真实。但那确实是叫我名字的声音。我非常的奇怪，会是谁呢？在师部，我仅仅认识的宣传队里的人一个个都早走了，回去过年了，其他的，我没有一个认识的人呀！谁会在大年初一的上午来给我拜年呢？

满怀狐疑，我披上棉大衣，下了热乎乎的暖炕，跑到门口，掀开厚厚的棉门帘，打开了门。吓了我一跳，站在大门口的人，浑身是厚厚的雪，简直是个雪人。我根本没有认出他来。等他走进屋来，摘下大狗皮帽子，抖落下一身的雪，我才看清是我们二连的木匠老赵。他从怀里掏出一个大饭盒，打开一看，是饺子，个个冻成了邦邦硬的砣砣。他笑着说道："可惜过七星河的时候，雪滑跌了一跤，饭盒撒了，捡了半天，饺子还是少了好多。凑合吃吧！"

我立刻愣在那儿，半天没说出话来。他是见我年三十没有回队，专门来给我送饺子来的。如果是平时，这也许算不上什么，可这是什么天气呀！他得多早就要起身，没有车，三十来里的路，他得一步步地跋涉在没膝深的雪窝里，他得一步步走过冰滑雪滑的七星河呀。

那一刻，风雪中的荒原和帐篷，因老赵和这盒饺子而变得温暖。真的，哪怕只剩下了这盒饺子，北大荒对于我既属于荒原，也属于乡土。

2014年8月14日于布鲁明顿

麦秸垛和豆秸垛

在北大荒插队的时候，我只留意过豆秸垛，没有怎么留意麦秸垛。那时候，队上每家的房前屋后最起码都要堆上一个豆秸垛，很少见有麦秸垛的。我们知青的食堂前面，左右要对称地堆上两个豆秸垛，高高的，高过房子，快赶上白杨树了。这些豆秸，要用整整一年，烧火做饭，烧炕取暖，都要靠它。

麦秸垛，一般都只是堆在马号牛号旁，喂牲畜用，不会用它烧火做饭，因为它没有豆秸经烧，往灶膛里塞满麦秸，一阵火苗过后，很快就烧干净了，只剩下一堆灰烬，徒有热情，没有耐力。

返城后很多年，看到了凡·高的速写和莫奈的油画，有很多幅画画的是麦秸垛，一堆堆，圆乎乎，胖墩墩，蹲在收割后的麦田里，闪烁着金子般的光。才发现麦秸垛挺漂亮的，只不过当初忽略了它的存在。只顾着实用主义的烧火做饭烧炕取暖，不懂得它还可以入画，成为审美的浪漫主义的作品。

后来看到文学作品，大概是铁凝的小说，她称麦秸垛是矗立在大地上女人的乳房。这样的比喻，我从来没有想到过，尽管我在北大荒经历过好多年的麦收。但我不得不承认，这个比喻新鲜，充满乡土气息和人情味，让我忍不住想起当年在北大荒一望无际的麦田里，弯腰挥舞镰刀也抖动着大乳房的当地能干的妇女。

再后来，我看到聂绀弩的诗，他写的是北大荒的麦秸垛："麦垛千堆又万堆，长城迤逦复迂回，散兵线上黄金满，金字塔边赤日辉。"他写得要昂扬多了，长城、黄金和金字塔的一连串的比喻，总觉得压在麦秸垛上会让麦秸垛力不胜负。不过，也确实惭愧当年在北大荒收麦子时缺乏这样的想象力。

但是，对于豆秸垛，我多少还是有些想象的，那时看它圆圆的顶，结实的底座，阳光照射下，一个高个子又挺拔的女人似的，丰乳肥臀，那么给你提气。当然，比起麦秸垛的金碧辉煌，豆秸垛灰头灰脸的，像土拨鼠的皮毛。只有到了大雪覆盖的时候，我才会为它扬眉吐气，因为那时候，它像我儿时堆起的雪人。

用豆秸，是有讲究的，会用的，一般都是用三股叉从豆秸垛底下扒，扒下一层，上面的豆秸会自动地落下来，填补到下面来，绝对不会自己从上面塌下来。在这一点上，麦秸垛是无法与之相比的，如果是麦秸垛，早就像一摊稀泥一样，坍塌得一塌糊涂，因为麦秸太滑，又没有豆秸枝杈的相互勾连。所以，就是一冬一春快烧完了，豆秸垛都会保持着原来那圆圆的顶子，就像冰雕融化时候那样，即使有些悲壮，也有些悲壮的样子，一点一点地融化，最后将自己的形象湿润而温暖地融化在空气中。

因此，垛豆秸垛，和垛麦秸垛，是完全两回事。垛豆秸垛，在北大荒是一门本事，不亚于砌房子，一层一层的砖往上垒的劲头和意思，和一层一层豆秸往上垛，是一个样的，得要手艺。一般我们知青能够跟着车去收割完的豆子的地里去拉豆秸回来，但垛豆秸垛这活儿，都得等老农来干。在我看来，能够会垛它的，会使用它的，都是富有艺术感的人。在质朴的艺术感方面，老农永远是我的老师。

不能怪我偏心眼儿，对豆秸垛充满感情。对于麦秸垛，我的心里有一道迈不过去的坎儿。尽管看过了凡·高和莫奈的画，看过了铁凝的小说和聂绀弩的诗，对于麦秸垛，还是提不起足够的精神，用他们那种独有的审美眼光，重新审视麦秸垛之后，然后从容地迈过这个坎儿。

我怎么也忘不了，45年前，在北大荒的麦收时节，打夜班收麦子，一位北京女知青，因为一连几夜没睡觉，太困了，倒在麦地的一个麦秸垛里睡着了。那时候，联合收割机在麦地里收好麦子顺便就脱好谷，剩下的麦秸，就地垒成小小的麦秸垛，等天亮时马车来拉走，拉到马号牛号去，或者是麦收后一把火把它烧净。大概怕着凉，这个女知青顺手在自己的身上盖了一层麦秸。一片金灿灿的麦秸在月光下闪光，收割机开了过来准备拐弯去收割下一片麦田的时候，以为真的是一个小小的麦秸垛，便开了过去，从她的腰间无情地压了过去。

我常想起我们农场那位躺在麦秸里被收割机压伤腰的女知青。在那一群女知青中，她长得很出众，高高的身条儿，秀气的面庞，如今只要一想起麦秸垛，我的眼前就忍不住浮现出她青春时如花似玉的样子。回北京这么多年，我只见过她一次，是个夏天的黄昏，她一个人扶着墙艰难地向胡同口的公共厕所走去。我很难忘记那个夕阳中拖长的她那蹒跚的身影，我不敢招呼她，我怕引起她伤怀的往事。我的心真是万箭穿伤，不知道她恨不恨那个麦秸垛，我恨透了麦秸垛。

我知道，这是我的偏颇，麦秸垛是无辜的，只不过有我的感情在里面而伤感。即使我无法以凡·高、莫奈、铁凝和聂绀弩一样，赋予麦秸垛那样多的诗情画意，但坦率地讲，北大荒的麦秸垛和豆秸垛，都让我无法忘怀，是它们让我看到了生活中的美好与艰辛，看到了青春如风，流年似水，成为我抹不去的回忆背景。

2014年8月底于布鲁明顿

树的语言

在东北的山脉，大小兴安岭最为有名。完达山只是小兴安岭的余脉，算不上多么出名。如今时兴旅游，都到兴安岭，没听说到完达山去的。不知为什么，我常常想起完达山。

其实，我只进山伐过一次木。在北大荒的时候，只要天气好，几乎天天可以望见完达山，它好像离我不远，但望山跑死马呀。渴望进山看看，是那时不止我一个人的愿望。

那是个冬天，数九寒冬，我们坐着爬犁，几匹马拉着，爬犁飞快地跑着，可以和汽车比赛。刚进完达山。风雪飘起，洁白如玉的雪，厚厚的铺满山路，爬犁辙印下粗粗的凹痕，立刻就又被雪花填平。如果没有两边的参天林木，爬犁始终像是在一面晶莹的镜面上飞行。

快到目的地了，雪说停就停了。好像突然之间太阳就露头，天上的雪花不知藏到那里，只剩下了地上一片白茫茫。一下子，不知从哪儿突然飞来一群像麻雀大的小鸟，当地人管这种鸟叫雪燕，它们浑身的羽毛和雪花一样也是白色的，只是略微带一点儿浅褐色。雪地上飞起飞落着小巧玲珑的雪燕，和雪地那样浑然一体的白，在夕阳金色的余晖映照下，分外迷人。那情景有些像童话，仿佛我们要赶去参加森林女王举办的什么舞会，而它们就是森林女王派来的向导。那群雪燕在我们的爬犁前飞起飞落，然后飞到林子里，落在树枝上，坠得树枝颤巍巍的，溅落下的雪花响起一阵细细的声响，如同音乐一般美妙。我以为那是不会讲话的树的独特语言。

安扎下帐篷，已经到了晚上，一弯奶黄色的月亮升起来，在缀满雪花和冰凌的树枝间穿行。第一顿饭，我们用松木点燃起篝火，把带来的冻馒头放在铁锹上，架在火上烤，烤得金黄的馒头带有松木的清香。我们吃凉不管酸，吃着这样松香撩人的烤馒头，欢笑声四起。

这时候，风吹了过来。开始，风不大，柔和得如同抚摸。渐渐的，风变大了，竟然吹灭了篝火，也吹灭了我们的欢笑声，一下子，四周寂静无声，只能听见风呼呼叫着。就在这时候，我忽然听见了从森林里传来了风掠过树枝的谡谡声音，那声音比尖利的风声要显得浑厚，像是大海翻滚着波涛在一阵阵的涌来。看着树木的枝条尽情摇摆随风呼啸的样子，我想树是不会说话，如果会说话，这就应该是它的语言，满山满谷共鸣，如同大合唱，此起彼伏，回声嘹亮。

那一次，在完达山伐木很长时间。几乎一个冬天，天天被树木簇拥，被森林包围，对于森林，对于树木，我有了一种童话般的感觉。这种感觉，是在别处未曾有过的。尤其是对比荒原，这种感觉更为强烈。荒原上有荒草萋萋，夏天绿浪翻滚，秋天金黄一片，风吹过时也会飒飒有声，荡漾到天边。但是，没有再完达山的那种童话般的感觉。大概荒原显得荒凉，森林显得丰富，更重要的是，森林里那些树会说话，无论微风还是狂风掠过时，树的语言，融化在它们舞蹈般的形体里，让我新奇，难忘。

很多年过后，也就是前几年，在土耳其的伊斯坦布尔，我头一次在剧场看到中国残疾人艺术团的表演，那些可爱的聋哑孩子们演出的舞蹈，他们不会讲话，但是，他们伸展、挥舞的手臂，真的比我们会说话的正常人的语言还要美。那一刻，不知怎么搞的，我想起了当年在完达山时的情景。那满山树木尽情地摇摆着枝条和枝叶的样子，是多么像聋哑人的手语，尽管他们说不出话来，但那无限丰富的表情与表达，一点儿也不亚于我们说话时丰富多彩的语言，他们在手指间，在带动的整个手臂的舞动中，多么像是风中树木摇曳多姿的枝条。

我想，曾经在完达山听到的树枝溅落下雪花的声音和满山林涛的呼啸，并不真的是树的语言，那只借助了雪燕和风所发出的声音。真的树的语言说无声的，是浸透在枝条那无尽的伸展和摇曳之中的，就像这些聋哑孩子挥舞着手臂的手语。没准儿最初手语的灵感，一定就来自风中树枝的舞动。聋哑人比我们和大自然的关系更为亲近而心心相通。

2016年岁末于北京

第 3 辑 · 胡萝卜花之王

胡萝卜花之王

　　一年前，我就见过这个男孩。那时，他总是在布鲁明顿市中心的农贸市场里唱歌。这个农贸市场每周六日上午开放，附近农场的人来卖菜卖花卖水果，很多城里人愿意到这里来买些新鲜的农产品。他总是选择周六的上午站在市场的一角，抱着把吉他唱歌。

　　那时，他总是唱鲍伯·迪伦的歌，每一次见到他，他都是在唱鲍伯·迪伦，他对鲍伯·迪伦情有独钟。只是那年轻俊朗像是大学生的面孔，光滑如水磨石，阳光透过树的枝叶洒在上面，柔和得犹如被一双温柔的手抚摸过的丝绸，没有鲍伯·迪伦的沧桑，尽管他的嗓音有些沙哑，并不像一般年轻人的那样明亮。心里暗想，或许他喜爱鲍伯·迪伦，但他真的并不适合唱鲍伯·迪伦。他应该唱那种爱情或民谣小调。如果他爱老歌，保罗·西蒙都会比鲍伯·迪伦合适。

　　不过，听惯了国内各种好声音比赛中歌手那种声嘶力竭或故作深情的演唱，他更像是自我应答的吟唱，心很放松，很舒展，如啼红密诉，剪绿深情的喃喃自语。他不做高山瀑布拼死一搏的飞流宣泄状，而是溪水一般汩汩流淌，湿润脚下的青草地，也湿润梦想中的远方。他的歌声让我难忘。

今天，他再次出现在我的面前，依然站在布鲁明顿的农贸市场上，站在夏日灿烂阳光透射的斑斓绿荫中。和去年一样，他穿着牛仔裤和一件蓝色的圆领体恤，脚下还是穿着高腰磨砂牛仔靴，好像只要到了这个季节他家里家外一身皮，只有这一套装备。他的脚下，还是那把琴匣，仰面朝天地翻开着，里面已经有了人们丢下了纸币和硬币。那一刻，真的以为时光可以停滞在人生的某一刻，定格在永远的回忆之中，歌声和吉他声，只是为那一刻伴奏。

但是，琴匣边的另一个细节，立刻告诉我逝者如斯，一年的时光已经过去了，人生可以有场景的重合，也可以有故人的重逢，却都已经物是人非。那是一叠CD唱盘，我蹲下来看，上面有醒目的名字"Blue Cut"。他已经出唱盘了，每张5美金。站起身，禁不住仔细端详他，发现他比去年胖了不少。想起去年还曾经画过他的一张速写，把他的人画矮了些，他人长得挺高的，去年像一个瘦骆驼，今年已经壮得如一匹高头大马。

有意思的是，他不只是抱着那把吉他，脖颈上还挂着一个铁丝托，上面安放着一把口琴，成为了他的吉他的新伙伴，里应外合，此起彼伏。而且，今年他唱的不是鲍伯·迪伦，而是美国组合"中性牛奶旅店"的歌。这支乐队20世纪90年代中期成立，然后解散，去年又重新复出，颇受美国年轻人欢迎，他们的音乐浅吟低唱、迷惘沉郁，洋溢民谣风，歌词更是充满幻想和想象力，处处是象征和隐喻。更有意思的是，站在他前面不远处，有一个和他一样年轻的姑娘，身穿一袭藕荷色的连衣裙，一直笑吟吟地望着他唱歌，那目光深情又如熟知的鸟一般，总是在我们几个听众和他之间跳跃，无形中透露出她的秘密，我猜想一定是这个小伙子的女友或恋人。我想起这支"中性牛奶旅店"曾经唱过的歌："我们把秘密藏在不知道的地方，那个曾经爱过的人你不知道她的名字。"在去年他可能不知道她的名字，今年，他知道了。他的歌声便比有些忧郁的"中性牛奶旅店"多了一些明快。

一年过去了，总会有很多故事发生。禁不住想起罗大佑歌："流水带走光阴的故事，改变了一个人。"不仅是光阴改变了一个人，歌声也改变了一个人，一个人也可以改变自己的歌声。他从鲍伯·迪伦变成了"中性牛奶旅店"，一下子从20世纪的五六十年代，飞越到21世纪。

我们点了一首歌，请他唱，还是"中性牛奶旅店"的歌：《胡萝卜花之王》。他换下脖颈上挂着的口琴，弯腰向身边的一个袋子，我看见里面装的都是大小不一的口琴。是他的

"武器库"，除了吉他，他的装备多了起来。他换了一把小一点儿的口琴，开始为我们演唱《胡萝卜花之王》。这是一首关于爱情和成长的歌，青春永恒的主题。在口琴和吉他声中，头一段歌词像在显影液中轻轻地洇出来："年轻时你是一个胡萝卜花之王，那时你在树间筑起一座塔，身边缠着神圣的响尾蛇……"嗓音还是以前那样有些沙哑，却显得柔和了许多，像是有一股水流淌过了干涸的沙地，让沙地不仅绽开胡萝卜花，也绽开星星点点的其他野花，还有他的那座神秘的塔和那条神圣的响尾蛇。

我往琴匣里放上5美金，买了一盘他的"Blue Cut"。他和那个身穿藕荷色连衣裙的姑娘一起对我说了声谢谢。告别时问他是不是印第安纳大学的学生。他点点头说是印第安纳大学音乐学院的学生。我问他学的什么专业，他说是古典音乐。然后不好意思地笑了。身边的姑娘也笑了起来。这没什么，古典音乐不妨碍流行音乐，以前"地下丝绒"乐队的鲁·里德和约翰·凯尔也是学古典音乐的。

回家的路上，听他的这盘"Blue Cut"。由于是在录音棚里录制的，比在农贸市场听的要清晰好听，第一首歌，简单的吉他和口琴伴奏下他那年轻的声音，尽管有些沙哑，却明澈如风，清澈如水。还有什么比年轻的声音更让人能够在心底里由衷地感动的呢？一年的时间里，他没有让年轻的脚步停下来，他也没有如我们这里的歌手一样疯狂地拥挤在各种电视好声音的选秀路上，只是选择了这样一条寂寞却清静的路，课时在音乐学院学习，业余到农贸市场唱歌，有能力出一张自己的专辑，不妨碍歌声传情捎带脚谈谈恋爱。只不过一年的时间，却让我看到了青春的脚步，成长的轨迹。尽管肯定有不少艰难，甚至辛酸，但哪一个人的青春会只是一根甜甘蔗，而不会是一株苦艾草，或一茎五味子，或他唱的那朵胡萝卜花呢？想想，倒退半个多世纪，1957年，在一辆黑羚羊牌的破卡车的后座上，他曾经喜爱的鲍伯·迪伦，那时和他一样年轻的年龄，不是从家乡北明尼苏达的梅萨比矿山，穿过印第安纳州，昏昏沉沉地坐了整整一天一夜二十四小时大卡车，去纽约闯荡他的江山吗？说青春是用来怀念的，只是那些青春已经逝去的人说的话，青春是用来闯荡的。

车子飞驰在布鲁明顿夏日热烈的阳光下。车载音响里响起"Blue Cut"中的第二首歌，是女声唱的，不用说，一定是一直站在他身边的那位藕荷色连衣裙姑娘。青春，有艰难相陪，也有爱情相伴。那是他的胡萝卜之王呢。

2014年6月23日于布鲁明顿

街上看鞋

在美国，走在街上，或坐在街旁，我特别爱看来来往往的人脚上穿的鞋。因为和我在国内看到的景观不大一样。在国内，大街上，尤其是在前门、王府井，或西单这样热闹的街上，人们穿的鞋远远要比美国这里的花样繁多，色彩炫目。在那些大街上，常常会看到人们尤其是年轻女孩子脚上的鞋，名牌自不待说，光是样式，越新潮越不怕新潮。冬天的高腰皮靴，夏天的五彩凉鞋，春秋两季的船型或盖式或香槟或复古或盘花或镂空或平跟或高跟或尖跟或坡跟或松糕跟……应有尽有，无奇不有。特别是那种现在流行的加高鞋跟的鞋子，从鞋底就开始增高整整一层，然后再在跟上做足了文章，旱地拔葱一般，一夜恨不高千尺一般，让身高一下子拔高许多。看这样的女人在大街上风摆柳枝袅袅婷婷地走，总有些杞人之忧，觉得她们像是踩着高跷似的，一不留神，就会被如此高的高跟崴了脚。

在美国的大街上，几乎没有见过这样的景观。但也不能把话说得那样满，偶尔见到过几次这样的高跷鞋，大多是我们中国的女人。有一次，在印第安纳波利斯的市中心纪念碑前的广场上，我见到一位中国的女人，年龄不小了，大约在往50上奔了，跟在一位洋老头儿的身后，洋老头儿指着高高的纪念碑和周围的建筑，向她介绍着什么。便猜想这位女人大概是初次来到这里，或许是来自大陆，也许是居住在美国的华人，总之，她倾听着洋老头儿的介绍，一脸灿烂的笑容，有些谄媚的样子。便又猜想，或许是别人给这个洋老头儿介绍的对象。由于洋老头儿长得人高马大，腿长步宽，她人长得小巧玲珑，有些跟不上洋老头儿。看她踩着一双那样高的高跟鞋，而且，还是尖跟的，真的有些替她担心，生怕走得一急崴着脚踝。不过，她倒是没事，如同跳着熟练的芭蕾，尖跟在地板上响着轻快的声音，像是脸上微笑迸溅出的回声。

在美国，很少见到洋人出现这样的景观。即便搞对象中的女人个子矮小，也很少见到非得借鞋跟以增加身高，来平衡恋爱中的心理期待与价值指数。不知道从什么时候，中国出现了女子身高自恋症。矮个子的女人穿高跷鞋，高个子的女子也穿高跷鞋。

在美国，正经的皮鞋，在大街上很少见，无论男女，人们更爱穿的是运动鞋，如果天稍稍一热，人们便早早换上一双凉鞋，凉鞋中，居多的是那种夹脚豆儿的人字凉鞋，可以从开春一直穿到秋末。有时候，我会想，美国人的生活真的是太简单了，一年四季，有一双这样夹脚豆儿的凉鞋，一双运动鞋，一双上班的皮鞋，就足够了。如果讲究一点儿的，再有一双高筒皮靴；如果再时髦一点儿的，买一双雕花的牛仔靴，已经算是奢侈的了。

去年夏天一个周末的中午，还是在印第安纳波利斯的市中心，在一家餐馆里吃午饭，黑人服务员问是想坐在室内，还是坐在外面。我说外面吧，坐在凉伞下，面前就是直通纪念碑的大街，正好可以看看来来往往人们脚上的鞋。趁着菜还没有上来的工夫，我想做一番小小的试验，看看从我面前走过的人，有多少穿运动鞋的，有多少穿凉鞋的，有多少穿皮鞋的，又有多少穿我们国内那种高跷鞋的。走过来、走过去的人，白人、黑人、亚洲人，年轻的、年老的、年幼的，都有，虽然赶不上北京街头的人流如鲫，但毕竟是周末，人还是挺多的。数到一百的时候，不想再数了，觉得大概可以看出一些眉目了。一百人中，除了六位穿皮鞋，穿凉鞋的和穿运动鞋几乎平分秋色，穿运动鞋的更多一些。而那种高跷鞋，我一个也没有见到。

坐在那里，我有些走神。想着我刚才计算出来的数字，为什么会运动鞋更多一些？因为走步和跑步，是美国人日常生活和运动的方式。无论在那里，几乎都可以看到走步和跑步的人，特别是在一早一晚，和休息日，跑步的人更多，他们手腕上系着表型的计步器，跑得汗流浃背，却乐此不疲。为此，在美国很多的大街上，都会专门辟出一条道，为自行车和跑步专用。所以，在大街上见到的人们穿运动鞋更多一些，是不足为奇的。在鞋店里，运动鞋买得非常热火，老少咸宜，谁都要有几双运动鞋的。

发现这一点，我像是哥伦布发现美洲新大陆一样，有了什么自以为是的新发现。鞋，不光是关系着人们的生活水平，舒适程度，价值观念，审美需求，也关乎着人们生活和生命存在的方式。运动鞋，在美国的状况，说明了这一点，他们对鞋的选择，更多的不仅仅是为了美，为了增高，为了给人看，更多的是为了自己的生命与生存。运动，才不仅仅只局限于运动场和健身房，也在大街上。

我想起前几年的春天，在威廉康星州的州府麦迪逊市大街上见到的最壮观的运动鞋。可以说，像秋天的落叶，冬天的雪花，覆盖满大街一样，那一天的上午，麦迪逊大街奔跑的都是这样的运动鞋。

那是麦迪逊市举办的每年一度的长跑比赛。名称非常有趣，叫作"疯狂的腿"比赛。比赛的距离是半个马拉松的长度，参加者有万人之多，要知道麦迪逊市人口总共才有几万呀。想到这一点，便也就多少明白了为什么要把比赛叫作"疯狂的腿"了，没有如此疯狂般的心劲，怎么可能平均每一家就会有一个甚至两个人出来比赛呢？

比赛的始点在州政府大厦前的广场上，背后或胸前贴着号码的选手已经熙熙攘攘，人挤着人，几乎密不透风。看到选手中竟然有白发苍苍的老头老太太，让我分外惊奇，忍不住上前打听，才知道不少老人一辈子以参加一次这样的长跑比赛甚至马拉松比赛为荣耀。

发号枪响了，一片欢腾之中，那么多人跑了出去，浩浩荡荡，犹如汛期的桃花水，满城都是长跑的人和看长跑的人，满城都是疯狂的腿，疯狂的腿下脚上，穿的都是运动鞋。街上，本来就是车行人走的地方，但这一日，除了警车和救护车，都是鞋子，而且是运动鞋，主宰了这座城市，覆盖了这些街道，上演了一幕荡气回肠的活剧。那些色彩缤纷的运动鞋，让城市的街道变幻了色彩，变幻了功能，有了蓬勃的弹性，有了生命的力量，有了魔力一样的诱惑和吸引。这是我见过最壮观的运动鞋，最壮观的街道，两者相映成趣，构成都市万千风情。

在美国大街上看鞋，成为了我一种惯性的习惯。特别是双休日的时候，看到很多人是在跑步。好容易熬到一周休息的时候，他们似乎不大愿意开车，而是愿意跑步。而我们这里大多愿意开车出去兜风或聚餐，甚至哪怕买瓶酱油，也要开车出去。

有一个星期天，我到纽约，因为堵车，坐在大巴上无所事事，居高临下看大街上的人流，忽然又不由自主地看人们脚上穿的鞋，并又像在印第安纳波利斯那天一样，数着数，计算着穿不同鞋的比例。谁知纽约跟北京一样人流如潮，数着数着就数乱了，但还是大约可以算出来，起码有百分之七八十的人是穿运动鞋，似乎个个都长着疯狂的腿。

2015年元旦写毕于北京

街角老书店

离开布鲁明顿的前一天，我才在城中心发现居然还有一个书店。

按理说，位于闹市中心，又正对着市政府大楼，应该早就看见才是。但是，它实在太不起眼，灰色的大理石的基座，灰色的二层小楼，没有一扇一般书店常见的琳琅满目摆满图书的橱窗，也从来没有一次见过有人从那里出出进进。闹中取静的它，犹如一位阅尽世事沧桑的长者，老眼厌看往来路，流年暗换南北人。多次路过那里，都以为是一家家境殷实的老住户，或者是一家私人定制的服装店。

这一次，忽然发现在它的底座的边上有几个英文字母"CORNER BOOK"，简单而浅浅的线条，凹刻在大理石上，和灰色的大理石成一色，不注意看，很容易忽略。这是它作为书店存在的唯一标志了。按照英文的意思，和它所处的位置，应该叫作"街角书店"。

这样叫法名副其实。它在第五街和学院路的交叉路口，正

好把着街的一角，一侧通向第五街，一侧通向学院路，类似我
们北京的转角楼。第五街是此地最重要的街道，印第安纳大
学、布鲁明顿公共图书馆和儿童博物馆，都在这条街道上。一
个书店能够屹立在这样黄金地段，在如今的城市中已经越来越
少见了。原因很简单，在这样寸土寸金的地段，房地产的价
格，被精明人早就算出什么能够赚钱，什么不赚钱。哪怕把书
店改成咖啡馆呢，也不会像现在这样门可罗雀。

可是，这家街角书店一直就屹立在这里。据说，布鲁明顿
建城不久，自从有了这两条街道，这里便是这家书店。这样算
来，一百来年的历史了。如今，在全世界的大小城市里，能够
找到有着这样悠久历史的书店，越发是凤毛麟角。想想我们北
京，琉璃厂的中国书店算吗？店铺的位置幸而还是，但店铺的
样子早已面目皆非了。

布鲁明顿不是一座大城，只是一个拥有六万人口的小城，
居然还顽强保留着这样一个书店，真的不容易。如今，在网络
的冲击下，纸面阅读遭受空前未有的滑坡；而网上销售，更对
实体书店是一个致命的打击。这是全世界的问题。在美国，实
体书店是由大的连锁店和小的独立书店构成。连锁店一般实力
雄厚些，独立书店则由于是个体经营，本小利微，面临的挑战
更为严峻，很多家书店都已经纷纷倒闭，就连纽约最有名的中
央车站书店，也将于今年年底关张。布鲁明顿当地的朋友告诉

我，早就传出这家街角书店也要关张的消息。可是，消息传了一年多，书店还顽强屹立在这里。

或许这是街角书店老板的坚守，也是有布鲁明顿这座城市坚实的文化依托支撑着它吧。毕竟这座城市一半以上的人口是印第安纳大学的师生。存活全美国连锁书店和独立书店加起来，如今不足两千家。其中连锁店主要是巴诺（Barnes and noble）和鲍德斯（Borders）两家，大前年，鲍德斯已经倒闭，如今硕果仅存的只剩下巴诺。在已经为数不多的巴诺连锁店里，布鲁明顿就有一家，吃力也竭力地存在在第二街外面，和街角书店呼应，彼此做个温馨却多少有些心酸的慰藉。

街角书店不大，走进去，一层售书，二层住着主人一家。便想亏了房产是书店主人的，否则，真的是难以为继。又想，书店如今如此艰难，主人完全可以不开书店，而变为他用，但主人依然不改初衷，让这座百年街角书店不合时宜地存在着，成为了这里一道别样的风景。这样一想，心里对主人充满敬意。

书店麻雀虽小，却五脏俱全。生活类、艺术类、文学类、儿童类……分门别类，很方便找书。由于为了尽可能多陈列各种书籍，四周和中间都是书架，空间显得很逼仄，却拥挤着品种丰富的书籍。在这里，我看到了有的大书店都没有的书，比如曾经上过时代周刊封面的美国摇滚女歌手帕蒂·斯密斯的摄影集，布卢明顿本土最有名的印象派画家斯蒂尔的传记和画册。而文学的书籍都是古典名著，没有什么现当代我们这里趋之若鹜的作家作品。

有点儿遗憾的是，整个书店，除了我和售书的小姐之外，一直再无一人进来。一窗隔开车水马龙的喧嚣，它像是一位大隐隐于市的隐者，无我，无住，无着，静默无语。

2014年12月22日写毕于北京

农场日

花花绿绿的，每个小孩子的衣服上都贴着一张彩色纸片，上面写着自己的名字和所在的幼儿园。这一天，来农场的孩子太多，布鲁明顿市附近的幼儿园3岁到5岁的孩子，像撒了欢儿的小马驹，几乎都跑到这里来了。农场边上的牧场，变成了临时停车场，送孩子们来的黄色的校车，和陪孩子来的家长们的私家车，浩浩荡荡的排成一排排，涨潮的海浪一样在绿色的牧场上翻涌。

这一天，是这里的农场日。这个位于印第安纳州门罗郡叫做佩登的农场，已经有150年的历史。一年一度的农场日，都是在十月的金秋季节举行。农场里很多人出动，很多是老人，甚至还有孩子，此外不少是志愿者，为孩子们服务。

农场以库房和仓房为中心的小广场四周，鳞次栉比地排满了各种摊子，是农场四季稼穑和日常生活种种活计的展示，还有最早的烘炉打铁、水泵汲水、一百多年以前老式的马车和农具。库房里则展览着各种新式的农机具，和各种农作物，包括蜂蜜和蜂巢的实物，皮毛与动物的样本以及奶酪和果酱的现场制作与品尝。四周转上一圈，虽然地方不大，内容却不少，粗线条的勾勒出美国农业发展的历史。

库房外的阴凉下，两位老太太和一位年轻的姑娘在画水彩画，还有一位壮汉在画一幅大幅的油画，画的都是对面热闹的场景和风景。在到处是一片孩子的喧嚣中，这里显得格外安静，像是布莱希特戏剧间离效果下的一种别样的景致。他们不动声色的用自己的画笔，为这个农场日留下无声却有色的历史档案。

农场日，从来是孩子们的节日。这一天，农场开辟了它的另一种功能，成为了另一种形式的主题公园。孩子们先要坐上轮式的手扶拖拉机，到农场转上一小圈，拖拉机上铺是厚厚的干草，成为了孩子们的沙发，在秋阳中散发着草香，是在都市里闻不到的味道，让孩子们嗅着鼻子，格外好奇。

颠簸在起伏的田野里，远处是还没有收割的玉米，荷枪实弹的卫士一样，齐刷刷地列阵在蓝天白云之下。再远处，能看见牛群散步在闪闪发光的小湖边，湖水像是田野的眼睛，湖畔摇曳的青草，就是它眨动的眼睫毛。四周是依然绿意葱葱的橡树、栗树和苹果树，已经叶子变红的五角枫和加拿大枫，还有一种结着苹果绿鲜嫩颜色果子的树，叫不上名字，但那果子很大，圆鼓鼓的，浑身长满了疙瘩，像番石榴，也有点像手雷。

农场的人告诉这种果子不能吃，掉在地上，专门能吃害虫。

最让孩子们兴奋不已的是那些展示农场生活场景的各种摊子，那些从最小的鸽子蛋到鸡蛋鸭蛋鹅蛋鸵鸟蛋，从蜜蜂采蜜到酿蜜的蜂箱到住家的巨大蜂巢，从往枫树上插着管子到燃烧着木棒的大柴锅到枫糖最后的熬出，从棉花结籽到纺纱织布，从玉米脱谷到碾成面到最后做成玉米糕，从苹果下树到苹果汁的榨成……孩子们看得津津有味，不少地方，孩子们可以亲手参与互动，去尝尝玉米糕、喝喝苹果汁，新奇地体验一把农场人与城里人不同的滋味。

那些小鸡小鸭小兔子的摊子前，那些小羊小牛小马驹的围栏前，最让孩子们欢呼雀跃，他们摸摸温驯的小羊、小牛、小马驹的身子、头和鬃毛，然后喂食给它们吃；他们把小鸡小鸭小兔子捧在自己的手心里，和它们轻轻对视，甚至轻轻地对话。这是和玩电子游戏或新奇玩具完全不同的感觉。而这时，火鸡和珍珠鸡正在他们的四周逡巡，孔雀已经飞上了高高的树的枝头。

住在城市里的孩子们，在这里有了和大自然接触的机会，知道了田野里的很多知识。照我们所说的，这里是孩子们的第二课堂以及谁知盘中餐，粒粒皆辛苦的古训吧。只是这一切是欢乐中进行的，是在暖烘烘的秋阳中、田野里吹来的风中，和这些活灵活现的农场生活中，进行着的。不知道这些孩子做何等感想，也不知道组织农场日的大人们出于何等愿望，反正这一天有了孩子们的欢声笑语和活蹦乱跳的身影，让农场有了生气；而农场新鲜的一切，让孩子们得到了欢乐。这就足够了。无论孩子还是大人，他们没有我们想得那么多，他们的生活中，觉得追求快乐比追求意义的价值更大，所以，他们比我们生活得简单，却也轻松，而且，比我们少了些急功近利的功利色彩。

特别是他们这次活动，每个孩子只需交3美元。这3美元，包括了租用校车等所有的开销，显然，农场日，是公益日。

天近黄昏时分，农场日接近尾声。一拨拨儿络绎而来的孩子们，跟着幼儿园的老师回到校车，热闹将近一天的佩登农场渐渐恢复了平日的安静。各个摊子前的人少了，小鸡、小鸭、小兔子都显得有些疲惫了，巨大的南瓜上布满了孩子们用彩笔签下的歪歪扭扭五颜六色的签名。库房前的两位老太太和那位姑娘的水彩画画完了不止一幅，那位壮汉的油画也已经画完，正在进行最后的修改。那是一幅农场日的全景，远处的田野、农舍、绿树、田间小径、孩子、近处遍地的金菊花、遍地的珍珠鸡。

2014年10月12日 于北京

毕业季

夏末时节，是布鲁明顿最热闹的时候。因为这是印第安纳大学每年度举行毕业典礼的时候。布鲁明顿是依托印第安纳大学建起来的一座城市，人口一共只有六万，大学里的学生就占了三万。这个时候，很多美国学生的父母会带着全家人，大老远的开着汽车，赶到这里参加孩子的毕业典礼。大人们重视孩子的整个毕业典礼，把它当作孩子的成人礼一样看待，看成孩子和自己一起共同的节日。

这几年，来自我们中国的留学生剧增，中国的父母也不甘落后，更是大老远的跨洋过海的来到这座小城，为孩子的毕业典礼助兴。

印第安纳大学和布鲁明顿的旅馆爆满。校园里、大街上、商店里、饭馆中，更是人头攒动，打破了一冬一春的宁静。因为中国留学生的增多，布鲁明顿几家中餐馆里，更是熙熙攘攘，这些新来的学生，尤其是家长，吃不惯美国粗糙的西餐的味道，更喜欢道中餐馆来满足自己的肠胃。新的一家叫作"味道"的中餐馆，正在紧锣密鼓的装修，不过，恐怕赶不上今年的毕业季，只能蓄势待来年了。

那天，我在印第安纳大学附近最大的一家超市里买完东西出来，看见一对四五十岁的中国夫妇。站在超市门前的凉棚里，用手机打电话，说着一口流利的中国普通话。初夏的布鲁明顿，忽冷忽热，天气变化很大，这一天，阳光灿烂，显得很热，看见那一对夫妇满脸是汗，脚下堆着一堆满当当的塑料袋和纸袋，买的东西不老少。上前一打听，是老乡，来自北京，请假专门来这里参加儿子的毕业典礼的、他们连连对我说：没想到这里好多东西比北京便宜，没想到这里的人和北京一样多。

不一会儿的工夫，一辆白色的宝马车开到了他们的面前戛然停住，车门打开，从驾驶的座位上跳下一个带着太阳镜的小伙子，从副驾的座位上袅袅婷婷地走出一位一袭黑色连衣裙的中国姑娘。两个年轻人把堆在地上的东西麻利儿地拿到了后备厢里，一对父母和我打过招呼，钻进后车厢，车"嗖"的一下，如鸟飞去。按照这一对父母的计算法，这里的小汽车比北京更要便宜，这一辆宝马要四五万美金，合人民币30万左右。心里不禁暗叹，中国人真的有钱了，或者应该说中国人中真的是有钱的人多了。

又一天，下着蒙蒙小雨。在印第安纳大学的校园里，碰见了一对来自密歇根的美国父母，也是参加儿子的毕业典礼的。他们告诉我，他们来的时间稍微晚了些，布鲁明顿和附近的旅店都早被订满，没有办法，他们只能在哥伦布市的一家旅店里住。哥伦布市，我去过，知道那里离这里有40多公里，每天往返，是不近的路。他们耸耸肩，表示很无奈，没有想到人会这么多。他们是从密歇根开车出来，先到爱荷华州立大学接上刚放假的女儿，是儿子的妹妹，在那里读医学，一起来参加哥哥的毕业典礼。典礼结束，他们开车带上儿子和女儿一起回家。然后，暑假结束之前，儿子再回学校料理毕业的后事，打理他自己的衣物书本和一切东西，彻底清空后回家。大学生涯，就算是挥手告别了。

我问儿子有车吗？他们告诉我，没有为儿子买车。和很多美国家庭一样，孩子读大学了，一切需要自己打理，他们希望孩子能够自己独立去处理日常生活的一切。如果需要车，他自己会贷款，以后工作后偿还。如果不需要，他可以自己应付这一切。

这一对父母说得很平常。车子，不过是日常生活的一个细节，都是身边的琐事，像路旁司空见惯的一朵小花，开与落，再自然不过的了。而不像我们这里，车子成为身份的一种象征，甚至一种炫耀。父母出手阔绰大方，孩子伸手理所当然。

我问那一对父母："孩子那么多东西，没有车怎么拉回家，你们还要再开车来一趟吗？"

他们摇摇头告我："孩子会租一辆车的。"

事情就是这样的简单。但是，我们的想法和他们的想法，有时候就是这样有距离。就像我，首先想到的是，路途那么远，孩子又一个人，总有些不放心，父母应该开车再来一趟（如果是我自己的孩子，我肯定是轻车熟路的惯性这样做了），而他们则很自然地想到孩子可以自己租一辆车回家。做父母的，不必像个跟包的似的，事必躬亲。

那一刻，我想起了前两天在超市门前遇见的那一对来自北京的父母，和他们开着宝马的儿子。

2014年8月12日于布鲁明顿

母亲节在纳什维尔小镇

在印第安纳州，布朗郡的州立公园是最大的公园了。它里面有茂密的原始次森林，瀑布、溪流、湖泊、跑马场，还有人造的游泳池、网球场、旅店、餐厅和家庭住的小木屋。可以说，吃喝玩乐，一应俱全，是人们休闲的好场所。

那天去的时候，是今年开春以来最热的一天，因为昨夜下了一夜的雨，地上湿滑，植被上和小道上长满厚厚的青苔，以为人不会太多。在阔大而枝叶参天的林中看不出什么，到中午去餐厅吃饭的时候，才发现人满为患，餐厅饱和，订位要等到下午两点以后，而且还不保证就一定有座位。看餐厅前黑板上龙飞凤舞彩色粉笔字，哦，竟然忘记了今天是母亲节，难怪会有这么多人。有先见之明的人，早在公园的绿荫下草坪中，布下了自己带来的餐具、折叠椅、便携式冰箱，里面装满了各种食品和啤酒，准备野餐了。有的人家还特意带来了鲜花，五彩缤纷地摆在公园里专供野餐用的粗大的木桌上。

只好出公园到边上的纳什维尔镇，找餐馆吃午饭。相比周

围其他小镇，纳什维尔镇要大得多，也热闹得多。遍布街头的
餐馆、咖啡厅和酒吧，也都是人头攒动，满大街上走的一半
是母亲。那些被人搀扶着步履蹒跚的母亲，那些坐在轮椅上满
头白发的母亲，那些被几个姑娘或小伙子簇拥着的衣着比年轻
人还有艳丽的中年母亲，那些领着小孩子，或怀抱着婴儿，或
推着婴儿车的年轻母亲，还有那些袋鼠一样挺住骄傲的肚子，
或肚子一时还不那么显山显水的准母亲……似乎布朗郡的母亲
们，这一天都倾巢而出，不是来到了公园，就是来到了镇上，
进行走秀活动，每一条街道，都成为了展示她们的T型台。

想想，在北京也过过好多个母亲节，好像没有见过这样多
的母亲，像是约好了一样，在母亲节这一天都涌到大街上。在
北京，母亲节，最热闹的地方是商店，各种促销的活动，借
助这一天插上了诱惑的翅膀，让母亲节染上越来越多的商业色
彩。在这里，那么多家庭里的母亲，都被孩子们请到大街上。
大街成了母亲一条条母亲街。中午的时候，各家是要在餐馆里
请母亲吃一顿饭的，其实，也是全家在一起吃饭团聚的机会。
所以，各家餐厅里，无论室内还是露天，每个座位都是围坐着
一大家子人。母亲是绝对的皇后。

第一批的客人，已经吃过了午饭，我们终于找到了座位。
是一家叫作"大树"的比萨店。人们都愿意坐在露天，我们入
乡随俗，也坐在露天，可以享受阳光，还可以看街景，对面是

一片绿地，两侧是琳琅满目的小店，不停走过来走过去的是衣着早已换上清凉夏装的人们，其中不少是母亲。这时候，坐在餐馆里的母亲，看街上走动的母亲，真的是一桩有意思的事情，让人忍不住想起卞之琳那首有名的诗，在彼此的眼睛里都成为了风景。

服务员走过来了，是位墨西哥的小伙子，手里拿着两朵猩红色的玫瑰，先笑吟吟地说了句母亲节快乐，然后把花递给了我们在座两位母亲的手中，所有人脸上都露出了玫瑰一样的笑容。邻座是一大家子人，足有十几位，奶奶孙子，起码四世同堂，热热闹闹，坐在灿烂的阳光下，每个人穿着鲜艳的衣着，每个人像一片颜色不同的花瓣，簇拥着中间一位老奶奶，在这家餐馆里，恐怕是这一条街上，盛开的一朵最硕大最艳丽的花了。

他们先于我们吃完了这餐有意义的午餐，由于是每人一份一整个比萨，那些小孩子根本吃不完，有的盘子里剩下了一多半比萨。今天，他们的家长原谅了孩子们浪费，也宽容了自己的奢侈。他们扔下了这些未吃完的比萨，纷纷走过来搀扶着老奶奶。老奶奶走路一点没有问题，还挺硬朗，走过我的身边时，我起身给他们让道，更是为向老奶奶致意。尽管问女人的年龄不礼貌，但我还是忍不住问了一下老奶奶的高寿。他们伸着手指骄傲地告诉我，92岁了！

啊！我惊讶地叫了一声，她一定是今天母亲节这里年龄最大的一位母亲！她让纳什维尔镇这一天有了异样的光彩。我庆幸自己在公园的餐厅没有订上座位，让我没有失去见证奇迹的机会。

2014年5月25日于布鲁明顿

女人和蛇

欧文小镇是印第安纳州一个非常小的袖珍小镇，之所以出名，是因为这里有温泉。一百多年前，一位德国医生就是冲着温泉买了一块非常大的地，建立起一座疗养院。岁月沧桑，世事更迭，如今这里成为了一座州立公园。

来到公园，才知道公园占地面积非常大，森林资源丰富，远不止温泉。如今的人们在公园里建了一座自然中心，其实就是一座小型的自然博物馆。这是一座莱特式的现代建筑，里面展览这里独有的矿物树种花草动物等历史和标本，还有活物。活物中最多的是鸟、乌龟和蛇。

正是中午，乌龟和蛇正在午餐。我第一次看见乌龟和蛇吃东西，它们被迁出展柜，被放在很大的塑料箱中。乌龟吃小鱼，还可以理解，蛇居然也吃小鱼，真的难以想象。蛇吃小鱼，伸出蜿蜒的脖子，吐出长长的信子，在一瞬间就完成了进餐的整个动作，那劲头颇像壁虎捉虫，非常好玩。

我和孩子们正在围着箱子看蛇吃小鱼，一位身穿工作服的老太太走了过来。她告诉我们，这条蛇今天已经吃了十几条小鱼了，刚才是它吃的最后一条小鱼。说着，她弯腰蹲下来，将手臂伸进箱子里，把那条蛇拿了出来，对我们说，你们可以摸一摸它，它很听话，不伤人的。那条蛇足有七八米长，碗口那样粗，顺着她的胳膊，像是电影里的慢镜头一样，缓缓地蜿蜒着，舒展着身子，蜷伏在她的胸前。那样子显得很温顺，但我没敢去摸，倒是孩子们兴致勃勃的跃跃欲试，引起欢快的笑声，蛇见多不怪，不动声色地依偎在老太太的胸前。

老太太接着告诉我们，这条蛇是十年前她在展览馆门口看见的，它像是要爬进展览馆，按照我们的话说就是缘分了。老太太弯腰抱起来了它，一直养到了今天。说着，她走到展柜前，把蛇放了进去，又引我们到站展台前，打开一本画册，翻到有一条小蛇的那一页，说这就是十年前拍下的照片。

13年，她将一条小蛇养大成一条蟒蛇一般粗大。并不是所有的蛇都是农夫和蛇伊索寓言里的蛇，这条蛇通人性，13年朝夕相处，和老太太成为了好朋友。这应该是人和大自然的关系。老太太笑着告诉我们，这条蛇特别有趣，最爱闻巧克力的味儿，虽然它并不吃巧克力。有一次，在喂它食吃的时候，她刚刚吃了一块巧克力，被它闻到了，蛇的嗅觉特别灵敏，以后只要你一吃巧克力，它老远就能闻得到，就会显得很兴奋，向你爬过来。而且，以后几乎每一次再喂食的时候，它都要你张开嘴，看看你嘴中有没有巧克力。那样子，就像一个孩子。

老太太是一个心直口快爱说话的人。也许，是整天和这些不说话的动植物打交道闷得慌吧，她渴望和人交流。不过，这只是我带有偏见的猜度，很快就被她的话所打破。她好像猜透了我对她的揣摩，告诉我们她自己的经历。原来她是从小在这个小镇上长大，考入大学，学的航天工程，硕士毕业之后，有一份很不错的工作。但是，大概是这里独特的自然环境对她的影响至深，她爱的是这里的森林和森林里的动植物，于是她常常会到这个自然中心里来，开始当志愿者，一当当了十多年，人家看她确实是想到这里来工作，就把她接受为正式的工作人员。她高兴地说，这是她最愿意做的工作。一个人，一生中能够有一个理想的爱人，有一个美满的家庭，有一份自己愿意做的工作，就是最幸福的了。

当我听完老太太这番话，对她刮目相看。如今，对幸福的认知已经五花八门，并不是什么人都能够如她一样，舍弃优越的工作而在一个小镇当一个自然中心的工作人员，单调而寂寞地对待她的那些乌龟和蛇的。

想起一辈子写森林大自然的俄罗斯作家普列什文曾经说过的话："世界是美丽非凡的，因为它和我们内心世界相呼应。"他在这里说的第一个"世界"，就是森林和大自然，有了这个大世界，我们内心的小世界才有可能会形成。

他同时又强调，"一个人是很难找到自己心灵同大自然的一致的"。他在这里强调的"很难"，是指的如我一样的一般人，但他和这位老太太却属于心灵和大自然相呼应相一致的人。

临离开欧文小镇的时候，取了一份介绍小镇的册页，那上面居然和我们的城镇一样，爱用宣传口号为自己立言：sweet owen。想想，这个sweet，用在这位老太太身上，倒也真合适。这个sweet，对于她是甜蜜，更是幸福。

2014年5月27日记于欧文小镇

早市上的组合

在国内买菜一般都会到自由市场去，我们这里称为"早市"。在美国，也有这样的"早市"，一般开在周六和周日的上午。都是附近农场的农民将自己田里种的蔬菜、水果、肉蛋，自己做的面包、点心、果酱和蜂蜜，拿来卖。也有一些手制的工艺品。每家一个摊位，上置凉棚。热热闹闹的，和国内很相似。只是有一点不同：在国内的"早市"上的东西都比超市的要便宜，这里却要卖得比超市贵，原因就是直接从田间而来，东西新鲜，没有污染和转基因。

几乎在美国所有的早市上都有一个传统，除了卖东西的之外，还有唱歌的。在布鲁明顿，自从我第一次去早市，就看见不止一位唱歌的，有老有少，有男有女。有一个有帐篷，有舞台，有麦克，有音响设备的正规演唱者，也有随地而唱的歌手，在地上摆个打开的琴匣，或扔个帽子，为收钱用，但不管有钱没钱，有人没人，他们都在那里尽情而忘我地唱着，不问收获，只管耕耘。

　　印象很深的是在那里碰见几回一对年轻夫妻（或是情侣）在唱歌，他们的选择在同一个地方，这个地方在早市的中心位置，四周被摊位所包围，留下一个小小的空场。女的穿着一件跨栏背心，露出小麦色健康的臂膀，男的穿着牛仔格子衫，张扬着一头金色的头发和金色的长胡子。他们都手抱着一把吉他，男的脚下敲着鼓，鼓箱上用一个细线系着一个气球，就那么对唱或合唱或二重唱。他们的吉他盒前，摆着一张卡纸，上面写着"Wild Flower"。"野花组合"，这真是一个有意思的名字。在我们这里，绝对没有人敢起这样的名字，因为很容易让人想起"家花没有野花香"，进而看到这样一对男女青年，想起"野鸳鸯"之类带有贬义的词。但他们只觉得"野花"象征着野性而无拘无束的自由和力量。

　　"野花组合"，是布鲁明顿早市上一道风景，驻足听他们唱歌的人不少。我想听歌的人肯定不是因为我的好奇和浮想联翩，而是他们唱得确实不错。他们的歌和他们的名字一样，自由的风一样，随风飘荡，随遇而安，吉他声，鼓声和歌声，混杂一起，在早市上尽情荡漾。如果碰见有小朋友在听他们唱歌，他们会把系在鼓箱上的气球解下来，送给孩子，然后再吹起一个新气球，重新系在鼓箱上，飘荡在半空。

　　"野花组合"，让我想起了另一个组合，那是我住在新泽西的时候，在靠近普林斯顿不远的西温莎小镇，也有一处这样的"早市"。它是利用树林间的一片空地。车子停在树林外，"早市"被绿树环绕，自成一体，仿佛一个林中的童话一般，让那些瓜果蔬菜在那里面盛放姹紫嫣红的舞会。

我常去那里买些新鲜的蔬菜和水果。这里的"早市"，和布鲁明顿的早市一样，辟出一块地方，搭上帐篷，装好麦克和音响，作为专门的音乐演出地。和"野花组合"这样的自由歌手或流浪歌手不一样的是，一般都是请来当地的民间乐队和歌手。这项活动，由当地银行负责出资资助。不知花费多少，应该不会太大，因为只需要搭一个帐篷，配一套音响。乐队和歌手大多属于自娱自乐。

和布鲁明顿还有一点不一样的是，这里演出场地前面，一左一右，也搭起了两个帐篷作为凉棚，摆上几把椅子，供观众坐下来听。不过，很多人，尤其是孩子，更愿意席地而坐，听他们演唱。

这似乎已经形成了传统，每一次来，我都能看见不同的面孔，听到不同的音乐。这里的面积大约和我们在国内一般见到的中等规模的"早市"相差不多，由于有四围树木环抱，比较拢音，到处便荡漾起音乐的声音，无论卖主还是买主，心情都会随音乐而轻松而好起来。音乐也给这些花花绿绿的蔬菜水果伴奏，仿佛这些东西能够随之跳起舞来，有个好卖相，卖个好价钱。

有一次，看见的两男一女，坐在那里弹唱，三位都弹着电吉他，坐在右边的这一位男的弹贝斯，左边的女的边弹边唱，有时候，中间弹吉他的男的也和她二重唱。看他们的年纪都是60多岁了，如此大的年纪，还跑到这里演唱，并不多见，格外引我注意，便坐在旁边的凉棚下听了起来。

他们唱的都是民谣老歌。嗓音并不特殊，但很投入，很放松，味道有些像保罗·西蒙，特别是保罗·西蒙的那首《斯镇之歌》。有一种来自田野间芫荽、鼠尾草、迷迭香和百里香的味道，即使歌词并不能听得太懂，却让人感到很亲切，仿佛在和你叙家常，诉说他们的回忆，美好而清新。一曲听罢，我热烈鼓掌，还不管他们听懂听不懂，用中国话大声向他们叫："再来一个！"他们好像听懂了一般，向我笑着，接着又唱了一曲。

这一曲唱罢，我走过去，和他们闲聊，我称赞他们唱得好，并问他们唱了多长时间了。他们告诉我从年轻时候就唱，退休之后，组成了这个组合，并向我指指他们脚下的一个牌子。我才发现牌子上写着"泽西组合"几个黑体的英文字母。接着聊，知道他们三人都来自泽西镇，女的和坐在中间弹吉他的男的是一对夫妇，贝斯手是他们的老朋友，专门请来的。平常的日子，三个人也常常聚在一起自弹自唱，让日子过得有些音乐的味道，而不只是柴米油盐和瞌睡打鼾或者电视里插科打诨的味道。

忍不住想起我们很多退休的朋友，寻找到唱歌的方式来打发寂寞、消磨光阴、疏解心理、抒发怀旧之情、丰富生活情趣，和他们的选择，几乎是殊途同归。不分国界，音乐是晚年心情最好的入口和出口，乃至发泄口。稍稍不同的是我们极其愿意聚集一起，震天动地的大合唱。在北京，天坛公园、北海公园等好多公园里，都会看到退休的老头老太太们聚在一起大合唱。而在美国的公共场所里，我从来没有见过这样壮丽的景观。

还有一点不同，由于我们缺少民谣的传统，其实，这样说也不准确，我们的民间音乐也非常丰富，只是建国以来，除了王洛宾等人有过真正意义的搜集和整理，真正传唱开来的民谣并不多。因此，在公园大合唱里，听到的只是少得可怜的民歌，大多是五六十年代曾经风靡一时如电影《英雄儿女》插曲"烽烟滚滚唱英雄"那样气势不凡的"大歌"，或者是所谓的"红歌"。于是，我很少能够听见如"泽西组合"这样地道的民谣，这样自吟自唱的个体抒发。或许，这就是我们和他们的不同吧，无所谓优劣，只是民族特点不同，所经历的历史不同，音乐渗透进各自的生活不同，选择的方式自然也就不同。音乐，有时候像是一种传统很悠久的香料，注定了我们的口味、胃口，乃至整个饮食习惯的形成和选择。

　　时近中午，我离开这个"早市"的时候，回过头来，看见他们还坐在那里，一脸汗珠淋漓地在弹唱。无人喝彩，他们也旁若无人。

　　"野花组合"也好，"泽西组合"也好，都是普通人自娱自乐的一种组合，也可以说是找乐儿的一种方式。之所以说起布鲁明顿的"野花组合"，又想起了新泽西的"泽西组合"，是因为他们一个是属于年轻人，一个属于老年人，呈人生两种样态，却一样可以寻找到属于各自的快乐方式忽然快乐之地。有意思的是，这个快乐之地，他们英雄所见略同，共同选择了早市。这应该是普通人物美价廉的最好选泽，就像我们这里爱唱歌跳舞的大爷大妈们，愿意选择的地方是广场和公园一样。

2015年1月6日改毕于北京

捅马蜂窝

在美国孩子家小住，房后是一片开阔的草坪，那天锄草的小姑娘突然遇到了黄蜂。大概是她开着锄草机，轰隆隆的响声，惊动了草丛中的马蜂窝，顿时飞起一群黄蜂，直冲向了她，蜇得她一身是包。那天，她穿着运动短裤，两条大腿上更是伤痕累累。

她是个印第安纳大学学医的大二的学生，暑假里打工，给一些人家的草坪锄草，挣点儿零用钱。她赶紧弃锄草机而逃，回到家，懂医的她吃了药，一睡睡了十几个小时。第二天晚上，她来家告诉我的孩子遇到黄蜂的事情，并带着他到草坪指认黄蜂的犯罪现场。

草坪的草锄了一半，没几天，锄过的和没锄过的草坪，显现出高低不平，风吹草动，如同起伏的坡地。那个潜伏在草丛中的马蜂窝，依然不时地群蜂乱舞，以侵犯一个漂亮的小姑娘的胜利而得意非常。

必须得捅掉这个马蜂窝。

　　一般马蜂窝是在树上，记得我小时候，和伙伴们去捅马蜂窝，都是先戴好帽子、围巾、手套，将自己全身武装好，然后举着一个个高高的竹竿，把马蜂窝捅下来那一瞬间立刻作鸟兽逃散。不知道这里人们怎么捅马蜂窝？为什么这个马蜂窝不是筑在树上，而是在草丛里呢？

　　请来专业人士，现场勘查后，说这里草坪多，马蜂窝在草丛中很常见，尤其是冬天大雪覆盖草坪，起到保护和保暖的作用，去年的旧马蜂窝到第二年可以就地起用，因此要根治必须得用专业人员，他们公司的业务之一，就是专门负责捅马蜂窝，他们有专业的药液和机器，可以用管道深入马蜂窝，将药液打进，一了百了。我不知道他说的对不对，心里虽然起疑照他这样一说马蜂不是和野兔和野熊一样，也能在冬天蹲仓一样了吗？但是，还是按照他的意见请他们的公司来专业捅马蜂窝。

　　几天之后，一个工人开着一辆厢式大卡车来了。心里不禁暗惊，捅一个马蜂窝，竟然动用如此庞然大物，真的够专业的。他穿着一件半袖的工作服，下了车来，先让我带着他看现场，我远远的指给他看，告诉他马蜂窝就在前面。那时候，草坪虽然没有一点动静，但我知道黄蜂就暗藏在前面，只要人一走近，就会露出狰狞的嘴脸凶猛扑来。

　　他拿着一个常见的救火用的喷雾器大小的药罐，大踏步地向草坪前走去，显得很有些见多不怪，胸有成竹的样子。走近时用喷雾器以扇面的弧度向前一喷，立刻，黄蜂从草丛中冲天而起，雾一样直向他扑来。只看他抱着喷雾器就地卧倒，翻了几个滚儿，然后迅速地站起，远远地跑了过来。我问他被黄蜂蜇着没有，他摇摇头，只是没想到这个马蜂窝这么厉害，手里的这个喷雾器无用武之地，得启用重型武器。

他走向卡车，钻进驾驶室，将车向前开了一小段，调转了方向，让车尾冲向了草坪。然后，看他跳下车来，打开后车厢，里面顶着车厢盖的是顶天立地一个水罐一样的装置，白晃晃的，在阳光下照人的眼睛。上面有水龙头，龙头上接着粗粗的皮管子，那管子非常的长，他拉着管子，管子蟒蛇一样在草坪上爬行前进。就这样拉着，他一直把管子拉到草坪里面马蜂窝的前面，打开开关，水注一样的药液，劈头盖脸喷向马蜂窝。这一次，那群肆意得逞多日的黄蜂，在这样现代化的重型武器前毫无还手之力，连飞走逃跑的机会都没有，只见它们刚从窝里急飞出来，就立刻坐以待毙。接着，他用管子对准马蜂窝，狠命又喷了一遍药液，毫不留情，一个也不放过。

他拖着管子，向我走过来，得意地摇摇手。他的身后，管子如蟒蛇一样慢慢地蠕动着，温顺地舔着他的脚跟；恢复了平静的草坪，在风中轻轻摇曳，起伏着舞蹈般的韵律。空气中，散发着轻微的药液味道。

看他麻利儿地把管子放进车厢，盖上后厢盖，然后递给我一张今天工作的账单，笑着说了声谢谢，就钻进驾驶室，将车开走，前后没有用20分钟，到底是专业人士。

我打开账单看，捅一个马蜂窝，花费是120美金。

又过了一些日子，发现了新的马蜂窝。这回不是在草坪里，而是在房后的松树上，雄踞在树的半中间，离地面有六七米的样子。和我以前在北京见过的马蜂窝一样，黑乎乎的，墨染的云彩一样，聚集在翠绿的松针掩映之间的树杈上。而且，这个马蜂窝足有一个草帽大，如果里面的马蜂都飞下来，扑向孩子，后果可是不堪设想。

有了上一次马蜂蜇人的教训，尤其是担心孩子在树下玩耍，不留神被头顶的马蜂窝里潜藏的马蜂蜇着，必须得捅掉这个祸害。

这回，请来另一位专业人士，是位美国白人。和上次一样，他的公司不干别的，只负责捅各式各样的马蜂窝。但他的公司就是他一个人，他既是老板，又是工人，显然，没有上次的公司规模大，心想收费一定会便宜一些。事先，他来看了一遍，抬头望望马蜂窝，然后对我的孩子说，捅掉这个马蜂窝，必须要锯掉马蜂窝下面的那根树枝。否则，没法动手，因为那根树枝挡住了马蜂窝。如果贸然去捅马蜂窝，会一下子惊扰了它们，会是很危险的。

果然专业，我们谁也没有想到要锯掉树枝，以为像摘苹果一样简单，只要爬上梯子，把那个马蜂窝摘掉就行了。锯掉树枝，就锯掉吧。那是一根有胳膊一样粗的树枝。没有一把专业的用锯，是无法对付它的。

过了几天，他开着一辆普通的小轿车来了。并没有像上次一样，是开着专业的厢式大卡车。但他可是专业人士呀，而且，我觉得这一次需要登高爬树，对付一个很大的马蜂窝，还得先锯掉一根粗树枝，比平地作业对付一个马蜂窝，难度要大许多。他居然如此轻装上阵。

只见他从车子的后备厢取出一个折叠的可以伸缩长度的梯子，扛到松树下，然后，拿着一把电锯，很灵巧簌簌地爬上了树。很快，树枝就被锯了下来。他把树枝扛下来，走到我的跟前对我说，还得再锯掉一根树枝，要不无法直接够着马蜂窝。情况比他那天在树下看得要复杂，在繁杂的枝叶之间，马蜂窝隐藏得够深。我说你可以直接向马蜂窝喷药呀！他摇摇头，连连说NO，那样会惊动马蜂，会很危险。

他是专业人士，只好听他的。他拿着电锯，又爬上树，接着锯掉第二根树枝。他扛着树枝又从树上爬下来，然后，拿起喷药器，戴上面罩，再一次爬上树。这回看见和上次一样的情景，水注一样的药液，喷出雾一样的气体，劈头盖脸喷向马蜂窝。可是，没有见到上次那样从马蜂窝里群蜂乱撞的情景，只有几只马蜂飞了出来，还没有叫出声，就淹没在白色的雾气之中。

他从梯子爬下来，走到我的身边，扔在地上一个黑乎乎的东西，是那个马蜂窝。怕里面还藏有残存的马蜂，他用喷药器往上面又狠命喷了一通，马蜂窝湿漉漉的，像是刚从水里捞出来。从地上往树上看，没觉得那么大，真的出现在面前，比草帽还要大。那马蜂窝和我以前见过的不大一样，四周像是用树叶和草编织而成，呈灰褐色，有点儿像鸟窝。这样马蜂窝，真有点儿神奇。药液浸透散发过后，马蜂窝看得清晰一些了，孔眼密集的蜂窝里却没有见到有几只死蜂。怪不得刚才他在梯子上喷药时，从马蜂窝里飞出的马蜂不多。我问他："怎么里面的马蜂不多呀？"他告诉我，天气渐渐变凉，马蜂自然就不会像天气热的时候那样多。我看了他一眼，既然如此，为什么非要先锯掉两根树枝，如此谨慎小心，又如此兴师动众？

他也望望我，说，还是处理掉了好，别看现在里面的马蜂少了，马蜂窝留到明年，会有新的马蜂来的，很危险的。我不太懂，有些疑惑，难道马蜂像老马一样也会识途，或者像我们人一样闻香识女人识得香巢旧窝而旧地重游？

他冲我笑了笑，指着地上的马蜂窝，问我："是需要留下来，还是需要他拿走处理掉？"我说留下吧，想让孩子从幼儿园回家后见识见识什么是马蜂窝。他又笑笑说，好，留个纪念。

到底是专业人士，处理这样的马蜂窝，显然不是第一次了。

两天过后，我收到一份账单。这个马蜂窝捅得花了210美金，还要几角几分的零头。账单详细列明包括药液、攀高、锯掉树枝等各项费用，连账单也是那么的专业。

2014年9月13日于布鲁明顿

万圣节的南瓜

万圣节前夕，我住的社区，家家门前都早早地摆上了南瓜。各家有各家的风格，那南瓜摆的都非常有意思，有的从路边一直摆在门前，仪仗队欢迎客人似的；有的在每个台阶前放一个南瓜，步步登高；有的则左右对称；有的则在南瓜上雕刻上笑脸，做成南瓜灯，迫不及待在迎接节日的到来。

在我看来，世界上许多节日都日渐失去了民俗的本意，而成为了一种休闲娱乐的方式。万圣节，在美国更成为了孩子们的节日。因为这一天，身穿万圣节各式各样服装的孩子们，可以兴致勃勃地叩响各家的房门，向那些平常并不熟悉甚至根本不认识的邻居们讨要糖吃。而各家都准备好了各色糖果，等待孩子们的到来，一起创造并分享这种欢乐。各家门前的这些南瓜，就像圣诞节的圣诞树，是节日的象征，只不过圣诞树一般是放在家中，而南瓜则是放在屋外的。于是，南瓜便也就有了节日共享的意味，颇有些像我们春节的花炮，燃放起来，大家都可以看到，共同欢乐。

那一色黄中透红的南瓜，在万圣节前夕，是那样的明亮，给已经有些寒意的初冬天气带来暖意。

唯独有一家人家的房前，没有放一个南瓜。在整个社区显得格外醒目。仿佛一串明亮的珠子，突然在这里断了线，珠子串不起来了。

每天散步，路过这家门前的时候，我的心里都有些怅然。这是一座很大的房子，门前有拱形的院落和左右对称的院门，院门旁各有一株高高的海棠树，连接这两座门的是一座半圆形的花坛。看院子这样气派的样子，这应该是一户殷实的人家，大概不会买不起几个南瓜，在超市上三个大南瓜只要10美金。心想要不就是因为忙，一时顾不过来去超市买南瓜。

又几天过去了，马上就到万圣节了，这家门前还是没有一个南瓜。门前的海棠树结满红红的小果子，花坛却没有一朵花在开放了，秋风一吹，院落里落满凄清的树叶，也没有打扫。我有些奇怪，便向人打听，这是怎么回事呢？这样的情景和节日太不相吻合，和这样气派的房子也不大吻合。

有人告诉我，这家的主人是位医生，犯了不知什么案，被判了刑，关进监狱。这座房子被银行收走，他的家人只有在这里住一年的权限。我从来没见过这家的女主人，只见过他家有两个男孩子和一个女孩子出入，年龄都不大，两个男孩子像是中学生，妹妹小，大约只上小学。心里也就多少明白了，家里缺少了主心骨，大人孩子过日子的心气也就没有了，再好的房子和院子也就荒芜了。况且，缺少家庭主要的经济来源，三个正上学的孩子都需要花销，过日子的局促，自然顾不上了南瓜。心里不仅替这家人惋惜，尤其是替那三个无辜的孩子，大人们做事情的时候，往往忽略了孩子的存在。但分想想自己的孩子，做事情的时候也该会让自己的手颤抖一下吧。

那天下午，我的邻居家的后院里忽然响起了锄草机的轰鸣声。这让我很奇怪，因为邻居的锄草很有规律，都是在周末休息的时候，怎么还没有到周末，而且人也没有下班，怎么就有了锄草的声响呢？我走到露台上去看，发现是那家医生的两个男孩子在锄草。他们开来一辆汽车，停在院子前，猜想是他们拉来了自己的锄草机，帮助邻居锄草，挣一点儿辛苦钱。同时，也猜想是邻居的好心，让这两个孩子挣点钱去买万圣节的糖果和南瓜。

我的猜想没有错。黄昏时候，邻居下班，我问了他们，这是一家印度人，他们腼腆地笑笑，证实了我的猜测。同时，他们还告诉我，这个社区里很多人都知道他们家的事情，都像他家一样将锄草的活儿交给了这两个读中学的孩子。他们不愿意以施舍的姿态，那样会伤孩子的自尊心，他们更愿意以这样方式帮助孩子，让他们感觉自己像成人一样，可以自食其力，可以为家庭分忧，给母亲和小妹妹一点儿安慰。

　　果然，第二天，这家医生的门前摆上了南瓜。是三个硕大无比的大南瓜，大概是三个孩子每人挑选的一个中意的南瓜。每个南瓜上都雕刻上了笑脸，布鲁明顿明亮阳光的照耀下那三张笑脸笑得非常的灿烂。

2013年11月8日于北京

塔夫特夫人的选择

　　在美国的城市里，辛辛那提不算大，却一直以为是座富有艺术气息的城市。对我而言，不为它有驰名世界的辛辛那提交响乐团和那古老而美丽的音乐大厅，更为它有家私人美术馆，给这座城市提气，为这座城市平添一抹异样的艺术色彩。

　　这座美术馆叫作塔夫特（Taft）。它坐落在辛辛那提第四大街附近派克街316号。离俄亥俄河很近，是一座漂亮轩豁的别墅。展厅在二楼，从二楼的咖啡厅可以步入宽敞的露台，从露台可以下到一层花木扶疏的花园。作为私家美术馆，它的规模足可以和巴黎一些大都市里的私家博物馆相媲美。

　　引我慕名而来的主要原因，是美术馆的主人安娜·塔夫特夫人。她是辛辛那提历史上第一位百万富翁塔夫特先生的独生女，从父亲那里继承下万贯家财，按照我们现在的说法，属于富二代。她完全可以过一种贵妇人的生活。看美术馆里陈列着她的雕像和油画肖像，雍容富贵，真有贵妇人的容颜和姿态。她不仅是富二代，而且属于美女级的富二代，无形中为她锦上添花。她的丈夫是位毕业于哥伦比亚大学法学博士的律师，收入不菲，家境也很富有。那么多的钱怎么花，是摆在所有富二代面前的一道人生课题。她对她的丈夫说，与其我们拿钱去投资股票或置办房产，不如用来投资艺术品。她的丈夫欣然同意。

他们一共拥有十个孩子，他们没有把钱给孩子们，却开始了艺术品的收藏。当收藏到一定规模的时候，他们没有把这些藏品送到拍卖会上，让其金钱的数字翻着跟头地上涨，而是将这些价值连城的藏品外加把自己住的别墅一并让出来，辟为了美术馆。

1931年，安娜·塔夫特夫人去世。1932年，美术馆在这座1820年建得的老建筑里正式对外开放。

在美术馆展览手册上，有一幅他们的全家福像，旁边写着这样一段话："欢迎来到我们的家，也是你们的家。这个HOUS，这艺术，属于你们，如果换一个视角来看，你们会有新的发现。"这就是塔夫特夫人和他们全家创建这座美术馆的意图，或者说是他们的心愿。当然，也是他们为那些万贯家私和自己心的归宿的一种选择。

这种选择，让我感动，值得尊敬。并不是每一位富二代都能做出这样的选择。我们看到的我们的一些富二代，更多的是如塔夫特夫人所说的那样，愿意选择投资股票和房地产，还有不少则愿意投资可以赚钱而喧嚣的餐馆酒店会所或影视，甚至可以一掷千金地豪赌，包养女人，去酒吧里胡作非为，花天酒地，醉生梦死。如塔夫特夫人一样愿意拿自己毕生的财富投资艺术品并创建美术馆，不为自己独自鲸吞，而让更多人一起分享，为社会服务，在我们这里还很少见。

二楼的十四个房间，成为了展厅。藏品很丰富，甚至有的藏品比我们一些国家博物馆还要丰富。比如，它的美术作品，从17世纪到20世纪，包括伦勃朗、英格尔、特纳、科罗、卢梭、米勒的珍贵油画。其中有美国早期著名印象派画家詹姆斯·惠斯勒（James Whislter）的代表作《钢琴旁》，成为了镇馆之宝。还有一位辛辛那提本土画家弗兰克·杜韦内克（Frank Duveneck），他是辛辛那提美术的奠基人，他画的那幅有名的辛辛那提少年的油画也收藏在这里，如今被画成巨幅壁画，在辛辛那提的街头顶天立地，成为了辛辛那提的标志和骄傲。

它藏品另一个打眼之处在于中国瓷器，从唐代到清代，琳琅满目，每一个展厅，甚至走廊里，都在摩肩接踵密集地陈列着，真有些乱花迷眼。其中清康熙的瓷器尤为多，不少是在中国少见的外销瓷，外形和色彩都有些古怪，有些替洋人做审美想象的东方意识。还有一个打眼处，便是很多展厅里都陈列着塔夫特夫妇的画像和雕塑，都是左右对称的匹配，仿佛依然蝶双飞一样在出双入对。看这些雕塑和画像，丈夫风流倜傥，夫人风姿绰约，会不会多少有些是画家雕塑家对他们的美化？马上又打消了自己这个小心眼儿的猜想，应该是对他们的敬意，难道不应该为他们的这种选择而心怀敬意和感激吗？

还值得一提的是，它每年都会从世界各地请来一些展览，作为自己的特展。这一点，和正规的美术馆一样，成为了必备和必需。今年它便有五次特展，我来这里，赶上的是美国早期摄影作品展，都是19世纪中期的作品，被镶嵌在项链坠、首饰盒或小型镜子里，成为了艺术，也成为了历史。当然，这是需要花钱的。我们的美术馆常常也有一些莫名其妙的特展，不知是什么人的画和字，都可以堂皇入室摆在那里，是为美术馆挣钱的。选择就是这样的不同，不仅仅止于富二代的选择。

2013年8月19日记于辛辛那提

2013年8月26日改于布鲁明顿

麦斯威尔庄园

我管它叫作麦斯威尔庄园。它的原名，以前叫作奇克伍德庄园，现在叫作纳什维尔艺术与园艺之家。这两个名字都难记，还是麦斯威尔庄园好记，因为麦斯威尔咖啡，很多人都知道，现在世界各地仍然在卖。

庄园的主人，就是麦斯威尔咖啡的创始者乔尔·奇克。庄园最初就是以他的名字来命名的。这个庄园占地55英亩，在美国南方，这样的庄园不是最大的，在美国南北战争之前，榨取黑奴劳作的血汗而发财致富的大款们建造起的硕大的庄园，随处可见。纳什维尔是田纳西的州府，当年靠贩卖皮毛，养殖种马，制作咖啡，而迅速脑满肠肥的富人的庄园，在纳什维尔的东南部，鳞次栉比。小桥流水，雕栏豪宅，郁郁森林，茵茵草坪，一派昔日的富丽堂皇，不少依然属于私人的领地，至今荡漾着骄人的回响。

乔尔·奇克的庄园是建得比较晚的，比较奴隶制时代的前辈，他发财发得很晚。1890年之前，他还只是肯塔基州一个杂货商的推销员，看过美国剧作家阿瑟·米勒的《推销员之死》，知道推销员工作的辛苦乃至辛酸。不过，他爱喝咖啡的嗜好，帮助了他命运的转折。他不满足当时咖啡的口味，用各种咖啡豆，进行不同排列组合的试验，调制出不同口味的咖啡，最后找到了自己最满意的一种，便带着这种咖啡，从肯塔基来到田纳西，来到更为开放而发达的纳什维尔，用他推销员练就的本事，推销这种咖啡。犹如神助一般，这种新口味的咖啡让他一举成功。这种咖啡，便是一直喝到现在的麦斯威尔咖啡。

1892年，乔尔·奇克成立了麦斯威尔公司，他从一个小小的推销员变成了大老板。在他的咖啡包装上有这样一句商标注册语："这杯咖啡，滴滴香醇，意犹未尽。"是当年罗斯福总统的话，成了他的免费广告。

1929年，他用卖咖啡37年赚的钱买下了这片林地，开始学习他的前辈，建造自己的庄园。这几乎是世界所有发财的商人一贯的路数，置地建房，香车宝马，豪宅娇妻。那不仅为自己享受，更是财富和身份的象征。他请来纽约最好的设计师，帮他设计他的庄园，设计师没有辜负他的心意和高价聘金，用就地挖出的石头，盖起了他的豪宅，然后在挖出石头之后出现的深坑上，建造起了漂亮的湖泊。奇克自己则专程远渡重洋，到英国伦敦购买全套的家具，将这些家具全部运回，就用了十几列火车皮。那时的美国人和我们现在一样，也是崇洋媚外，唯欧洲是从。

庄园整整建了三年，1933年完工，奇克夫妇搬进新宅，只住了两年，便在1935年同一年先后脚跟着脚的去世。参观这个庄园的时候，我心里悄悄在想，奇克奋斗大半生才建起的庄园，自己还没有怎么享受，就撒手而去，如果他不是财大气粗的这么折腾，也许会多活几年。不过，这个想法似乎不够厚道，作为一个商人，他的做法无可厚非，不能要求他像当年的总统杰斐逊一样，在文件中将"追求财富"最后改为"追求幸福"。在所有商人的眼里，追求财富，就是追求幸福。

奇克有一男一女两个孩子，他把庄园给了他的女儿沃菲尔德·奇克，这一年，沃菲尔德20岁。22年之后，1957年，沃菲尔德夫妇把庄园捐献给了国家，这应该也是对她父亲奇克先生最好的纪念。1960年，庄园正式对外开放，取名为纳什维尔艺术与园艺之家，一直延续到半个多世纪后的今天。

之所以叫这个名字，是为了突出庄园的艺术和园艺这两个特点。庄园的主要建筑，即奇克的豪宅，如今成为了美术馆，他当年宽敞的马厩，也改造成了另一处艺术的展厅。进美术馆，一层大厅的墙上悬挂着奇克夫妇的画像，两侧是文艺复兴时期在欧洲极其流行的旋转楼梯，当年奇克从伦敦运来时费了老大劲。二楼是题为"沃霍尔和花"的特展，选取美国著名波普艺术家沃霍尔用各种方法绘制的各种花朵的美术作品。还有奇克一家当年家居情景的再现，当然，也有当年麦斯威尔咖啡的老式包装样子。一个家庭和世界的关系，尤其是和艺术的联姻，在时空的交织中，产生一种奇异的感觉。如果他的孩子没有把这里捐献出来，而是还像这里很多庄园一样，深藏在密林深处，那么，这样的感觉还有吗？即使也有尘封在宝匣里的宝贝，却没有那么多人的参与，便也只是属于一隅窄小的天地，难以见到这样轩豁的天空。

庄园最值得一看的是它的园艺部分，它是由上百个大小不一的花园构成。那些花园玲珑别致，独具匠心，每一处不尽相同，珠串一样串联在一起，色彩纷呈。我来这里，花园里有雕刻小径和昆虫雕塑展览。那些木制的蜻蜓、蚂蚁、螳螂、蚂蚱、蝴蝶、蜘蛛、蜜蜂，置于花丛草坪和湖水之中，最受孩子的欢迎。特别是蝴蝶的翅膀变成了蹦跳的弹簧，蝴蝶的身体变成了滑梯；蜜蜂的蜂巢成为了捉迷藏的地方和攀援的阶梯，常可以听到孩子们和这些昆虫一起嬉戏的欢声笑语。雕刻小径，需要人走进密林中寻找，曲径通幽处，有来自美国各地雕塑家用不同材质雕刻的14件具象和抽象的艺术品，隐藏在林中小径的两侧。当你走出了这个艺术小径，便又回到了美术馆的后身，小径是精心设计的一个半圆，让你走进迷宫，又走回起点，完成了一个象征意义的循环。

如此美丽而别致的庄园，麦斯威尔主人的孩子把它捐献了出来。不知道我们国家的那些发了财的大款和他们的富二代，可曾也有过这样奇迹出现。我想起去年在辛辛那提参观过的塔夫特美术馆。主人是辛辛那提历史上第一位百万富翁塔夫特先生，他的独生女安娜·塔夫特，像奇克的女儿沃菲尔德·奇克一样，也属于富二代，从父亲那里继承下万贯家财，完全可以过一种贵妇人的生活。她却是将自己拥有的价值连城的艺术藏品，外加父亲给她的这幢别墅一并捐献出来，辟为了为大众服务的美术馆，将一己的私人空间变为了公共空间。尽管在美国富人捐献自己的遗产，富二代捐献继承的财产，有种种原因，出发点不尽相同，但是，毕竟不是条条大路，都通罗马的；不是所有的富二代，都可以这样做的。在这个世界上，终究会有一些人，像塔夫特的女儿，像奇克的女儿，却能够这样去做。这在私欲膨胀拜金主义盛行的今天，还是令人感动并感慨的。

塔夫特美术馆，远没有麦斯威尔庄园大，那里只是一幢带花园和露台的三层楼的别墅。我走了大半天的时间，也没有走完麦斯威尔庄园，眺望远处的绵绵群山和密密森林，如果按照我们的开发商一样计算这每平方米建筑面积的价格的话，这占据纳什维尔富人区中55英亩22万平方米的土地，该价值几何呀。世上很多的事情，真的是无法用金钱能够衡量得出来的。对于越来越把金钱当成我们人生唯一信仰的现实而言，走在麦斯威尔庄园里感慨良多。

　　据说春天和初冬，麦斯威尔庄园最漂亮，春天这里有十万多朵郁金香盛开，而到万圣节前后，这里遍地是金黄色的南瓜，该是何等的壮观景象。境由心生，大自然所有的壮观，都是人心的对应物，也应该是历史有形的回声。不由得心想，奇克的女儿沃菲尔德，大概已经不在人世，要是活着，明年整整100岁了。

　　　　　　　　　　　　　　2014年9月10日纳什维尔归来

城市的想象力

在美国中西部，圣路易斯比芝加哥的历史要久，规模也大，号称"西部之门"。可看的地方很多，比如密西西比河畔著名的拱门、城西世博会遗址开辟的比纽约中央公园和芝加哥林肯公园还要大的森林公园、获得美国城市设计大奖的市中心的城市花园等。但我选择的是城市博物馆。是专程慕名前往。为了一个叫作罗伯特·卡西里（Robert Cassilly）的人。

起初，我不明白为什么卡西里把这个地方命名为城市博物馆。它离市中心很近，是一座十层大楼，现在开放的是一至四楼和顶层的露台。这里完全是一个儿童乐园，但和诸如迪士尼乐园等儿童乐园完全不同的是，除露台上有一个旋转轮盘的大型电动游乐项目外，没有一点儿高科技的影子，楼上楼下，脚前脚后，遍布洞口，你可以随意从任何一个洞口进去，在斗曲蛇弯的洞中钻来钻去，不知会从哪一个洞口钻出来，眼睛一亮，别有洞天。很可能是一个新的楼层，也可能是一个新的游乐场，也可能是一个长长的滑梯，坐上去载你滑到别处。大楼的天井，被充分利用，变成了一个神秘的山峰，里面布满纵横交错的暗道机关，可以看到传说中的神女和动物雕塑，在迷离灯光下闪烁着诡异的光；也可以通向不同的楼层，替代了格式化的升降电梯。

到处可以看到孩子们止不住的笑脸，到处可以听到孩子们惊异的尖叫。简直就像迷宫，就像地道，地道全都是用结实的钢丝和钢管组成，孩子们，也有好奇的大人，在幽暗的洞中爬行，像鼹鼠挖洞，像泥鳅钻沙，带给人的乐趣，和高科技的游乐场完全不同，是一种全新的体验，说其新，是因为你完全靠自己的手和脚感受意想不到的新奇，那种感觉，有点儿像走进童话中神秘的森林，或阿里巴巴探宝的芝麻开门关门的山洞。

所有这些创意，都来自于罗伯特·卡西里。他就是想用最朴素的方法，甚至是工业时代最原始的方法，创造电子时代现代科技所不能带给孩子们的乐趣。

不过，这只是卡西里的初衷之一。在注意到这些洞口和地道之外，必须注意到各层楼的空间所陈设的东西，你才会明白他为什么把这里叫作城市博物馆。大厅里所有的柱子都被重新包裹。包裹的材料五花八门，有碎瓷片，有废钢管，最新奇也最漂亮的是电子排版早就不用的铅板字母和图片磨具。柱子焕然一新，是我在别处完全没有见过的最神奇的柱子。大厅里还有残缺的大理石雕像镶嵌成过廊的门框；吊车吊着废矿石，立在水池边成了新颖的装饰；老式的旧壁炉变成冰激凌小卖部的窗口；破旧的钢琴任人弹奏别人永远听不懂的音符……所有这些东西，都是卡西里从城市收集来的。其中最醒目的是一架管风琴立在客厅正中，成为孩子照相的好道具。那是卡西里从纽约一家老剧院里收购来的废弃不用的老古董。

看到这一切，你才会多少明白卡西里心底的愿望。所有这一切在城市现代化进程中被废弃的东西，也就是我们常说的可以送进垃圾场的废品，在这里都焕发出新的色彩和活力，被重新定义而有了艺术的魅力。这就是为什么卡西里把它称为城市博物馆的理由。在这里，孩子们可以尽情玩耍，也可以看到城市发展过程中所遗留下来的轨迹，就像风飘过后留下一缕并未过时的清凉。

卡西里是一位城市雕塑家。但是，他不是那种非常出名的雕塑家。在美国，他的名气远远赶不上理查德·塞拉（Richard Serra），也赶不上塞拉的雕塑大气磅礴，占据城市要津。尽管在纽约曼哈顿游乐场有他的河马，达拉斯动物园有他的长颈鹿，圣路易斯街头有他的乌龟和蝴蝶，但这些雕塑只是一些动物小品。因此，他不是那种发了大财的雕塑家。1983年，他买下了这幢大楼，原来是一家制鞋公司。圣路易斯最早靠贩卖毛皮起家而建的城市，当年皮鞋制造业成为美国重镇。时代的发展，皮鞋制业沦落，工厂和公司门可罗雀，他以每平方英尺0.69美元的价格，很便宜地买下了这幢23000平方米的大楼。买下它，就是想把它改造成为一个公共空间。难能可贵的是，卡西里不像我们有些雕塑家和画家，腰缠万贯之后，想到的只是扩大自己的私人空间，企望的是别墅或以自己名字命名的美术馆之类。当然，这没有什么不对，只是和卡西里相比，艺术的空间和心灵的空间不同罢了。

一时卡西里没有想好把它变成一个什么样的公共空间。他希望别出心裁，这考验他的想象力。一直到1995年，他想好了建这个城市博物馆，他请来了20位和他志同道合的艺术家一起参与了这个博物馆的建设。他不是那种只出钱不出力的主儿，而是身体力行，事必躬亲。奋斗两年，1997年，城市博物馆城市开张，免费对公众开放。

有意思的是，从开放之始，博物馆并未完全建成，一直到现在，十层大楼只完工了四层。在大门之外，依然可以看到堆满各种建筑材料和从城市收集而来的废旧物品。一切都还处于现在进行时态。卡西里14岁开始迷上雕塑，常常逃学跟一位雕塑师学艺，后来他游学欧洲，我猜想他一定是受到了西班牙建筑艺术大师高迪的影响，高迪在巴塞罗那的神圣家族大教堂和居埃尔公园，建了一百多年，还在建设之中。而且，我在一楼和二楼的餐厅里，看到座位和柱子都是用彩色瓷片和各种贝壳装贴而成爬虫等动物图案，色彩极绚丽，和高迪的居埃尔公园里座椅和柱子那种古摩尔式的变种图案非常相似。可以看出卡西里的借鉴能力，帮助他完成他对城市的想象。在这里，他希望更多的人和他一起对这座他的故乡城市增添一些想象力，这种想象力，不是那种我们通常渴望的私人居住的建筑面积和使用面积，而是想象它返璞归真的童趣和美好以及无限伸展的可能。所以，在这里，一切城市的废旧物品都被他点石成金，成为了艺术。

卡西里说："到城市博物馆转转，让你引起求知的欲望，不是要求你知道它们背后的知识，而是让你惊讶，哦，太神奇了！如果是神奇的东西，就值得保存下去。"他说得很朴素，这是他的审美观，也是他的价值观。

很遗憾，城市博物馆开张五年后，即2002年，开始收费了，每张门票12美金。这并非卡西里的愿望，实在是无力坚持。因为进行中的一切都需要钱。而且，2000年，卡西里收购了圣路易斯城北的一片混凝土工地，他想把那里改建成一个城市艺术的新的公共空间，为大众服务。可惜，2011年，他在那里开着推土机干活儿时摔下山，不幸身亡。

在城市博物馆，我在各个角落里寻找有关卡西里的介绍。按照我们惯常的思路，他出钱出力乃至付出生命寄托着他对这座城市的爱和梦想的地方，怎么也该有他的一点儿痕迹。最后，只是在一楼玻璃墙的一块玻璃砖上看到他的一张不大的照片，下面有两行小字，一行写着他的名字和生卒年月：1949—
2011；一行写着"城市博物馆艺术总监"。

2014年8月12日圣路易斯归来

从荒原小木屋走来

——林肯出生地小记

很难想象这里原来是一片荒原。一眼望不到边的绿色田野，树木和远处一抹淡淡的青山，安静得只有风吹玉米地飒飒的声响，和几声清脆的鸟鸣。但是，两百年前，这里确实是一片荒原。当年，林肯的父亲就是第一批到这里的垦荒者。

车子从田纳西州的州府纳什维尔向北，开到肯塔基州的州府路易维尔的路上，可以看到"国家公园林肯出生地"醒目的指路牌。这里离路易维尔有100公里左右，下高速公路开大约十几公里，便到了这片曾经的荒原，叫作诺林溪（Nolin Greek）的地方。当年，林肯的父亲看中了这里有一汪清澈的地下泉水，便用200美元买下了四周占地300英亩的荒地。这里叫作泉水农场，我猜想大概是林肯父亲当年起的名字。泉水，

让这片荒原有了生命。第二年，即1809年的2月，林肯降生在
这里山坡上一座小木屋里。据说，那天风雪弥漫。但是，泉水
没有冻住，关系美国命运的一个至关重要的生命诞生了。

如今，那座小木屋早已经不复存在。当年，这样的小木屋
也曾经存留很多座，都是一样木板搭建而成，一窗一门，模样
相似。如今，这里成为了林肯出生地博物馆，馆里有一座复原
的小木屋，很显然经过了艺术的加工，逝者如斯，还原历史已
经不可能。当年，林肯的小床上哪里会有棉褥和床单，铺的只
是玉米叶子，窗户遮挡风雪的只是猪皮，盖在身上取暖的是一
张破熊皮。小木屋，成为了这里的一种象征物，在博物馆对面
的茵茵草坪上散落如花立有好多座这样的小木屋，成为了今天
的旅店，可以怀旧，却难以重返历史。

农场这个词儿的翻译，让我想起北大荒，那里也叫作农
场，大概是一个意思，因为都曾经是荒原，垦荒者的到来，让
荒原变成了有了人及农作物生命的农场。林肯小时候和父亲一
起成为这里最早的也是最小的垦荒者。博物馆里有电影放映
厅，循环播放着电影，告诉人们林肯小时候和父亲一起开荒，
播种玉米和南瓜，下河捉鱼，和母亲一起看家里的一本破旧的
圣经。可以说，林肯是一个贫穷农民的孩子，他只上过两年的
学，以后完全靠着自己的努力成为了一名律师，一名议员，一
直到成为美国的国家总统。林肯是美国梦具体而形象的化身和

象征。所以，在美国历届总统中，没有一位能够如林肯一样赢得美国人民由衷的热爱和尊敬。记得在林肯诞辰200周年纪念会上，奥巴马演讲时曾经说过这样的一句话："是他让我的故事成为可能，是他让美国故事成为可能。"这话说得朴实又意义深远。

如果真的有美国故事的话，这个故事既传奇，又平凡。传奇在于它能够让一个从荒原小木屋中走出来的人成为了总统，这在讲究出身和血统的所谓官二代富二代并依此编织关系资源网的传统社会中是不可想象的；平凡在于它确确实实是一个平凡人的故事，只不过这个平凡人结束了南北战争，废除了蓄奴制，让平等民主自由的梦想成为了现实之路。

在展览大厅的门口，立有一尊林肯一家四人的铜像。母亲英俊，父亲挺拔，融有对那一代垦荒者的尊敬和想象。姐姐的小手让父亲牵着，林肯在母亲的怀中扭过头去，只留下一个背影。而在铜像的另一侧，则是占据半面墙的林肯总统的标准像，两者成对角线的位置相互遥望，构成了既是历史又是人生的叙事链条，非常有意思，耐人寻味。

更为耐人寻味的是林肯纪念堂。沿着博物馆后面曲折的木栈道，穿过林荫和草坪，可以到达纪念堂的后面。后面很漂亮，松树、橡树和板栗树，树冠硕大如伞；草坪平展如毯，一直通向远方的山坡，降生林肯的小木屋就在山坡上面。如今，那里连接着刚下过的一场阵雨后湛蓝的天空，有一只鹰在盘桓。

大理石建造的纪念堂里，泥土地面，别无他物，只有一座小木屋，一窗一门，是林肯降生的小木屋的复制。如此朴素，又如此别致，在别处大多立有雕像、卧有水晶棺椁、铺有水磨石地面的伟人纪念堂里从未见过。不知道是什么人的构想，这个构想，突出了小木屋，突出了林肯的故事的源头，突出了美国梦想的精神。它让我想起了在展览大厅前那尊林肯一家四口的铜像和林肯总统的标准像的呼应，大理石的纪念堂和小木屋也是一种呼应，它告诉人们，伟大的林肯，其实也是从小木屋走来的。

纪念堂有16根罗马圆柱，四围有16扇窗户，天花板有16个花环，都象征林肯是美国第16届总统。从前面走下去，有56阶台阶，象征着林肯只活了56岁。下得最后一个台阶，往右一转，便是那汪泉水。如今，周围的一切都已经发生了沧海桑田的变化，唯一没变的只有这汪清泉水，依然汩汩如注在喷涌。人事有代谢，往来成古今，世上毕竟还是有亘古未变的恒定的东西存在。

2014年9月5日路易维尔归来

罐头厂街

　　世界很多地方，都愿意改地名。地名的更改，都会带有历史和感情的印记。罐头厂街，70年前叫海景街。1945年，斯坦贝克创作的小说《罐头厂街》，写的就是发生在这条老街上的故事。那时候，这条街是名副其实的罐头厂街，大小罐头厂拥挤在这条街上，全美国生产沙丁鱼罐头最大的工厂，就在这条街的尽头紧靠着大海的地方。那时候，这条街肮脏而丑陋，弥漫着鱼虾和鱼饲料的腥臭味道，走的是罐头厂的工人、搬运工、流浪汉、醉汉和妓女。

　　如今，我来到了这条街上，这里成为了漂亮的海滨旅游一条街。位于一号公里十七里湾蒙特瑞海湾最得意的位置上，这里成为了人们看海的最佳选择。街的两旁遍布各种小店，海鲜馆、咖啡馆和礼品店，鳞次栉比。街中心开辟了斯坦贝克广场，树立着斯坦贝克和他的伙伴们的青铜塑像。当然，也还残存着当年罐头厂残破的厂房。有意思的是，仿佛故意没有拆除干净，一面断壁残墙上，画满了一幅渔船和渔民的画，墙的另一侧就是海，成为历史与现实的一种链接。

最吸引人趋之若鹜的，是这条街尽头的水族馆。加州沿太平洋一岸的水族馆有许多，它的与众不同之处，除了展出都是蒙特瑞湾海域特有的动植物，更重要在于它是由那座当年最大的罐头厂改建而成。当年，这里是全美沙丁鱼聚集最多的海湾。斯坦贝克的那篇小说《罐头厂街》出版没两年，沙丁鱼消失了，每年可以生产25万吨沙丁鱼罐头的工厂没有了用武之地。这条肮脏的老街，变得越发的破败，面临着世界所有老街同样需要改造而重生的命运。当年，曾经征求斯坦贝克的意见，斯坦贝克的建议如同他"愤怒的葡萄"一样愤怒：拆除整条街道，因为它的肮脏和丑陋，它的罐头厂杀害鱼类，破坏海洋。

斯坦贝克的建议，和我们改造老街的思路一致。蒙特瑞的改造者没有听从他的意见，而是保留了这条老街。只是将这条老街改名为罐头厂街，以纪念这位曾经写作过《罐头厂街》这部小说的诺贝尔文学奖获得者。

这条街改造最成功之处，是没有完全拆除旧厂房，一部分改建成为各种小店，一部分保留作为历史的物证。最大的改造，是将那座最大的罐头厂改建成为了水族馆。可以说，小店再有特色，海湾再如何美丽，在加州别处可以找到。但是，这样的水族馆却属于独一份。在这里，可以看到独有的海洋动植物，那些形态各具的海龙海马水母水藻龙虾鹦鹉螺，还有鳟和鳐，让人看得眼花缭乱。最让我惊讶的是顶天立地的硕大鱼缸里，满满都是沙丁鱼，特意放进两条金枪鱼和一条鲨鱼入侵，沙丁鱼四下逃窜，是我从来没有见过的海底壮观。那些沙丁鱼整齐排列成阵，一会儿朝一个方向飞奔，一会儿又朝另一个方向飞奔，银色的闪电和箭镞一般，粼光闪闪，伴随着人们的惊呼阵阵，充满着厮杀和逃离的金戈铁马的味道，让人忍不住想到当年这里捕捞沙丁鱼做罐头的情景，眼前的情景便不是模拟的幻境，而成为再现的象征。

孩子们最感兴趣的是饲养海獭和各种鱼类。看着潜水员抱着鱼食桶缓缓沉入水底，从桶里拿出活生生的小鱼喂那些大鱼吃，各种颜色的鱼围绕在她的身旁，如同五彩缤纷的小精灵在翩翩起舞。而就在窗外平台的栏杆外，海面的礁石之上，正趴着一头母海狮抱着她的小宝宝，广播里正在播送：这头小海狮是昨天晚上刚刚落生的。这引起孩子们的一片欢呼。就在这里，可以看到很多海狮海象和海獭，夏季的时候，还可以看到鲸鱼，这可是到这里才能够看到的独有景观。

罐头厂街的水族馆，让我想起在美国圣路易斯市的城市博物馆，是把原来一座废弃的皮鞋制作工厂改建而成。23000平方米的工厂，如今成为一座别致的儿童游乐园。在历史的变迁中，城市和老街都需要更新和改造，只是思路并不仅是破旧立新拆掉重建的一种。旧工厂的改造，也并非仅是我们北京的798变身出租地盘的艺术场地一种。如圣路易斯市的城市博物馆，如罐头厂街的水族馆，变为可以为普通人共享的公共空间，值得我们借鉴。

2016年1月7日于加州归来

斯坦福即景

2015年最后一天早晨，我在斯坦福。由于学校正在放寒假，偌大的校园里，几乎没有什么人影。校园前两排高大的棕榈树形成的棕榈大道上，只有树影婆娑摇曳，整个校园安静得像一位旷世的隐者。

渐渐的，棕榈大道上，驶来了一辆辆的小车，下得车来，步入校园的，大多是中国人，而且，大多是带着小孩子来的中国人。也有些年轻人，和年老的夫妇携伴而行，让这个安静的校园热闹了起来。我知道，这体现了中国人对好大学的一种普遍的向往，也折射出大家对国内大学乃至教育无奈的失望或由衷的期待。特别是明天就是2016年的元旦，带着孩子来校园感受，成为辞旧迎新的一种带有仪式感的象征。

棕榈大道，让我想起台北大学前的棕榈大道。只是仅仅拥有这样的大道，并不能让自己成为世界最好的大学。斯坦福大学创建于1891年。可以说是整个加州最好的私立大学，即便在全美国也毫不逊色。据说，截止到2015年，已经有60位诺贝尔

奖的获得者，在这里学习或教书过。对于这些为学校赢得如此
荣誉者，斯坦福和其他大学一样，只不过给予他们一个永久的
车位而已。应该说，这是小事，却也是区别于我们这里行政化
浓重大学对于权势的一种态度，和作为大学自己的一种尊严与
法度。

作为大学校园，斯坦福并非最为漂亮，起码没有我见过的
哈佛、威斯利、普利斯顿、芝加哥的漂亮。但它很大，最引人
的是校园草坪后四周的回廊，西班牙地中海风格。黄墙红瓦，
映衬着绿茵茵的草坪，颜色明丽；拱形券式的门窗里，透射进
来阳光扑朔迷离的光影，幽静而深远，像是深山里的修道院。
还有它的雕塑，也很引人。掩映在树丛中的各具形态的拙朴非
洲木雕，散落在回廊后的庭院里和美术馆身后漂亮而集中的罗
丹雕塑园，民间和精英交融，展示着艺术的多样性和包容性，
都非常醒目，为校园提神，是在其他校园里难得见到的。

美术馆要十一点开门，没有想到，居然那么多人等候参
观。大学里的美术馆，成为衡量美国大学水平的一种标志。在
美国，每一所大学都会有自己的一座美术馆，并且有自己与众
不同的馆藏品，而且，免费对公众开放。带着孩子到大学美术
馆餐馆，成为美国人得天独厚的方便。斯坦福大学的美术馆的
建筑风格，与它的主体建筑那种地中海风格，完全不一样，是
那种典型的古罗马式的风格，规矩敦实而古典，里面是上下两

层，一层挑空，有开阔的大厅，左右有古典式对称的楼梯。这里拥有马蒂斯、毕加索、莫奈等画家的名画，而并非领导的题词，这会让我们的大学惭愧。

这一天，正展览名为"城市街景"的小型特展，展览以美国画家霍珀一幅纽约街景的油画为核心，展出美国画家画的都市街景百态。有讲解员在讲解，那些家长领着孩子们在边听边看，似懂非懂。艺术的熏陶，成为校园氛围的一部分。学校的教育，不仅是知识，更应注重精神与心灵，那是人格的组成部分。安静得只有漂亮的讲解员细若轻风般的声音的展览大厅里，那些无声而色彩丰富的画面，都像是活了一样，在柔和的光线下，表情丰富地和人们对话。

正午时分的校园，人虽然见多，由于校园大，很快被稀释在绿树红花和黄墙红瓦之中。2015年最后一天的风，很温暖的地吹拂着来这里徜参观的人们的脸庞，和高大的棕榈树与鲜艳的三角梅。站在这样静谧的校园里，心想，世界任何地方，都赶不上校园年轻和纯真，安静与美好。

又一想，校园年轻倒是永远的年轻，但却不尽是这样安静美好，更不会总是这样的纯真。校园里，也曾经是最丑陋和疯狂的地方。想2016年即是我们的"文化大革命"50年，50年前，在我们所有的校园里，不是一片红海洋，一片语录本，贴满了大字报，吼唱着造反歌，疯狂地批斗老师过，甚至刀枪棍棒地武斗过吗？仅那时我所在汇文中学，我们的校长不堪他的学生让他抱着死尸跳舞这样变态的批斗，而坠楼身亡。同时，我亲眼看见邻校女十五中那些比我年龄还要小很多的女红卫兵，挥舞着皮带抽打她们年迈的女校长，直至拖死狗一样将女校长拖回她们的学校而悲惨死亡。

想起这些发生在校园里的往事，心里一下子很沉重。好的校园，不仅要有好的硬件、好的老师、好的学生、好的成绩、好的风景，还应该有好的回忆。回忆会成为塑造校园质地的经纬与形象的血肉。那些正在校园里奔跑嬉戏的孩子，很难想象，在这样静谧的校园里，会发生这样残酷而血腥的一切。

那一刻，斯坦福校园，阳光灿烂，云淡风轻。

2015年12月31日记于斯坦福

布拉格寓言

在捷克首都布拉格，维谢赫拉德是一道著名的景观，当年音乐家斯美塔那在他闻名天下的交响组诗《我的祖国》里，第一首就是以它的名字为题的"维谢赫拉德"。如今，它是有名的名人公墓，也是一座美丽的公园，位于伏尔塔瓦河的西岸，站在那里，布拉格在脚下一览无余，气势确实不同凡响。

走出墓地，门前有一丛小树林，林边有三根长圆形长短不一的柱子，交叉斜依在一起，很随便的样子，仿佛走累的游人相互背靠着背、肩搭着肩在歇息。一般不注意，谁也不会想到它们是什么东西，很容易忽略它们而走开。我们的翻译鲁碧霞小姐拉住了我们，告诉我们如果维谢赫拉德是布拉格的一景，它们就是维谢赫拉德的一景，并要我们猜这是三个什么东西？我们谁也没猜出来。她告诉我们是三根蜡烛，传说为考验一个从罗马跑到这里来的牧师（大概也是如我们一样到这里来游玩的），魔鬼特意在这里点燃了三根蜡烛，如同我们这里的人逢庙就烧香磕头一样，牧师立刻对着蜡烛虔诚地念起了弥撒。魔鬼大概并不相信他念的是否真经，打断牧师的经文对他说："蜡烛不灭的时候，你如果能跑回罗马，到了罗马你可以得到钱，也可以得到灵魂，你想要什么？"牧师说得痛快也实在："我要钱。"魔鬼一听大怒，把蜡烛立刻吹灭插进土里，就成了现在这个样子：三根东倒西歪的石柱。

其实，钱并不是什么罪恶，生活的提高，社会的发展，人的生存，离开了钱，都玩不转。从某种程度来看，钱是财富的替代象征，是能力的物化标准，是时代进步的凯旋门。令魔鬼无法忍受的是，在钱和灵魂的对比面前，牧师竟然毫不犹豫地就抛弃了灵魂而选择了钱。如此赤裸裸，灵魂都不要了，为了钱而疯狂，堕入钱的地狱；对钱格外膜拜，让道德向钱出卖贞操；对钱格外狂妄，让信仰向钱举起白旗吗？这样得到的钱，在魔鬼看来，比魔鬼还要可怕。

多少年过去了，魔鬼的担忧，并没有得到多少的改观。曾经有过这样令人沮丧的例子，发生在宁波，警察要去抓捕赌徒，赌徒在大街上将十万元赌资天女散花般全部抛撒出去，过往的行人立刻蜂拥而至跑上前来，如鹅伸长了脖子面对从天纷纷而降的钱票子，短短不到几分钟的工夫，十万元钱被一抢而空。我们怎么可以责骂那位跑去罗马是为了要钱的牧师，要是魔鬼给我们同样的机会，我们和牧师的选择难道会不一样吗？我们跑向罗马的劲头和速度会比牧师差多少吗？

　　魔鬼的愤怒，是情有可原的。人们靠金钱赢得而创造幸福，世界靠物质积累而得到进步的同时，偏偏容易忘记：在貌似金碧辉煌的金钱之上，还有马克思所说的至今并没有过时的人类的良心和名誉。魔鬼所要求的比金钱更重要的灵魂，依然是今天我们做人起码的标准和底线。这样的要求并不过分，可我们已经越来越不相信灰姑娘一类的清贫的童话，也不再相信周粟一类清高的传说。于是，穷惯了、穷怕了、对钱鄙薄太久了、批判得太多的人们，一下子跳到另一极端，对钱有了一种久违的亲近感，忽如一夜春风来，千树万树再不是梨花开，而是钱眼大开、心眼大开，当然便不是什么奇怪的事情。火到猪头烂、钱到公事办，金钱开始擢升为所向披靡无往而不胜的万能的巅峰，便也就是理所当然的事情。为了钱，可以嫌贫爱富，可以笑贫不笑娼，可以毫无羞耻地把肉体和良心一起出卖；可以将一切道德情操沦陷于污浊之中；为了钱，可以将丹柯和荆轲赤红的心，风化成浴池里千疮百孔的搓脚石，自然也就是见多不怪的事情了。

　　看来，维谢赫拉德的魔鬼已经彻底地看透了，人抵抗不住金钱的诱惑，人的灵魂已无可救药，才如此怒不可遏地将这三根蜡烛化为了三根石柱，成为了人们的醒世恒言。

　　当然，这只是历代延续下来的一个传说而已。事实上，面对魔鬼，人可能并不会像牧师那么赤裸裸，会很冠冕堂皇，就像我们这里常常开会做报告一样，或是像我们常常的慷慨陈词一样，整顿衣冠，略施脂粉，把灵魂当成一张套红的报纸或一面鲜艳的旗子高高飘扬，明说的（而且信誓旦旦）是去拿灵魂，真的跑到罗马拿回来的是钱。要命的是这样，人就更加不可救药。

事实上，这三根圆柱是根据阳光在它们身上折射的光线不同来计算时间的，很像我们的日晷。

将它们立在维谢赫拉德的墓地门前的死人与活人之间，立在逝去的光阴与现在的时间之间，是魔鬼有意在布拉格给予我们的一个寓言。在吃多了吃腻了吃惯了的甜腻腻的东西之后，我们需要魔鬼这样骨鲠在喉尖锐一些的东西。在数多了数惯了数得满手脏分分的钱票子之后，我们需要魔鬼这样愤怒的警告和戒示。

2016年7月14日改毕于北京

当你穷困潦倒的时候

到纽约，我在格林尼治很想找到一个名叫"问号瓦"的酒吧。这是一个古怪的店名。由于人生地不熟，时间又匆忙，可惜，我没有找到。

鲍伯·迪伦曾经住在这间酒吧的地下室里。

像许多不安分的年轻人一样，鲍伯·迪伦离开家乡北明尼苏达的梅萨比矿山，来到纽约，住在这里一间肮脏而潮湿的屋子里。那是他20岁的寒冷的冬天。在楼上酒吧里，他用口琴为人家伴奏谋生，过着朝不保夕的日子。就像现在那些居住在我们北京郊区农民房子里或蜷缩在城里楼房地下室里的"北漂一族"一样，让心目音乐的理想之花开放在一片近乎无望的阴暗潮湿和寒冷之中。

有一天，鲍伯·迪伦看见"煤气灯"酒吧的著名歌手范·容克（Dave Van Ronk），披着一身雪花突然走进来了。在当时，鲍伯·迪伦出师无名，范·容克可已经是大腕。他极其崇拜范·容克，在来纽约之前，他就听过范·容克的唱片，而且像现在我们很多模仿秀的歌手一样，对着唱片一小节一小节地模仿过他的演唱。鲍伯·迪伦曾经这样形容范·容克："他时而咆哮，时而低吟，把布鲁斯变成民谣，又把民谣变成布鲁斯。我喜欢他的风格。他就是这个城市的体现。在格林尼治村，范·容克是马路之王，这里的最高统治者。"

人高马大的范·容克意外而突然出现在"问号瓦"酒吧，让鲍伯·迪伦对异常的惊异和激动，一时不知该如何是好，只是远远地站在一边看着范·容克。他看见范·容克抖落身上的雪花，摘下手套，指着挂在墙上的一把吉布森吉他要看。酒吧里的人立刻把吉他取下来给他看，就在他看完并拨弄几下琴弦之后，显得不大满意转身要走的时候，鲍伯·迪伦鼓足了勇气，一步上前，"把手按在吉他上，同时问他如果要去'煤气灯'工作，该找谁？……范·容克好奇地看着我，傲慢，没好气地问我做不做门房？我告诉他，不，我不做而且他可以死了这条心，但我可不可以为他演奏点什么？"

这一段，是功成名就之后鲍伯·迪伦在自传里写的话。足见那时他的自信，而非事后的修饰或改写。

他们就这样认识了。他的自信，让范·容克留了下来，听听这个愣头青要弹些什么。那天，鲍伯·迪伦为范·容克演奏了一曲《当你穷困潦倒的时候没人认识你》。这曲子选得非常有意思，颇具象征意味。它既像一种自嘲，也像一种暗示，甚至是挑战，充满弦外之音。不知是他有意地选取，还是无意中的巧合，随意中的抛出的一枝邀宠的橄榄枝或是心存挑战的带刺的玫瑰？在鲍伯·迪伦的自传里，没有写。

范·容克听完这支曲子之后，面无表情，没有说什么。但是，从范·容克的眼神里，他已经听见范·容克在对他说，小伙子，当你穷困潦倒的时候，不是没人认识你！

鲍伯·迪伦便从"问号瓦"走到了"煤气灯"，开始了和范·容克一起演唱的生涯。他每周可以有60美金的周薪，这是他来纽约之后第一次有了相对稳定的收入。这个坐落在麦克道格街上在20世纪50年代首屈一指的酒吧，将带着他改变命运。

第一天晚上，他去那里演唱，在走向"煤气灯"的半路上，他在布鲁克街一个叫米尔斯的酒馆前停了下来，走进去先喝了点儿酒，镇定一下自己的情绪。他毕竟有些激动。对于一个20岁的年轻人，面对即将到来的命运转折，激动是可以理解的。

但是，想一想，这样命运的转折，仅仅是范·容克给予他的吗？如果命运中没有范·容克出现呢？或者中根本就没有范·容克这个人呢？又会怎样呢？换句话说，如果仅仅有范·容克这么一个大腕，而没有年轻时才会有的勇气、自信和漂泊闯荡，他还是蜗居在家乡北明尼苏达的梅萨比矿山里，能够有这样命运的转折吗？如果没有在底层的学习磨炼，包括对着范·容克唱片一小节一小节地仔细而刻苦的模仿，能够有这样命运的转折吗？如果说勇气和自信是一只翅膀，刻苦的学习磨炼和长时间的坚持积累，又是一只翅膀，才可以让命运如鸟而并非如蚊蝇一样盲目的飞撞，才可以在你穷困潦倒的时候，在不期之遇中得以振翅飞翔，曾经付出的一切痛苦和磨难，才会如丛生的荆棘最后编织成鲜花的花环。

"出了米尔斯酒馆，外面的温度大概是零下十度。我呼出的气都要在空气中冻住了。但我一点也不觉得冷。我向那迷人的灯光走去……我走了很长的路到这里，从最底层的地方开始。但现在是命运显现出来的时候了。我觉得它正看着我，而不是别人。"鲍伯·迪伦在自传中这样说。这里说的"走了很长的路"和"从底层的地方开始"，我以为就是命运这只大鸟能够最终飞翔的一对翅膀。

在纽约，在格林尼治，我没有找到"问号瓦"的酒吧。我找到了鲍伯·迪伦，年轻时候的鲍伯·迪伦，还有年轻时候的我自己。

2006年春记于纽约

沙漠之花

棕榈泉是一座在沙漠上凭空建造的小城。城边一个叫作沙漠动物园，也是凭空而造的。说是动物园，其实包括了植物，都是从世界几大沙漠中请来的客人，汇聚而成，设立了栅栏，便移花接木将大自然变成了人为的公园。难得的是，这些动植物没有如橘易地而成枳，依然保持原来的状态。这不容易，当然，得费点心血和工夫。

在美国加州之南，这片本来荒凉的沙漠，因有了它们而有了旺盛的人气。灿烂无比的阳光，即使冬日里也有些灼热烤人。那些沙漠里的动物，懒洋洋的都躲在阴凉里。那些植物，无法躲开，只能站在烈日下，用自己枝叶挥洒出的阴凉自吟自唱。说实在的，那些植物，无论高大的棕榈树，还是各式各样的仙人掌，在别处也可以看见，并不新鲜。最引我注目的，居然有那么多的花朵，这是我从来没有见过的景象。它们不躲避阳光，相反像牵牛花和向日葵一样，把每一片花瓣都冲向阳光，让每一簇花心里都装满加州的阳光。

我知道，花是世界上最美丽也是最勤快的使者，如水一般，能够在任何地方流畅。沙漠里，也有顽强的花朵开放，并不新奇。但是，居然有那么多品种不同、颜色不同、花形不同的沙漠之花盛开，真的令人惊艳，惊奇。

沙漠里的仙人掌，在这里开着红色黄色和白色的花，也曾经在别处见过，但在那种叫作铅笔仙人掌细长的茎上开放着橙红色的花，我没有见过。那种花有些大，和细细的茎呈不对称的对比，有点儿像跳大头娃娃舞。那种硕大仙人球上密麻麻开放着削去皮的鲜嫩菠萝形状的花，我也没有见过。我管它叫菠萝花，它们拒绝分散着开，而是手挽手肩并肩簇拥在一起。每一朵花尖上都矗立着一枚长长的刺，像是卫兵挺着一柄柄剑戟。那剑戟既像在卫护，也像是在表演，刚劲而有修长的线条，是男舞者挥舞出棱角鲜明的手臂。

淡紫色的马兰花，不是曾经在田野里见过的那种马兰花，而是比它们还要娇小，细碎的花瓣，像打碎了一地的碎星星，是那种只有在童话中才会出现的碎星星，每一个的星星点点，由于不甘于四周荒凉与干燥的包围，便都可以变幻成努力挣脱而出的七彩的梦在飞翔，这应该也是沙漠的梦吧。但这也许只是我见异思迁的一厢情愿，它们真的不愿意离开而乐于在这里。它们会带有几分嘲笑的口吻说，这里一年三百六十五天天天没有雾霾，尽可以趴下来晒太阳，爬起来数星星呢。

　　沙丘草和沙马鞭草，尽管都是粉红色，一眼还是可以分辨出来的。沙丘草的颜色要淡，花朵要大许多。沙马鞭草不能望文生义，一点儿也不像马鞭子，五角星一样呈五瓣形状，边长一样，规规矩矩，和城市里小学生一样娇小玲珑却笔管条直的开放。

　　扁果菊，也和城市的那种小叶菊和雏菊很像，不知它们之间是否有血缘关系，会不会是进城的乡野之人，或远走他乡的旅者。就像世界各地即便不同种族的人也有着相似的五官一样，扁果菊不像是从各处沙漠里请来的，倒像是从我们家的客厅或城市公园里来这里客串，让我有种似曾相识的亲近感。只是，它们的茎很长，叶很小，花也很小，瘦弱得有点儿水土不服，几分楚楚可怜的样子。这里的扁果菊都是黄色的，黄色最打眼，别看花小，却像如今如林永健那种小眼睛的男人，格外迷人。

　　我第一次见到莨苕。在书中，不止一次见过，书上的这种花，最为古典名贵。经典的例子，这种花叶是用于欧洲建筑中最常见的科林斯柱头的雕刻花纹里，其对称古典之美，早在古罗马时代就已经流行，至今在那些仿古的西式建筑甚至家具中经常可以见到。我是对照着沙漠动物园的说明书，才意外发现它就是相见恨晚的莨苕，一个古怪的名字，远不如它的花叶好看，却应该属于沙漠之花中的贵族。它锯齿形的叶子，在风中摇摆，像跳着细碎的小步舞曲的精灵。它金红色细长的小花，随叶子一起摇头晃脑，像抱着古老乐器为舞者伴奏而自我陶醉的乐队。

在这里所见到的花，大多是草本，也有灌木，最多的是墨西哥刺木。这种刺木才真的像马鞭，细长而柔软，是歌里唱的那种"我愿意你用拿着细细的皮鞭，不断轻轻地抽打在我身上"的鞭子，温柔多情，带有点儿无伤大雅又有些撩人的刺。它的花朵都是顶在刺木的顶端上，像是丹顶鹤头上的那一点红。只是，那一点红花，是绒毛毛的，弯弯的带一点点的尖，如果再大一些，更像圣诞老人头顶上的那顶红帽子。

呈树木开花的，在这里，我只见到了两种。一种叫作烟树，不是我们唐诗里说的"鸟从烟树宿，萤傍水轩飞"的烟树，那是我们诗意中带有家炊烟味道的树。这里的烟树，也是野生的，家被放逐在外，远远看，真的像是一片蒙蒙的烟雾。近看，它的枝条上没有叶子似的，大小每一枝都像海葵向四周伸出的触角，细细的，软软的，晶莹剔透的灰白色，如同蒙上一层清晨的霜。或许它的枝条就是它的叶子，它的叶子就是它的花。也许，这只是我主观的猜度。但在这里，花叶如同仙人掌一样绿的很少，灰绿色甚至如烟树一样灰白的花叶很多。我见过一片灰白色心形的叶子之间隐藏着非常弱小的花朵，都是呈灰白色，只有要脱落的老花才呈褐色。

　　另一种叫作帕洛弗迪。这只是音译，我不知道准确的翻译，它应该叫什么名字。它的花是开在树顶端，一片灰黄色，并不鲜艳，但面积很大，铺展展一片。由于枝干比烟树要高，它的花在一片低矮的花丛中，鹤立鸡群一般醒目，一览众山小般迎风摇曳，像是挥舞着一面单薄得几乎透明的旗子，和浑黄的浩瀚沙漠做着力不从心却并不甘心的对比和对话。

　　还有好多我不知道名字的沙漠之花，我真想一一查出它们的名字，描绘出它们的样子。它们有的开着细小球状的花，有的开着细长穗状的花，有的开着扁扁耳朵样的花，有的开着软软长须样的花，有的开着雪绒花一样绒绒的花，有的开着合欢花一样梦境里的花……我从来没有见过这样多，这样小，又这样神奇的沙漠之花。面对它们的色彩纷呈和变幻无穷，竟然一时理屈词穷一般，找不出更合适的语言形容这些花。忽然想起以前曾经读过的一位陌生的作者写过的话，借用过来，也许这些花的形状和纹案，应该是"只有小孩子们的心里才能想象得出来，只有他们的小手才画得出"。这些花开成的样子，应该"一定有着它自己长时间的，并且经历相当曲折的美好想法吧"。

　　没错，这些花富于远离尘嚣的童真，拥有未曾经历都市化改造过的纯朴，和园林之手的人为修剪。沙漠恶劣的环境，磨炼了它们，也成就了它们。它们就像旷世的隐者，那样远离着我们。它们又像静心的修炼者，确实是在沙漠中跋涉了长时间，经历了相当曲折却美好的想法，修合无人见，存心有天知。不管旁者的云起云落，只管自己自由自在的花开花落。它们无意争春和走秀，一定并不情愿从世界那么多沙漠里那么老远被移植到这里来。尽管这里也是沙漠。

2015年岁末记于加州

加州看海

从旧金山出发到圣地亚哥，沿一号公里一直往南，右手方向尽可以看到海。尽管海时不时会被树木山峰或房屋所遮挡，但很多地方，海就近在咫尺，伸手可触。阳光下波光粼粼，一片耀眼的蔚蓝色，像一匹悠长闪光的绸缎，始终缠裹着加州细长的腰身；像一位钟情而不离不舍的恋人，一路紧紧追随着你。忍不住想起我们的唐诗："仍怜故乡水，万里送行舟。"可惜，这里只是加州人的故乡，但是，那种万里依依相随的绵长不尽，确实是加州的独特风光。实在应该敬佩当初设置并修建一号公路的人，让人和海如此相亲相近。

出旧金山，走十七里湾，应该是加州的海最漂亮的地方。偏逢下雨，雨兼雾蒙蒙一片，海，什么也看不见。车一直开到卡梅尔，雨依然淅淅沥沥没有停歇。这里的房子，都是独栋别墅，每一座的样子不同，颜色也不同。据说，这里的房子没有门牌号，只看造型和色彩辨认。一百多年前，旧金山大地震后，好多画家跑到这里来盖房子居住。那时候，这里荒僻，地价便宜，如今已经寸土寸金。好莱坞大导演伊斯特伍德曾经当过一阵卡梅尔的市长，无疑将卡梅尔的艺术气质更加提升。

黄昏时分，先到镇中心，一条叫作太平洋的小街，两旁小店鳞次栉比，每座店铺的造型和颜色，也都不尽相同，比小镇上的住宅还极其富有艺术气质。这条街道，不许有广告和路灯；店铺前，也不许有霓虹灯。店铺里的灯光已经亮了起来，雨蒙蒙中含泪带啼般闪烁着，让这条小街充满童话的气息。店铺都是卖各种艺术品的，画廊很多，画的水准要比一般画廊高出许多，我看到居然有莫迪里阿尼的学生一位已故意大利画家的人物画作，格外打眼。大多餐馆隐藏在店铺之后，沿着鲜花掩映和灯光迷离的走廊或幽径走进，有种庭院深深深几许的感觉。

街的尽头，是有名的卡梅尔海滩。风雨中，尽管海浪翻涌着如雪的浪花，呼呼叫嚣，仍显得气定神闲，仿佛阅尽世事沧桑。如果天气好，或者夏季，这里会是另一番景象。海滩和小街真的是剑鞘相配，葡萄美酒夜光杯，相互辉映一般。如果没有这样的海滩，也就不会有这样一条小街；相反，如果没有这样一条小街，海滩也就是一片野海滩。海滩和小街相互提升了彼此的艺术气质。

第二天，来到卡梅尔旁边的蒙特瑞海湾。这里的历史，要比卡梅尔久远。当初是加州成立后第一个州府所在地，加州的第一个海关也设立在这里。蒙特瑞一分为二，沿海湾一头是它的老工业区，当年全美生产沙丁鱼罐头最大的工厂，如今改造成为了海洋馆。以它为中心，成为一片旅游区，街心的小广场上，依山傍海，矗立着斯坦贝克和他的伙伴的青铜塑像。这里是斯坦贝克的故乡，他的著名小说《愤怒的葡萄》，后来被改编成电影，所描写的就是蒙特瑞一带当年的景象。海湾另一头，是它的老码头。老州府、老海关和老街都还健在，基本保持原汁原味。只是老码头已经被改造成旅游点，和世界任何一个旅游点一样，成为了餐饮购物一条节。难得的是，当年捕捞沙丁鱼的渔船还在，陈列在海滨，为蒙特瑞做历史的注脚。拉网捕鱼的渔民，被塑成铜像，和硕大的沙丁鱼木雕遥相呼应，更和海上的渔船，和飞落在渔船上的鱼鹰、鸬鹚、海鸥相映生辉。

下一站，到了摩罗石。这里也是一座海湾，由于海上有一座冲天而立的巨石而得名。当年，西班牙入侵加州，这块巨石成为了他们海上航行的地理坐标。这块巨石为何独行侠一般出现在大海上，成为了大自然的一个谜。是晚上到的这里，夜色中看这块顶天立地的巨石，想起桂林市中心的那座独秀峰，都属于大自然的鬼斧神工。

坐在一艘渔船改造的餐厅里，吃刚刚打捞上来的当地特产红鱼，窗外就是海。夜色中的海，黑黝黝的，有些神秘莫测。四周都是些渔船和游艇。桅杆林立，线条朦胧，仿佛海伸出的无数支手臂。隐隐能听到粗鲁的声音，从窗外传来。人们告诉我这是海象的叫声，它们就在渔船上睡觉。走出餐厅，伏在栏杆上看，果然看见好多头海象趴在船头上，那声音不知是它们睡觉时打的呼噜，还是发出的对同伴的呼唤，能看见还有海象在海水中向渔船游来。夜色中的海象和大海以及桅杆林立的渔船，构成了一幅厚重的油画。

靠近圣地亚哥的拉霍亚海湾，是加州最为著名的海滩了。到这里，才会感到游人若织，其他的海湾和海滩，实在是太安静了。到这里的人们更为了看海豹。加州的海，唯独这里的海豹最多，而且愿意爬上岸，和人相看两不厌。据说，当年由于这里海湾一处风平浪静，就被围了起来，作为儿童的游泳池。海豹也相中了这块宝地，纷纷游过来，而且就在这里安营扎寨，生子繁衍。这里变成了天然的海豹动物园。如今，那一群群海豹就趴在岸上，晒着太阳，懒洋洋的睡觉，根本不怕人。而一头小海豹更是摆弄着各种姿势，任游人和它合影留念。时时会听到一片大呼小叫，这里成为了孩子和大人最欢笑的海滩。

其实，这里的海湾形态丰富，沙滩很长，很平缓，很漂亮，特别适合散步。还有被海水冲击而成的山洞，照出的照片效果极佳。海岸前高大的棕榈树，无疑更是为海湾镶嵌起了一串漂亮的项链。更难得的是，这里的宾馆餐馆咖啡馆商店等一切人为的东西，都建在海湾山后，形成另一条街。这实在是一种聪明的选择，为的是对得起拉霍亚这个名字，这个名字是西班牙语，意思是"海滨珍珠"。

在圣地亚哥，这个加州最南端的城市，是被海所环抱的得天独厚的福地。海给予它的馈赠，实在过于慷慨。我没有去它最有名的科罗纳多海滩，而是去了卡布里洛海湾。这里是当年西班牙人卡布里洛最早发现加州登陆的地方。选择在这里登陆，是因为这里有洛马岬海湾。到洛马岬海湾才会发现，两侧高高的山崖围挡下，一片海滩那样平坦，实在是登陆的好地方。如今，这里成为孩子们捡拾贝壳的好地方，这里的寄居蟹和各种贝壳最多，藏在海滩的大小石头下面，捉迷藏一样，平添孩子许多别处海滩找不到的乐趣。

还应该再说两个海湾，圣塔·巴拉拉和圣塔·克鲁斯。前者紧靠洛杉矶，后者靠近旧金山。前者和卡梅尔相似，绵长的海滩和海滩前棕榈树下的步行道，有些像尼斯，有些贵族化，成为外来游客挥金撒银之地。后者被称为平民的海滩，孩子的乐园。1907年，在这里建起了一些儿童游乐的设施，完全游乐场的性质了，海滩只是作为了背景。但这两处海滩很平滩，很开阔，特别适合游泳。

总结一下：卡梅尔艺术；圣塔·巴拉拉贵族；圣塔·克鲁斯平民；摩罗石和拉霍亚让人亲近自然；蒙特瑞和卡布里洛让人触摸历史。

2016年1月7日于加州归来

新泽西笔记（十二则）

黄昏时的大雁

我住的小区，有一泓小湖，三面环楼，一面紧靠一片茂密的林子。早晨和黄昏的时候，常常可以看见一群大雁从林子那边飞过来，雨点似的落在湖中嬉戏，然后上岸散步或觅食。岸边，有一座凉亭，我常常坐在那里，看大雁飞起飞落，成了这里一道百看不厌的风景。

我刚来美国时是初春，那时，林子刚刚回黄转绿，见到的大雁都是一家子一家子的，特别有意思，都是大雁爸爸和妈妈一头一尾，把刚出生不久小雁夹在中间保护起来。还特别有意思的是，每家的小雁不多不少，都只有四只，我不明白其中的道理，莫非它们也计划生育？那时候的小雁毛茸茸的，和小鸭子似的，在大雁中间整齐的排着队，一拽一拽地走着，特别可爱。

　　还有一件更有意思的事，有一天黄昏，大雁落在湖中，正向凉亭这边岸边游来，我忽然看见一位长得非常胖的白人妇女，走到了岸边的树荫下，手里拿着一个纸袋，等到另一支小手也伸进纸袋，同时一个小脑袋从她肥胖的身后露出来，我才看见还有一个五六岁的小男孩，和她一起争先恐后地从纸袋里掏东西，撒在湖边的草地上，然后转身就离开岸边，走过小马路，回路旁的楼里，一定是住在那里的。我不知道纸袋里装的什么，猜想大概是面包屑或别的什么吃的东西吧，因为不一会儿，大雁纷纷上岸，来不及抖落身上的水珠，开始弯着脖子低着头，啄食草地上的东西，吃得美滋滋的。等它们吃完了，又游回湖中，或者索性从岸边飞走，将影子让夕阳打在湖面上。

　　如今，四个月过去了，小雁已经长得和它们的爸爸妈妈一样大了，上岸来再不用夹在爸爸妈妈中间排队走了，我已经分辨不出它们当中谁是当初的小雁了。四个月期间，我每次坐在凉亭里看这群大雁的时候，只要是黄昏，准能看见这个胖得和啤酒桶一样的妇女（她的那个小男孩有时会跟着有时候不跟着），拿着纸袋子，等候大雁快要上岸的时候，把纸袋里的吃食撒在草地上，然后转身回家。

　　那样子，特别像我们的折子戏《拾玉镯》里那个女子喂鸡的样子，几乎每天的黄昏上演同一出戏，重复同样的动作，让我特别感兴趣，觉得非常有趣。每天黄昏，等待着大雁的飞来，等待着她的出场，成为了我寂寞生活的一段插曲。

应该说，这段插曲是动人的，因为什么事情能够坚持做四个月，做到从小雁一直长成大雁，都是不容易的，都是值得尊敬的。更何况，她只求耕耘，不问收获，大雁毕竟不是《拾玉镯》里鸡，可以给她家鸡窝里下蛋，还可以买给人转而结成姻缘。

前两天，突然高温袭来，每天最高温度达40度，天旱热得湖水瘦了一圈，岸边的草枯黄了。我已经连续两天黄昏没有看见那位胖妇女出来喂大雁了，想是天热或者病了缘故。非亲非故，只是一群大雁，况且小雁都已经长大了，她该歇一歇了。

第三天的黄昏，就在大雁已经上岸来了的时候，我看见那个小男孩跑了过来，一直跑到大雁的身边，把手里的那一纸袋吃食一股脑地倒在草地上，那群大雁立刻围了过来，争先恐后的啄食起来。我很想走过去问问小男孩，怎么你妈妈没有来呢？没等我走到他身边，他已经转身飞跑地进了楼。我走到专心致志啄食的雁群前，第一次数了数，一共十八只，心想是三家子呢，《拾玉镯》里可喂不了三家子。

第二天黄昏的时候，我又看见那位胖女子，她手持纸袋继续出现在岸边的时候，夕阳给她凹凸有致的身子镀上了一层金边，心里忽然冒出这样一个念头，要是胖女子演《拾玉镯》，也别有一番风味呢。

客厅里的鲜花

朋友丹晨夫妇在美国新买了一套单体别墅，靠近普林斯顿老镇，临达拉维尔河，我笑着打趣说是亲水豪宅呢。她也笑了，说是二手房，上下两层，小巧玲珑，特别是花园，不是面积奢华的那种，但收拾得花是花，草是草的，错落有致，四周一圈柏树，中间几株雪松，靠餐厅落地窗的一面，特意种了一株修剪得矮小的五叶枫，两侧栽的是书带草和玉簪。朋友一看就喜欢上了，本来已经订下了另外一套别墅，且交付了订金，却喜新厌旧得当场决定退掉那套，选择了这一套。

这一套的房主是一对退休的白人老夫妇。在美国，老年人大多不跟子女一起居住，他们的房子，一般是越住越小，因为退休收入减少，也因为体力减弱，收拾房间和花园已经力不可支，便卖掉大房子，搬进老年公寓，拿到卖掉房子的那一笔钱，舒舒服服，手头宽裕的安度晚年了。

拿到钥匙的那一天，朋友约我和其他几位朋友一起看房子。花径缘客扫，先看见花园收拾得干干净净，草坪上新剪的草，剪草机留下的整齐痕迹很明显。走进房间，已经四壁一空，家具都搬走了，但墙壁、地毯、楼梯、壁灯、落地窗和白纱窗帘，都还显得簇新，真想象不出这是住了十多年的老房子。

我对丹晨说，这对老夫妇还真不错，临搬走之前，把这里收拾得干干净净。丹晨说，这对老夫妇和这套房子很有感情，他们对我们说你们搬进来一定要好好爱护，特别是这个小花园，从一开始的设计到后来的维护，有这对一对老夫妇这十多年太多的心思。

更让我没有想到的是，丹晨指给我看，客厅吧台上摆着一个瓷花瓶，花瓶里插着几支天蓝色的绣球花和几枝金黄色的太阳菊，四围还点缀着几簇各种颜色的我叫不出名字的小花。丹晨告诉我，这花瓶和鲜花，都是主人留下的，显然是在搬走的这一天特意买来的。丹晨说上午他们来交接房子拿钥匙的时候，一对老人还在忙着把最后几个大箱子搬上卡车。但他们没有忘记买上瓶鲜花，留给新主人。

那一刻，那一瓶鲜花，在空荡荡的客厅里显得格外醒目，漂亮鲜艳的如同雷诺阿笔下的鲜花。

花瓶旁边，立着一张精美的对折贺卡。我拿起来一看，上面密密麻麻写满了钢笔字，这张贺卡，竟然也是原来的主人留下来的。丹晨大声地对我说："念一念，上面都写着什么？"我说："是在考我吗？"我英语拙劣，但贺卡上的这些字大致还认得，大意是房间的新主人：今天你们就搬进了这个新家，希望你们能够喜欢它。也希望你们在这里度过你们一生中美好的时光，让这里伴随你们一直到老，到生命的尽头。我大声地念了起来，回声轻轻地在客厅回荡着。看得出，一起来看新房的人，都有些感动了。

那一刻，我的心头也忽然一热，同样为这对老夫妇感动。因为我实在不知道，在我们这里买二手房的时候，会有多少人能够如这对老夫妇一样，在临搬走之前，不仅为你整理好花园、打扫干净房间，还为你留下一瓶鲜花和这样一帧写满感人肺腑词语的贺卡？我们这里，疯狂的二手房交易，房子的老主人和新主人，已经完全成为赤裸裸的金钱关系，而房间便只剩下了居住面积和建筑面积以及疯长的价格和锱铢必较或水涨船高的心理斗法，少了人居住的人的气味，更别说人情味和鲜花的芬芳气味了。

丹晨的老公这时候从厨房的壁橱里拿来一瓶香槟和几支玻璃杯，跑进客厅高兴地叫了起来："快来开香槟，咱们来庆祝庆祝乔迁之喜。"香槟的泡沫如雪花一样从瓶口喷涌出来的时候，我才知道，这香槟和玻璃杯也是这对老夫妇特意留下来的。

河边的椅子

我第一次见到这样的椅子，是在普林斯顿旁的达拉威尔河边。

　　其实，只是一种防腐木做成的普通长椅，没有油漆，很朴素，在公园里常见。但是，我见到的椅子的后背钉有一块小小的铜牌，铜牌上刻着几行小字，是孩子纪念逝世的父母，最后是两个孩子的署名，一个叫安妮，一个叫斯特凡。

　　也许，是我见识浅陋，在国内未曾见过这样的椅子，因私人的介入，让公共空间飘荡着个人化的情感，并让这种情感与他人分享。很显然，这是叫安妮和斯特凡的两个孩子思念父母而捐助设立的长椅。很像我们这里在植树节里栽下的亲情树。这真的是一种很好的法子，既可以解决一部分公共事务的费用，又可以寄托私人的情感于更广阔的公共空间。可以想象，在平常的日子里，安妮和斯特凡来到这里坐坐这把长椅，对父母的思念会变得格外的实在和别样；而别的人如我这样的陌生人偶然路过这里，坐坐这把长椅，会想起这样两个孝顺的孩子，和他们一起把这个思念一起付于河边绿树摇曳的清风中。

　　后来，我发现，在达拉威尔河边和它旁边的运河两岸，到处是这样的椅子，椅背上都钉有这样的小铜牌，捐助者通过这把普通的长椅，寄托着他们各种各样的感情，有对逝去的亲人的怀念，有对新婚夫妇的祝福，有对金婚银婚老人的祝贺，有对远方朋友的牵挂，有对尊敬老师的感激，有对儿时伙伴的问候，有对子女孙辈的心愿……普通的长椅，忽然变得不普通起来，仿佛成为了盛满缤纷鲜花的花篮，盈盈盛满了这样芬芳美

好的祝福；或者像是我们乡间古老的心愿树，枝叶间挂满人们
各式各样心愿的红布条。那些平常看不见摸不着的各种情感，
有了这样一把椅子的承载，一下子变得丰盈而别致，可以让人
触手可摸了。

当然，人们表达情感，有许多方式，如今流行的是手机短
信和贺卡。在美国的商店里，卖贺卡的专柜都非常丰富多彩，
花哨而多样，分门别类，细致入微，如同手机短信一样早就替
你设计好了各种各样的感情抒发，光是给孩子的，就分男孩女
孩，从刚出生到一至十二个月，一岁、两岁，一直到十几岁，
各种图案，不同祝词，应有尽有，供你按求所需。这样的感情
表达，似乎已经程式化，格式化，远不如河边的椅子这样情感
表达那样的朴素，而且又和大自然融为一体。

后来，我发现并不仅仅在河边，在很多地方，包括小镇，
也包括城市，在公园，在路边，在博物馆的花丛中，都有这样
的椅子和我不期而遇。椅背上小小的铜牌，像是从椅子上开出
的一朵朵金色的小花，喷吐着那些我永远也不会认识的陌生人
的各种情感。虽然，人是陌生的，但那些情感却是熟悉的，是
亲切的，是放之四海而皆准的。在陌生的地方，每逢发现这样
的椅子，我都要暗暗的惊喜一番，都要在椅子上坐一会儿，细
细地品味一下子的捐助者通过这把椅子所要表达的情感，然后
猜想着他们长得是什么样子，想象着他们会不会常常来看看这

把椅子，就像常常来看望他们的亲人或朋友一样，坐开桑落酒，来把菊花枝，虽然恬淡，却明净清澈，宁静致远；还是他们像寄送贺卡一样，随手抛掷，时过境迁之后就忘掉了，然后再如法炮制，派送新的一张贺卡？

我不知道美国人如何对待这样的椅子，我对这样的椅子充满感情和想象，以为这样的情感表达方式，在感情表面九百九十九朵玫瑰的奢靡却实际已经日趋淡化和形式化的现代社会，是一种朴素而低调的方式，虽不可能完成对于人们感情的救赎，起码可以让我们回归质朴一些的原点上。

医院的另一种功能

那天黄昏，我去普林斯顿大学的附属医院，它在普林斯顿老镇的西头，很新的一幢大楼。门口有一条这里常见的防腐木长椅，上面坐着一个戴黑礼帽的老太太，旁边放着一个轮椅，一位身穿白衣脖子上吊着听诊器的男医生，正躬身向老太太说着什么。起初以为是真人，走进一看，原来是雕塑，心想医院门前有这样别致的雕塑，真不多见。

走进医院，走廊蜿蜒，通向各个诊室和病房。两边的墙壁上，让我叹为观止的是竟然挂满了一个个的画框，镜框里面装裱着琳琅满目的绘画作品，全部是真品。这确实让我惊讶，根本没有想到。在有些医院里，倒是常见一些印刷品的宣传画，也有挂几幅美术作品的，甚至是凡·高向日葵的名画，但都是复制品，纯粹作为装饰点缀用的。而这里却像是一个美术展览的画廊。也许是少见多怪，我还真没有见过哪一家医院的走廊里，满满堂堂地陈列如此丰富的画作。

我凑近观看，每幅画作下面或旁边，都有一方小纸卡，写着作者的名字，都是一些陌生的名字，和那些美术馆里见到的名画，显得稚嫩，甚至差距霄壤。但再仔细看，纸卡上还有一行小字，是对作者简单的介绍，才忽然醒悟，原来这些画全部都是残障人的作品，每一行小字都介绍他们的病情，或小儿麻痹，或先天脑残，或车祸伤肢，有的已经治愈，有的尚在治疗，有的则是无法根治。无论哪一个人，他们在绘画方面所呈现的天才，都与常人无异，甚至那样的富于天才；而且，他们对于生活的热爱，对于世界的关注，对于未来的向往，更是和我们常人一样，所有的感情，或细腻，或奔放，或抽象，或形象，墨渍水晕，色彩淋漓，渲染在我的面前，让我敏感的能够触摸到他们怦怦跳动的心。

这让我不敢小觑，为刚才以为和那些名画有霄壤之别的感觉而羞愧。他们这些画作所表现的心情与情感，是那些名画所不能比拟的。它们让我看到了这个世界上存在的另一种美术，这种美术别具特色和异质，并不因为作者残障而逊色，相反别有一番滋味载心头，那些色彩线条、画面和意境，因此具有一种与之俱来的魅力和震撼力。我想起去年在前民政部长李宝库先生的办公室里，看到的两小幅油画，都是他专门收藏的残障人的画作；也想起前两年看过的一本美国人写的书，忘记作者的名字，这位可敬的美国人专门搜集世界各地残障画家的作品并进行研究。在当今艺术中，这已经成为一门新领域。

普林斯顿大学附属医院，为这些残障者的画作专门提供展览，和他们的心思是相同的，如果说那些画作体现的是自身的意志和才华，那么，医院体现的则是爱心和责任。对于弱者的态度，往往体现人们乃至整个社会的一种精神态度和维度。关于医院，这一点对残障者，是和对患者救死扶伤同等重要的承当和意义。特别是我知道这里陈列的所有画作，一部分是作者的捐赠，其余全部都是医院出资购买的。实在没有想到医院居然还有这样的功能，对于医院这样富有艺术眼光和气质的善举，从心里充满敬意，联想门外的那别出心裁的雕塑，便觉得一点儿也不意外了。

便仔细看完每一幅画作，那些油画、水彩、水粉、剪贴、雕塑，特别是一幅大提琴手和海上风景的水彩画，还有用各种材料组装起的一只如我们的凤凰一样的神鸟浮雕，一幅用各种树叶拼贴成一个可爱小姑娘的艳丽拼贴画，实在比我们一般常人还要心灵手巧，才华横溢。真的，我们并不比他们强到哪儿去，甚至不如他们。

走出医院，漫天繁星怒放在头顶瓦蓝的天空。陌生而遥远的普林斯顿，因有这样的医院，有这样的画作，而让我有种说不出的感动。并不是每天夜晚的天空都会出星星，这样不期而遇的情景，是我的缘分，也是我的福分。

普林斯顿校园邂逅

星期天，赶上普林顿大学毕业典礼，便赶去看热闹。国外大学的毕业典礼，确实如节日一般热闹，并不只是颁发毕业证书的一个大会而已。它成为了老少校友的一次聚会，就像我们这里的校庆。

普林斯顿大学的吉祥物是狮子，吉祥色是橙黄色。于是，刚进普林斯顿的Downtown，满眼便是橙黄色，无论是风中飘动的旗子，还是人们穿的T恤，都是这种耀眼的色彩，旗子和T恤上无一不印着威武的狮子。早已是人流如鲫，大半城都是普林斯顿大学的人，便忍不住想起过去的一句老话：听到国际歌就能找到自己的同志，他们看到这种颜色和狮子，就能找到自己的校友。只可惜我不是他们的校友，看他们犹如隔岸观火，就像看南非世界杯的足球比赛，再热闹，也是人家的。

在这群校友里，有很多老人，他们是从各地特地赶来的。

看着他们白发苍苍甚至老迈龙钟的样子，能够感受到他们对于母校的感情。母校和母亲这个词是对应的，在英语里和祖国motherland，也是对应的，都是和母亲连在一起的，这样的感情发自肺腑，的确是令人感动的。以前，我曾经想把祖国和母亲联系在一起是对的，学校也和母亲连在一起，有这样的感情吗？那毕竟只是短短几年的时光而已，纵使再美好，时间的短促，如同一瞬的烟花。

普林斯顿大学的校园很大，但那一天人满为患。到处搭着台子和棚子，是演出的地方和吃饭的临时场所。等我进得校园的时候，天色已近黄昏，人流渐渐散去，连教堂里的牧师在人们的簇拥下，都踏着夕阳步出校园。几乎像是大赛刚刚结束的球场，刚才的激情和欢腾，还在草坪和树丛以及空荡荡的舞台上，随着那里跳跃的阳光一起闪烁着不忍飘逝的回忆。能够感觉到，刚才的那时候，该是校园一年最充满感情色彩的时刻。

就在这个时候，一位穿着橙黄色T恤戴着顶棒球帽的老人迎面向我走来，问我现在几点了？我没有戴表，便问同伴，告诉了他时间。他道了声谢谢，似乎并没有要离开我们的意思，而是接着问我们是不是也普林斯顿大学毕业的？我们都告诉他不是，然后夸赞地对他说："我们没有您这样的幸运，能够从这个名牌大学里毕业。"他笑了，话头便由此引开，如长长的流水一般汩汩淌来。

我这时候才仔细看了他一下，大约60多岁，个头儿很高，结实有力，年轻时肯定在学校里打过橄榄球。

他点点头说是的，在大学里能够参加橄榄球校队，是一种荣耀。然后，他告诉我们，他20世纪60年代从普林斯顿大学毕业，他是学哲学的，那时候，只有一个工作机会，在内布拉斯加州教书。那时，那里非常荒凉，周围都是荒漠，没有什么人。

他做了一个摆手姿势，我不知道是表示无奈呢，还是表示那是一种值得骄傲的经历。在我的想象中，从这样一个名牌大学毕业的学生，到那里工作，如同我们以前的话剧《年轻的一代》里去柴达木，或者苏联曾经流行的一部小说，叫作到西伯利亚《远离莫斯科的地方》。我一时无法理解他的内心，因为他将40多年的时光一下子跳跃了过来，他告诉我们前不久调到布朗维斯克一所中学里教心理学。我知道，布朗维斯克就在附近，但我不知道他这40多年是怎样度过来的。我也不知道，萍水相逢，他为什么要把自己几乎大半生的经历告诉几个陌生的中国人？

他似乎看出了我们的猜测，接着对我们说，毕业这么些年一直没有回母校，他今天以为能够碰到老同学，却一个没有碰到。他特别想和他们说说毕业后这些年的情况，却见到的都是陌生的校友和他要年轻几十岁的学生，而当年教过他的老师，不是老了，就是已经不在人世了。我看出他有些伤感。校园里正在人去楼空，而往事又如观流水难以挽回，未来的日子在紧迫地做着减法而非加法，这种感情无处诉说而渴望找一个渠口流淌出来，特别是在今天这样一个日子，是能够理解的。

老人告别的时候，说了一句话让我感动。他说："我最美好的青春是在这里度过的。"之所以令我感动，因为触动了我曾经想过的问题：一个人在学校里的时间很短，母校和母亲能够联系一起，也拥有这样深切的感情吗？现在我要说，有的，因为和青春联系在一起，学校才叫母校，才会叫人几十年过去了，依然想像回家一样回来看望她。

十字街口的父亲

星期天的上午，在普林斯顿的纳索街和华盛顿街交叉的十字街口，红灯亮着，斑马线前的便道上，站满了行人。因为街的对面就是个教堂，要到教堂去过礼拜的人很多。平日里清静的普林斯顿，一下子熙熙攘攘热闹了起来，街上和北京一样，车水马龙。

看到街对面的红灯变成了一个白色行走的小人时，人们正要过马路，忽然看见一排自行车拐到了斑马线上，几乎所有的人都停住了脚步，转头看着这一排自行车。说是一排，其实就是四辆，是一位父亲带着三个孩子骑车过马路，因为是三个孩子，父亲为了安全，带着孩子们要走斑马线。

看那三个孩子，大的是个男孩，有十一二岁的样子，另外两个是女孩，各有八九岁和五六岁。父亲骑着一辆黑色的自行车，哥哥骑着一辆蓝色的自行车，姐姐的车是银灰色，小妹妹的车是红色的，三个孩子又分别戴着蓝色、绿色和玫瑰红色的头盔，再加上他们分别穿着不同色彩艳丽的T恤，一列排开，花朵般盛开，霎时惊艳。俊朗的父亲带着三个漂亮可爱的孩子，一幅天伦之乐的图画，很是惹人怜爱，难怪那么多人把目光如聚光灯一样，温柔地洒在他们的身上。

就在他们骑车要过马路的时候，我看见骑在最后面的小妹妹，忽然没有将自行车蹬起来。她的个子小，却和姐姐骑一样大小的车，瘦小的身子和自行车不大成比例，屁股没有坐上车座，脚蹬不起来的车蹬子，车把在摇摇晃晃，很是着急。父亲叫哥哥和姐姐停下来，自己回转身帮助小妹妹扶上车座，又把车把扶正，然后一起向前骑去。

由于刚才的一幕耽搁了时间，当他们快要骑到十字街口中间的时候，指示灯变成红色了。一辆已经拐过弯来的小轿车停了下来，等候他们迤逦而去，而紧接着一辆黑人驾驶的白色越野车，车速过快，拐过弯来没有想到前面的车突然停住，只好来了个急刹车，响亮的刹车声和车内音响里飞溅出来的摇滚歌声，都显得有些刺耳，车头和前面车的车尾只差几厘米，却有惊无险地戛然站住了。

所有这一切，司机没有任何的抱怨，只看见两位司机探出头向这一列过马路的自行车微笑着招招手。或许，这只是这个星期天上午一件很平常的事情，十字路口，总要发生一些故事的。对于我，却感到几分新奇，新奇的不在乎司机的礼让，和路人的友善，更在于一个父亲可以敢于带着三个大小不一的孩子，在车水马龙的大街上骑自行车。这在北京或在国内任何一座城市里，是绝对看不到的情景。莫要说，独生子女的时代，已经很难看到拥有三个孩子的父亲了，即使真的能够看到拥有三个孩子的父亲，也很难看到有这样勇敢的父亲，敢于带着三个孩子在大街上骑自行车。行人会埋怨这位父亲对孩子也太不精心了，甚至会有人骂这是什么父亲，找死呢！

其实，继而再想，是我们的马路可以越修越宽，但越来越多的汽车，越来越没有建立起来的汽车文明，让很多汽车成为身份的证明，可以横冲直撞，可以肆无忌惮地抢红灯和行人争路，让在十字街口等候过马路的大人都心惊胆战，谁还敢带着三个孩子骑着自行车横穿十字街口？

当然，也不能完全怪罪汽车司机，我们的父亲，缺乏了这位美国父亲的勇敢，其实是更缺乏这样的责任心。我们的父亲，更愿意自己开车带着孩子去兜风，即使自己不开车，也要坐一辆出租车去游玩。我们的孩子的自行车，一般是放在家里或幼儿园里，成为了玩具，而不再是交通工具，或是身体锻炼的器械。因此，在北京，我会看到孩子和狗一起坐在小汽车里将头探出车窗或天窗，然后看见汽车一溜烟儿飞驰而去，却看不到这样一位父亲带着三个孩子穿行在车水马龙的大街上，而所有人都会保护他们的温馨情景。

就在我站在十字街口走神的时候，那父亲带着三个孩子已经穿过马路，拐到街的另一侧，飞快地骑走了，我看到那个小妹妹撅着小屁股，蹬着小腿骑车紧紧追赶她的哥哥和姐姐的样子，看见父亲骑在最后面，像老鹰展开羽翼守护着他的鹰雏的样子，如一条彩虹在荡漾。

这时候，街对面的教堂正响起了晨祷悠扬的钟声。

重逢仙客来

两年前住新泽西，每天在所住的社区散步，路过湖边的一家人家的房前，总能看到门前的阳台上，一左一右摆着两盆仙客来怒放。那两盆仙客来都是紫色的，很是浓艳欲滴，这是仙客来中少见的品种。一般的仙客来都是开海棠红的花朵，在北京，我从来没有见过这样颜色的仙客来。因此，每天路过这里的时候，都会忍不住看几眼。

这一家在一楼，门前的阳台，由于和院子相连，便显得轩豁。他们家的房门总是敞开着，隔着门纱，里面影影绰绰的，树荫打在门前，绿色的影子被风吹得摇摇晃晃，显得几分安详，又有几分神秘。

听说是住着一对白人老夫妇，但我只是偶尔看见过老头儿出门，穿着臃肿的睡衣，闭着眼睛，坐在阳台上的摇椅晒太阳，或者抱着一罐啤酒独饮，从来没有见过老太太，也从来没有见过他们的孩子。谁也不清楚他们有没有孩子，或者有孩子，为什么总也不见孩子的到来？

有一天，看见一辆小汽车停靠在他家的院子里，从车上跳下一个年轻的小伙子，以为是他们的孩子，走近一看车子打开的后备厢里放满修理管子的各种工具，知道是来帮助修理他们家的水管的工人。还有一天的黄昏，看见阳台上，老头儿和一个年轻的女人面对面相坐，远看是一幅温馨的父女图。走近看，年轻的女人手里拿着笔和本，面无任何表情，在向老头儿询问着什么，并机械地在本上记录着什么。显然，也不像是老头儿的孩子。

引我最大兴趣的还是他们家门前的那两盆仙客来，因为它们一年四季开着花。院子里春天的郁金香败了，夏天的蝴蝶花谢了，秋天的太阳菊落了，它们照样开着花。即使是冬天，大雪纷飞的时候，照样开放着，紫色的花朵迎着寒风摇曳，跃动着一簇簇紫色的火焰。而且，不管下多大的雪，他们从来不把花搬进屋里，就这样摆在门前，好像故意要让大雪映衬一下，好使得花显得格外明亮照眼。再大的风雪，居然难使花朵凋谢。这让我非常奇怪，因为我从来没有看见过一年四季都花开不断的仙客来。都说是花无百日红，莫非这是只有美国才有的什么神奇品种？

今年春天，我再次来到新泽西，还是住在了这个社区。每天散步路过这家门前的时候，又看到了这两盆仙客来，依然是一左一右的摆在门前的阳台上，依然怒放着那鲜艳欲滴的紫花。好像老朋友一样，在等待着我的重来，又好像是将两年的时间定格，它们依然活在以往的岁月里，青春永驻，花开不败。

我真的非常的好奇，好几次冲动地想走过去，穿过小院的草坪，走到门前，仔细看看那两盆仙客来，到底有什么样的神功，居然可以总能够开得这样娇艳，这样长久。不过，这样不请自入的话，实在不礼貌，我只好把这种冲动咽回肚子里，任好奇心与日俱增。

夏天到来了，蒲公英在漫天飞舞，天气渐渐地热了起来，小区里人都不怎么出来了。好在今年夏天的雨多，一阵云彩飘过来，就会有一场雨，让空气凉爽也湿润些。那天早晨，天下着淅淅沥沥的小雨，沾衣欲湿，是个好天气，我照样出去散步。路过这家时，老远就看见门前晃动着老太太的身影。这真是难得的事情，因为老太太很少出屋。前后两次来这里住了这么久，我还从来没有见过老太太一面呢，不仅是我，我问过别人，也都从来没有见过老太太。神秘的老太太，和神奇的仙客来有一拼呢。我不由得加紧了脚步。

走近看见老太太站在一盆仙客来前，手里提着一个硕大的喷水壶，在给仙客来浇水。这真的是一个怪老太太，外面正下着雨，虽然不大，但已经下了好久，只要把花盆搬到院子里，慢慢地也能把花浇好了呀。干吗放着河水不洗船，非要多此一举呢？

待我走得更近时再一看，忽然惊了一下，因为怎么想我都没用想到，老太太把那一朵朵仙客来拔了下来，然后又插进花盆里，如此机械地重复着这样的动作，让我不得不相信，原来仙客来是假花。

我确实有些惊呆了，愣着神儿站了一会儿。就在我愣神的工夫，老太太转身向另一盆仙客来走过去。我发现，老太太是有些半身不遂，似乎也有些老年性痴呆，蹒跚的步子，挪动得非常吃力，不过几步的路，腿像灌了铅一样，头也如拨浪鼓在不住地摇晃着。她穿着一件月白色的亚麻长袍，长袍宽松，随着她身子的晃动着，像个慢动作的幽灵，让人心忍不住和那长袍一起隐隐的抽动。她手扶着门框，走了好长的时间，去给另一盆仙客来浇水。然后，机械地重复着刚才的动作，把一朵朵的仙客来拔下来，再一朵朵地插进花盆里。喷壶里的水珠如注，从花朵上滴落下来，溢出了花盆，打湿了她的亚麻长袍，一直湿到了脚上。

以后，每天散步的时候，路过这里，再看那两盆仙客来，心里总会酸酸的。不忍看，却偏偏忍不住看。

芝加哥奇遇

我觉得，那应该算是一次奇遇。

那天，去听芝加哥交响大厅听他们演奏海顿的大提琴音乐会，在芝加哥大学前的海德公园那站赶公共汽车，紧赶慢赶，还是眼瞅着车门旁若无人般"砰"的一声关上，车屁股冒出一股白烟跑走了。只好等下一辆，心里多少有些懊恼。就在这时候，慢悠悠地走过来一位老太太，满头银发，身板挺括，精神矍铄。我没有想到，下面是音乐会演出之前，老天特意为我加演的一支序曲。我应该感到庆幸没有赶上那辆车，否则，将和这位老太太失之交臂，便也没有了这次奇遇。

等车的只有我和老太太，闲来无事，便和老太太聊起天，偏巧老太太也是爱说的人，一起打发漫长的等车时间。老太太是德国人，开始和丈夫在爱沙尼亚工作，二战之后，爱沙尼亚被苏联占领，一直到1952年，才有机会离开那里，她和丈夫来到美国。丈夫研究生物学，在芝加哥大学当教授，后来又当了系主任。老太太便落地生根一般，一直住在了芝加哥，再没有动窝。

一边听着，心里一边暗暗算着，老太太得有多大年纪了？从来芝加哥到现在就已经过去了58年，再加上在爱沙尼亚工作的时间，起码有80多岁了。可看老太太的样子，哪里像呀。我们这里80多岁的老太太，谁还敢再挤公共汽车？尽管一般不问外国女人的年龄，我心里的疑问还是忍不住地问出了口。老太太的回答，让我叹为观止，老天，她竟然整整90岁了，这简直有点儿像是老树成精了。

她看出来我的惊讶，连说我是1920年生人，天真的证明着自己，绝对没有错。我忙说没想到您的身体保养得这样好。她笑着摆摆手说，不是保养，是常常听音乐会的结果。

原来，我们是同道，都是去听芝加哥交响乐团的海顿大提琴音乐会。一下子，涌出同是天涯爱乐人，相逢何必曾相识的感觉。心里一个劲儿地想，这个世界上还有几个90岁的老太太，能够有如此的兴致，身板如此硬朗，大老远的挤公共汽车去听一场音乐会？不敢说是绝无仅有的奇迹，也实在是难得一遇的奇遇。

车一直没有来，让我们多了一些交谈的机会。我知道了，老太太一生中最大的爱好就是音乐，芝加哥交响乐团是陪伴她半个世纪的朋友，从库贝利克到索尔蒂到巴伦博依姆，几任指挥走马灯一样轮换，她对乐团却葵花向阳一般始终如一，每年在它的演出季里挑选自己钟爱的音乐会，挤公共汽车去听，是她这些年的坚持。听到这里，我对老太太肃然起敬，无论什么事情，能够坚持这么长时间，就都不是一件简单的事情了。许多的经历，一次两次，也许说明不了什么问题，但坚持下来，放在人生的长河里，能随着时间一直流淌至今，即使穿不起一串珍珠，也穿起了属于自己最珍贵的记忆。尤其到了老太太这样的年纪，人和人之间显现出来的差别，不在于地位、房产或儿孙的荣耀，除了身体，最主要的就是能够拥有属于自己的回忆，这是一笔无人企及的最大财富。

不过，老太太也有属于自己的遗憾，那就是丈夫的工作忙，这辈子没有陪她听过一次音乐会。如今，丈夫早已经先她而去，她依然坚持自己一个人去听音乐会。她对我说，丈夫虽然没法陪她听音乐会，但一直都特别高兴她去听音乐会，每一次去完听音会回到家里的时候，丈夫总会听她讲讲音乐会的情景，便也和她一起分享了美妙的音乐，成为了最难忘的时光。本来说好的，丈夫要陪她听一次音乐会的，票都提前订好了，丈夫却住进了医院，再也没有起来。

是莫扎特。老太太没有告诉我是哪年的事情，只告诉我是听的是莫扎特的音乐，话音里并没有什么特别的哀伤，核桃皮一样皱纹覆盖的眼睛里闪着亮光，那里面也许更多的是回忆和怀念吧。我猜想，在没有丈夫的日子里，听音乐会不仅成为了老太太爱乐的一种习惯，也成为了她和丈夫相会的一种方式。

车来了，我要搀扶她，她却很硬朗地一个人上了车。这一晚的音乐会，是我听过的音乐会中最奇特的一次。因为有了老太太奇特年龄和奇特经历的加入，就像在乐谱里加入了奇特的配器，在乐队里加入了奇特的乐器一样，让海顿的大提琴多了一层与众不同的韵味。特别的觉得低沉的大提琴，那么像是一位饱经沧桑却又保持一腔幽怀的老人。

费城浪漫曲

费城市中心有座公园，颇有点像巴黎的卢森堡公园，特别是一方水池很像卢森堡公园里的美第奇喷泉。只是更小巧袖珍，紧邻费城寸土寸金的商业街，能有这样一块闹中取静的公园，要归功于当初城市的规划者。

夏天的公园里，绿荫如盖，一下子凉快了许多。是个周末的黄昏，我走进公园的时候，发现人比往日多，今年夏季费城奇热无比，人们都到这里来乘凉了。沿着甬道走进去，一路看见好几位街头艺人，在演奏萨克斯和吉他，或自吟自唱，他们的身边放着一个小纸盒，或自己的帽子，供游人往里面放钱。这算是这座公园的一景吧。附近居住的人，逛商业街逛累的人，都愿意到这里来，顺便听听他们的卖唱，他们的技艺正经不错呢。

走到公园深处这座水池前的时候，看见两个华人小伙子正在那里演奏小提琴，听不出是什么乐曲，旋律如怨如诉，格外幽婉抒情，二重奏的效果非常好听，起伏的鸽子一样，在身边翩飞萦绕。忍不住坐在水池边倾听，才发现四周已经坐着不少人。好听的音乐总能如磁铁一样吸引人。

起初，我以为和刚才看到的卖艺者一样，也是两个街头艺人，但我很快否认了自己的这个猜测。两人小伙子都穿着笔挺的西装，白衬衫配黑裤子、黑皮鞋，非常正规的演出服，根本不像刚才看见的卖艺者穿戴随便，有的简直就像嬉皮士。而且，他们的身边也没有纸盒或帽子，如果是卖艺者，人们往哪里给他们放钱呢？

那么，他们为什么要到这里演奏？便猜想或许是音乐学院的学生，利用周末到这里来练练手，为将来的成功先奏响一支序曲？

就在这时候，忽然看见一男一女两个白人走到演奏者前面小小的空场里。小提琴声如此缠绵悱恻，谁都想跳进乐曲旋律的旋涡里，就像这样炎热的天气里跳进身后的水池中清凉一番，所有的观赏者没有任何反应，仍然关注于小提琴。我仔细打量了他们一下，两人都很年轻，男的长相英俊，女的身材秀丽，只是和两个演奏者相比，他们的穿戴实在太随意了，男的穿着短裤和人字凉鞋，女的穿着豆青色抹胸连衣裙，他们每人的手里还各牵着一条小狗。心里想，一定和我一样，也是来逛公园的，听到这样迷人的音乐，忍不住跳进去翩翩起舞。

小提琴声还在轻柔地飘荡着，仿佛因为有人走到他们面前捧场而拉得格外来情绪，声音显得越发柔肠绕指，拉得人心里都跟着一起绵软得要融化了。只看那一对男女手牵着手，来回转着圈，轻轻地随着乐曲舞动了起来。由于节奏很舒缓，他们的步子如同踩在云朵里，轻柔得几乎看不出来。然后，女的把自己的牵狗绳交给了男的，本来一边一只的小狗，聚拢在一块，和他们的主人一样欢快的亲热起来。女的则腾出了两只手，伸了出来，娥菲丽娅的花环一样，轻轻地环绕在男的脖子上，一双天蓝色的眼睛，那么近地望着男的。

人群里有人叫了一声："吻一个！"

男的很矜持，微微地笑了，弯下了头，吻了一下女的。人群里响起了掌声。女的忍不住紧紧地拥抱着男的，头靠在他肩上，一头金色的长发如金色的瀑布一样流泻下肩头。

如果是一般人，这时候是恰到好处的高潮，有音乐，有掌声，有热辣辣的夕阳，该退场了。谁想到他们两个人却有些恋恋不舍，就像两只戏水的鸳鸯，舍不得离开这样清澈的水池。当女的头从男的肩头上抬起来，男的扶着她纤纤细腰，轻轻地兜了一圈，长摆的连衣裙兜起一个漂亮的弧。然后，他们紧紧地拥抱，又密密的接吻。掌声再一次响起。那一刻，我以为周围的观众在起哄，我甚至以为是不是在拍摄电影。但我看了一下，人们很真诚地望着他们，不像我们这里爱起哄架秧子，树丛中也没有摄影或摄像机。而两位小提琴手似乎没有受到任何干扰，一如既往地拉着小提琴，琴声没有中断，如同两泓长长的泉水潺潺的流淌。

这一对男女如此往复了好多次旋转拥抱和接吻之后，男的把自己手指上的一枚铂金戒指戴在女的手指上时候，最后一次掌声响起来。我和在场的所有人此刻都明白了，一切是他们的安排，地点是他们选定的，琴手是他们请来的，效果是他们设想的，只有夕阳和我们是不请自来的。他们把自己的求婚仪式别出心裁地放在了这里，放在了小提琴幽幽的旋律里，一定让他们自己感动了。我都有些感动，对比我们这里豪华宴席、高档名车，乃至九百九十九朵玫瑰式的奢靡却千篇一律的示爱求婚或结婚的仪式，他们的朴素和新颖，需要智慧，更需要对爱的理解。

我看到他们手挽着向两位小提琴手走去，琴手收弓了，他们笑着向琴手握手致谢。夕阳的余晖，正打在他们的脸上，还有那枚戒指和两把小提琴上，跳跃着金子般的光亮。

孤独的吹笛人

麦迪逊是一座美丽的大学城，四面环湖，走不多远，就可以走到了透明的湖边，湖水是这座城市须臾不离的朋友。

这座城市还有一位须臾不离的朋友，是个吹笛子的老人。他成了这座城市叫不上名字的名人，满城的人几乎都认识他。

那天，我乘车路过一个十字街口，红灯停车的时候，同车的人指着对面一个骑自行车的老人，对我说："看，就是他，那个吹笛子的人！"

他穿着一身橙黄色的衣服，连脚下的一双塑料的大盖拖鞋都是橙黄色的，异常艳丽，在阳光的照耀下熠熠闪光，能够从人流中一眼分辨出来。这里的人们告诉我，他一年四季都穿着这身衣服，从来也没有见过他更换过，却从来都是干干净净。不知道他是有意识这样穿着，为的就是特立独行，还是他家里家外就这样一身皮。

他们回答我的这个疑问：他是一个流浪汉，谁也不知道他在这里吹了多少年的笛子，他住在这座城市的哪个角落里，以及他命运的前生今世。人们只知道，他每天跟这些学生上课一样，天亮的时候，准时出现在这座城市里，或在校园的图书馆前，或在校园的广场上，或在州政府前的步行街上，或在风中，或在雨里，或在纷纷飘落的雪花下，吹着他的笛子。吹得老的一届学生毕业了，吹得新的一届学生的到来。春来春去不相关，花开花落不间断。

他的面前放着一个小盒子，姜太公钓鱼一般，听凭路过的行人或是充耳不闻，或是往里面丢一点钱，他目不斜视，只管吹他的笛子，似乎笛子里有他的一切。从他身旁经过的，大多是威斯康辛大学的学生，总会有好心的学生往盒子里丢钱，靠着盒子里的这些钱，他足可以在这里生活下去。可以说，如同这里的湖水滋润着这座城市一样，这座城市大学的学生养活了他。多少年来，他一直舍不得离开这座城市，而流浪到别处去。

吹笛人的经历，谈不上传奇，也谈不上神秘，他成为了这座城市一种惯性的存在，让我感到的是这座城市对一个孤独流浪汉的宽容，并没有因为他流浪的身份而被收留到收容所里去；同时也让感到这座城市大学生的善良，他们愿意多听一种声音，在城市的风声雨声读书声之外，多一种笛声的陪伴，让自己的心多一点儿滋润，便也让一个孤独老人多一点儿宽慰。于是，这么多年，他们与这位吹笛人，相看两不厌，吹笛人成了这座城市的一面风景，而不是在许多城市里流浪汉被当成一块补丁。

在十字街口见到他的第二天，麦迪逊举办每年一次的万人长跑比赛，出发点在州政府大厦前面的广场上。没有想到在熙熙攘攘的人群中，我再次看见了这位吹笛人。他坐在马路的檐子上面，一条腿横陈在路上，一条腿蜷缩着，拿笛子的一只胳膊正好架在这条腿上，据说这是他习惯的姿势。他的对面，两个靠在橱窗边的摇滚歌手，正在摆弄着架子鼓和电吉他，仿佛彼此打擂。他不管他们，只管吹自己的笛子。这次因为离他很近我看得很清楚，他已经很老了，起码有60多岁了，一脸苍黄的胡须，他手里的笛子，类似我们的竹笛，但很短，在他骨节粗大的手中显得很小，像个玩具。

我走过去为他拍照，离他很近，他看见了我，没有反对，也没有任何表情，仍然在吹他的笛子，笛声并不怎么悠扬，技艺一般。但是，这座城市已经缺少不了他的笛声。

草是怎样一点点绿的

住在芝加哥的时候，楼后紧挨着一个叫尼考斯的街心公园，4月份了，却还是一片枯枯的，没有一点颜色。因为天天从公园穿过，到芝加哥大学去，公园成了我新结识的朋友，它的草地、树丛、山坡、网球场、还有一个小小的植物园，都成为我每天的必经之地，它们一点一滴的变化，都逃不过我的眼睛，好奇心让我观察着它们的变化，像看着一个孩子从爬到走到满地跑一天天长大。

最先让我惊喜的是，有一天清早，我忽然看到公园的草地突然绿了，虽然只是毛茸茸的一层鹅黄色的浅绿，却像事先约好了一样，突然从公园的四面八方一起向我跑来。前一天的夜里刚刚下了一场春雨，如丝似缕的春雨是叫醒它们的信使。

我看着它们一天天变绿，渐渐铺成了茵茵的地毯。蒲公英都夹杂在它们草叶间渐渐冒出了小黄花骨朵。但树都还没有任何动静，还是在风中摇动着枯涩的枝条，任草地上的草旺绿旺绿聚拢着浓郁的人气，真是够沉得住气的。一直快到了"五一"节，才见网球场后面的一片桃花探出了粉红色的小花，没几天，公园边上的一排排梨花也不甘示弱地开出了小白花。然后，看着它们的花蕾一天天绽放饱满，绯红色的云一样，月白色的雾一样，飘落在公园的半空中了。尼考斯公园一下子焕然一新，春意盎然起来。

然后，金色的连翘花也开了，紫色的丁香花也开了，每一朵，每一簇，我都能看得出来它们的变化。变化最快的是连翘，昨天才看见枝条上冒出几星小黄花，今天就看见花朵缀满枝条悬泻下满地的黄金。变化最慢的是一种我叫不上名字的树，很高，开出的花米粒一般，很小，总也见它长不大。近处看，几乎看不到它们，远远地望，一片朦朦胧胧的玫瑰红，在风中摇曳，如同姑娘头上透明的纱巾。这种树，在芝加哥大学的图书馆前的甬道旁铺铺展展的一大片，那玫瑰红便显得分外有阵势，仿佛咱们的安塞腰鼓一样腾起的遮天蔽日的云雾，映得校园弥漫在玫瑰色的雾霭之中。

再有变化慢的是树的叶子，几乎所有的花都开了，树的叶子还没有长出来，无论是榉树、梧桐，还是朴树或加拿大杨。一直到芝加哥大学教学楼的墙上的爬山虎都绿了，尼考斯公园草地间的蒲公英的小黄花都落了，长出伞状的蓬松而毛茸茸的种子，它们才很不情愿地长出了树叶。我看见它们一点点冒出小芽，一天天长大，把满树染绿，在风中摇响飒飒的回声。

我知道，这时候才是芝加哥的春天真正地到来了。我才发现，这是我平生头一次从头到尾看到了春天一步步地向我走来的全过程。像看一场大戏，开场锣鼓是草地上的草，定场诗是公园里的花，压轴戏是一树树参天而清新的绿叶。

我忽然想起在北大荒插队的时候，因为那时常常要打夜班脱谷或收大豆、收小麦，在甩手无边的田野上，坐在驮满麦子和豆荚的马车上回生产队的时候，能够看到夜色是怎样退去，鱼肚白是怎样露出在遥远的地平线上，晨曦又是怎样一点点染红天空，最后，太阳是怎样跳上半空中。生平第一次从头到尾看到天是怎样亮的，就是在北大荒。回到北京之后，我再也没有看到这样天亮的全过程了。

同样，在北京，我也从来没有看过草是怎样一点点绿，花是怎样一点点开，树叶是怎样一点点长出来，春天是怎样一步步走来的全过程。也许，不该怪罪我们的城市，也不该怪罪人生的匆忙，是我们自己把自己的眼睛和心磨得粗糙和麻木，在物质至上的社会里，我们顾及的东西太多，便错过了仔细感受春天到来的全过程。只因为清风朗月不用一文钱，便徒让我们感叹良辰美景奈何天了！

老人河静静流淌到今天
——保罗·罗伯逊故地感怀

那天黄昏，乘车穿过普林斯顿老城，忽然看见一个蓝色的街牌，上面写着"保罗·罗伯逊街"的时候，眼睛一亮。

我知道保罗·罗伯逊出生在普林斯顿一个黑人牧师家庭。这次来美国，恰恰住在普林斯顿附近，很想找到的一些有关他的遗存。因此，当我看到"保罗·罗伯逊"这个街名的时候，心里暗想，这条街会不会和他有些关系？说不定就是他出生的地方，以此命名来纪念他，他毕竟给普林斯顿带来了世界性的荣誉。

第二天的上午，我专门找到这条街。

我对保罗·罗伯逊格外感兴趣，可以说他是迄今为止全世界最好的男低音歌手。50年前，我刚上中学，在邻居的收音机里听到他唱的《老人河》，特别的感动。他那低沉浑厚的声音，很难忘记，心里便记住了保罗·罗伯逊这个名字。

在中国，知道保罗·罗伯逊的人很多，听过这首《老人河》的人也很多。"黑人劳动在密西西比河，黑人劳动白人来享乐，黑人劳动白天不得休息，从早推船一直到太阳落……"这首歌这样的开头，便是那样的沉重压抑，让人想到农奴时代的黑人。很多人没有听过保罗·罗伯逊在歌剧《船》中唱的这首歌，大多是从电影《汤姆叔叔的小屋》里听到的，在这部电影里，保罗·罗伯逊出演并演唱了这首《老人河》。可以说，起码在中国，人们提起《老人河》，就会想起或说起保罗·罗伯逊。

保罗·罗伯逊街南北走向，在这条街和东西走向的Witherspoon相交的十字路口西北角，有一座红色的小楼。我一眼看见门前的台阶旁立着一个黑人的头像，心想肯定是保罗·罗伯逊了，仔细一看，果然是，雕塑的底座上刻有雕塑家的名字爱泼斯坦，是美国著名的雕塑家，这是他1928年的作品，不知是复制品，还是专门从别处移过来的。楼的一侧是绿地，里面插着带着箭头的标语牌，写着"甜蜜的微风""美好的气泡"等孩子气的话。再看红楼大门的门楣上有"保罗·罗伯逊艺术中心"的字样，仿佛他乡遇故知般，有一种异样的亲切感。

1898年4月9日，保罗·罗伯逊就应该出生在这条街上，那时他的父亲是一位牧师，其实，他的父亲最早是一位黑奴。

奴隶的血流淌在保罗·罗伯逊的身上，对于底层黑人切身和彻骨的感情，才会让他对于《老人河》有那样深切的理解，唱出所有黑人的也是他自己的心声。"老人河，老人河，你晓得一切，但总是沉默，你滚滚奔腾，总是不停地流过。"这是这首歌的尾声部分，每次听到这里，你会感到保罗·罗伯逊仿佛就在你的面前，他那低沉浑厚的声音，融有河底的沉沙和暴风雨拍打的河上的浪涛。也曾经听过别人唱过这首歌，却总觉得水野唱不出他的那种韵味和感情。

如今，站在保罗·罗伯逊的雕像面前，心里有种异样的感觉，仿佛他乡遇故知，有一种缘分所在。

我以为这里是保罗·罗伯逊的故居，或他的生平展览纪念馆。但是，走进去，发现我这次的猜测错了。如今，这里是一座供附近居民免费学习艺术的场所，一楼整个大厅和二楼的走廊是他们作品的展览；二楼和地下室有教室和学习制陶和布艺的车间。我来时正是暑假，这里展览的全部都是孩子们的作品。看那些只有五六岁最大十来岁孩子画的画、做的布贴、纸人和陶艺，那样的童趣盎然，色彩明丽，感觉像是走在一个童话的世界里。

只是，我没有发现这一切和保罗·罗伯逊有什么关系。一直上到二楼，在走廊的拐角处才看见一帧六寸见方的保罗·罗伯逊青铜浮雕，继而看见走廊的一面墙上有几幅黑白老照片，上面有保罗·罗伯逊的影子。继续往里走，隔着办公室的玻璃窗，我还看见了一幅2004年美国发行的一枚保罗·罗伯逊头像的纪念邮票放大的大幅画像。所有和保罗·罗伯逊相关的印迹，都在这里了。

临出门时，我问了一下服务台的工作人员，这里是哪一年开放的，她告诉我2008年。我明白，那是保罗·罗伯逊诞辰110周年，又问她：这里叫"保罗·罗伯逊艺术中心"，是在他故居的地方重建的吗？她递给我一张中心的介绍卡片，指着上面对我说，这上面有说明，罗伯逊的家原来就在街的对面。说完，她又指指窗外。窗外，对面的街上是一片空地，脚手架已经起来了，那里正在盖高档的公寓楼，150万美元起价，在美国房价普遍下跌的情况下，这价格实在不菲。

即便如此，还是感到几分亲切，因为从照片上看，这条老街并没有太大的变化。保罗·罗伯逊就是在这里出生，在这里读的小学，在这里附近不远的萨默尔读的中学，在这里显示了他独一无二的歌喉，他参加了学校的合唱团。可是，读大学的时候，他拒绝参加合唱团了。因为他受不了人们对于他的白眼，那时候，种族歧视还很厉害。

他读的是罗格斯大学，在布朗维斯克，那里离这里只有二十来公里的路程，离家很近。我去过那所学校，很漂亮也很古老的一所大学。5年之后，他考入了更加有名的哥伦比亚大学法律系，那时全系只有包括他在内三个黑人。一个世纪以前的美国就是这样子，可以说，保罗·罗伯逊的成长，伴随着美国历史的成长；保罗·罗伯逊以后日渐成名并且影响越来越广泛，是一个国家的进步，也是黑人的觉醒和进步。

保罗·罗伯逊以后飞速的成长，要感谢两个人，一个是美国著名的剧作家尤金·奥尼尔，一个是美国黑人音乐的搜集者兼改编者劳伦斯·布朗。当时，奥尼尔创作的著名话剧《琼斯大帝》，请他出演琼斯大帝，奥尼尔还根据他唱歌的特点，特地为话剧增加一首黑人圣歌。布朗曾经说过："黑人圣歌，是即兴的集体意识的产物。"也就是说，黑人圣歌，是一代黑人的心灵之歌，沉淀着黑人的集体意识和记忆，那是心酸的，也是不屈的，是忧郁的，也是愤怒的。布朗曾经邀请保罗·罗伯逊和他同台演出，布朗把他收集并改编的黑人歌曲，请保罗·罗伯逊，并为他进行钢琴伴奏。这让保罗·罗伯逊一开始就有足够的粮食可吃，不必担忧断顿，在舞台上有那样多黑人的歌曲可以尽情去唱。他几乎一下子成为了黑人歌曲的代表，赢得观众特别是黑人的欢迎，是理所应当的。这让我不禁想起我们的草根歌手"旭日阳刚"，没有后续的歌曲可唱，便难以继续以歌代言农民工。

正如中国人对于保罗·罗伯逊有着特殊的感情一样，保罗·罗伯逊对于中国有着特殊的感情。那源于中国的抗日战争。1940年，保罗·罗伯逊字纽约露天音乐堂用中英文演唱了田汉做出聂耳作曲的《义勇军进行曲》，获得意想不到的成功。他用音乐表达了对于浴血奋战的中国人民的感情，对于那场残酷战争的愤慨。他后来出版了包括这首《义勇军进行曲》在内的歌曲唱盘，起名就是这首歌曲的英文名《起来》。当年，宋庆龄特意为他写了这样一段话，印在了唱片的封套上："中国已经从新的群众传唱运动中发现了反抗敌人的力量源泉。我很高兴得知保罗·罗伯逊的唱片将一些最好的歌曲翻唱给美国人，这是所有国家的人民发出的声音。"

当年，保罗·罗伯逊预言，这首歌曲将会成为中国的国歌。我想这不会是他对宋庆龄的投桃报李，而是一种富于眼光的远见。我想这大概源于他出身同样曾经受压迫的民族，才会对当时中国如此感同身受，对于向压迫者进行反抗有一种天然的情感联系，我们所说的心心相通，就应该是这样子吧？音乐有时候是不需要翻译的世界语言，可以在任何地方找到知音。从那时起，保罗·罗伯逊开始学习中文，后来可以阅读中文报纸了。新中国成立的时候，他特意向中国发来祝贺的电报。渴望到中国来，成为了他一生的愿望，阴差阳错，却也成为了他一生的遗憾。

我国对保罗·罗伯逊一直怀有感情。在诞辰100周年的时候，我们在北京中山公园音乐堂举办过纪念他的音乐会；在诞辰110周年的时候，我们在北京宋庆龄故居举办过他的纪念会。应该说，曾经在中国最危难时刻，保罗·罗伯逊曾经给予我们的支持和友谊，我们是不应该忘记他。老人河已经静静地流淌了半个多世纪，一直流淌到今天，流淌在我们的心头。

走出艺术中心，望望街对面，望望这座红楼，和楼前保罗·罗伯逊的雕像，似乎保罗·罗伯逊就站在我的身边。童年少年，乃至青春时节，他常常出入这里。即使1976年他在费城去世，离这里也不算远。毕竟这里是他的故地。

我愣了愣神儿，心里在琢磨，在他曾经居住过的老街，建一座以他的名字命名的艺术中心，惠及大众，或许是对保罗·罗伯逊最好的一种纪念方式？

在我们这里，愿意将过去的老房子辟为名人故居，这是一种传统的方式；如果老房子不在了，一切便容易只成为回忆或历史册页上的一则说明。在这里，普林斯顿却别开蹊径建成了一座"保罗·罗伯逊艺术中心"，让故居的作用进一步延伸，让历史走进现实，让人们对于保罗·罗伯逊的怀念，不仅仅流于千篇一律的观光凭吊单一形式，而是能够发挥他的影响力，对现代人有实际和实在的艺术陶冶和帮助。

我想，润物无声，或许正是保罗·罗伯逊愿意做的。

2010年4月—2012年7月写于新泽西

第 4 辑 · 我们都是小小的土块

我们都是小小的土块

到巴黎，我在奥赛美术馆里整整待了一天。那里有我太多喜欢的画家。米勒是其中一位。站在他的名作《拾穗者》前，比印刷品看得要清晰而丰富。它的画幅不大，给予我的震撼却如弥漫的音乐一般，持久难散。

那三位在如火的烈日炙烤下弯腰拾穗的妇女，逆光中，我几乎看不见她们的脸上的表情，只能看到她们手里和地上零落的谷穗以及她们身后的谷垛和远处的天光云色。没有我们画展上常见的那种丰收喜悦的金黄一片的谷穗荡漾，它的色彩是暗淡的，唯一的亮色，是三位妇女头上戴着的蓝、红、褐色的头巾。那颜色不是为生活的点缀或主题的升华，而是秉承着米勒一贯的主张：必得汗流满面，才能糊口为生。这样的主张，是极其朴素的，却是米勒一生艺术生涯的支撑。

对比我们的绘画，从中可以看出明显的差异。罗中立的《父亲》，画的也是农民，也是对于这样在土地上艰辛劳作的农民的情感表达。我们更愿意着力于面目皱纹细微的刻画，将土地遥远而且比艰辛更为复杂和丰富的感情背景，隐约或推向在画面之外。我们也更愿意替父亲的耳朵上夹一支圆珠笔，人为地进行主题的升华和现实主义的深化。

画《拾穗者》那一年，米勒已经43岁。作为一个画家，这不是一个小的岁数了，在巴黎，他却还籍籍无名。那一年，他从家乡诺曼底的乡下来到巴黎，已经整整20年了。他早已经无钱居住在房租昂贵的巴黎城里，像当时和如今很多流浪画家一样，搬离城市，到巴黎南郊的巴比松乡下，租住一间东倒西歪但便宜的茅屋，是他命定的选择。他就是在这里画下了这幅他自己最满意的《拾穗者》。他每年都把这幅画送到巴黎沙龙，希望能够参展，能够给他艰辛生活中一点安慰。那是当时画坛的权威，指挥并规范着这些出师无名画家的命运。只是，每一年，《拾穗者》都被退回。巴黎美术界那些高高在上的权威们，指责他画的那三个拾穗者，丑陋粗俗，面容呆滞，是三个田里的稻草人。他们嘲笑米勒是个土得掉渣儿的乡巴佬。

这样摩肩接踵的嘲讽和贬斥，这样一次又一次的失败，没有让米勒灰心。他知道自己的画作，不符合当时巴黎贵族的口味，那些戴着白手套端着香槟酒搂着纤纤细腰跳着优雅华尔兹的贵族老爷们，是看不起弯腰拾穗和躬身扶犁一脸汗水一脚泥巴的农民的。他犯不上为了迎合他们，改变自己的风格，进而改变自己的内心。面对命运的选择，他选择了失败；面对这些污水如雨倾泻而来的非议和一次又一次残酷的失败，他说，我绝不会屈从，我绝不让巴黎的沙龙艺术来强加在我的头上。你们说我是一个乡巴佬，我就是一个乡巴佬，我生是一个乡巴佬，死也是一个乡巴佬。

《拾穗者》的画面都是静穆的，有着古典主义的风格，却和传统的古典主义不尽相同，它给予我的是现代的感觉，靠近的不是遥远的天堂或虚构的世界，而是有着泥土气息的地面，是真正的田野，不是涂抹鲜艳颜色粉饰后或剪裁过的田野。最初，我看到的是，那种在田间艰辛劳作的农民日复一日的疲惫、沉沦，甚至是无奈得有些麻木。后来，我看到，米勒的画的农民，是沉默的，隐忍的。他们的劳作既是艰辛的，又是专心致志的；他们的心里既是枯寂的，又是心无旁骛的。我会感到那来自最底层的情感，那种情感，既是脸朝黄土背朝天的，是艰辛的，又是对于土地的血肉相连的，是亲近的，是米勒自己说过的一种在艰辛劳作中所能够表现出来的诗情。这样的诗情，如今在我们的绘画中已经很难看见，在我们欲望横流的世界，就更难难看见。

《拾穗者》创作于1857年，距今整整160年。160年前的画面，至今还能让我们感动，就是因为有这样的感情，这样的诗情，而有的不仅是社会学的，不是为了表达对农民的不平和不公的愤怒。米勒不是农民的代言人，他只是抒发了对农民和土地之间更为宽厚的感情和诗情。这种感情和诗情，便能够超越时代，而让我们后代人共鸣，那些画面中的农民，不仅是我们的父辈，也是同样在艰辛跋涉中付出过汗水也寄托着希望和诗情的芸芸众生中的我们自己。如同米勒最喜爱的画家米开朗琪罗曾经说过的一句话："我们大家只不过是慢慢地有了生气的土块。"我觉得米开朗琪罗说得特别的好，在命运的拨弄下，我们都不过是这个世界上一块小小的土块。乡巴佬米勒更是，只不过，我们可能再怎样慢，也还没有让自己的这块小小的土块有些生气；而米勒则用他的画笔，让自己的这块小小的土块有了160年来长久不衰的生气。

2017年3月22日于北京

拉斐尔的荆棘丛

号称"文艺复兴三杰",米开朗琪罗、达·芬奇和拉斐尔,都是意大利人。三个人的艺术成就不同,各自的性格也不尽相同。这三个人中,拉斐尔年龄最小,他比米开朗琪罗小8岁,比达·芬奇小38岁。但是,他活得年头最短,只活到37岁,几乎和达·芬奇同时先后脚离世;在他死后的44年,米开朗琪罗才溘然长逝。

命定的劫数,有时候真的是和人的性格相关联。

拉斐尔成名很早,得益于他的父亲——一位无名画家,给予他童年最初的绘画启蒙。16岁,拉斐尔离开家乡,拜师深造。无疑,这样阶梯式的教育,让他的基础打得很牢,再加上他得天独厚的绘画天才,这一切为他的成功铺垫下良好的条件。

更重要的是,拉斐尔赶上了一个适合他发展的时代。那时候,意大利宗教盛行,就连一位普通的农民,都愿意倾其一生积攒下的钱,从画家的手里买一幅圣像,悬挂在自己村落旁的教堂里，以显示自己对主的虔诚。因此，那些挂在十字架上的耶稣或各种形象的圣母像，特别受欢迎，以致让画家们应接不暇，供不应求。在画圣像方面，拉斐尔尤其善画圣母，他确实技高一筹，他的与众不同之处在于他圣母之前，总要找一个真人做模特，因此，他画的圣母，不会像很多画家轻车熟路的照葫芦画瓢，千篇一律，而是会有各种各样的圣母形象出现，而且，那些圣母不像是来自天上，而像是来自民间，总会让人有一种亲近感，像是自己的亲人，甚至母亲。这在几百年之后我们再看拉斐尔的那些圣母像，依然会感受到那种亲近的烟火气。

正因为如此，人们喜欢这样充满亲切感的圣母像，在安布利亚一带，前来找拉斐尔画圣像的人越来越多，他挣的钱便越来越多。拉斐尔19岁那年，已经腰缠万贯。

21岁那年，拉斐尔来到意大利的艺术之都佛罗伦萨，这是一个让他展开年轻的翅膀进一步高飞的地方。拉斐尔是一个长相英俊的人，面容像圣母一样姣好，而且，他谈吐优雅，风度翩翩，颇受佛罗伦萨上层各界的欢迎，无形中为他的绘画如虎添翼。那些有钱的商人，附庸风雅的贵族，都把能够结识拉斐尔为荣耀，把能买到拉斐尔画的圣像而得意扬扬。在佛罗伦萨的那些年，是拉斐尔春风得意马蹄疾的几年。

25岁那一年，他有了直接拜见教皇的机会。那时候，教皇尤里乌斯二世，雄姿勃发，野心勃勃，正需要找一位画家为他自己画像，好让自己威仪天下，千古流芳。拉斐尔生逢时地来到了他的面前，为他造像，让他非常满意，他不吝钱财，大把大把的银两付给拉斐尔。第二年，他又慷慨地授予拉斐尔"首席画家"的荣誉称号，并下令除了留下雕塑家米开朗琪罗和建筑家布拉曼特两人之外，解雇了其他所有的艺术家。拉斐尔再不是只在安布里亚靠给普通农民画圣像挣钱的画家了，也不再只是在佛罗伦萨给商人贵族画画挣钱的画家，他鲤鱼跃龙门一下子平步青云，成为了和他以前崇拜的米开朗琪罗平起平坐的画家了，成为了教皇尤里乌斯的"首席画家"了。这是一个多么大的荣誉，这是一个多么大的诱惑。

教皇尤里乌斯有辉煌的抱负，也有一言九鼎的权力。他要重铸城市的模样，建造意大利崭新的辉煌。他命令米开朗琪罗为自己雕塑塑像，布拉曼特负责修复圣彼得教堂，拉斐尔为梵蒂冈绘画装饰画。如今，这三处已经成为世界三大艺术奇迹。

是教皇的任务，让拉斐尔的才华得以更充分更广阔的展示，就像一位才华横溢的演员，有了万人瞩目的演出舞台。拉斐尔首先为梵蒂冈签字大厅的绘画，如今已这里经成为世界的艺术瑰宝。签字大厅，是教皇签署主教呈上各种文件的大厅。拉斐尔明白这个地方的重要性，至高无上的荣誉和辉煌的胜利，是拉斐尔为大厅做整体设计的主题；全盛时期恢宏的基督教和希腊文化，是所有绘画依托的背景。在大厅的天棚上，拉

斐尔展示的是基督教和希腊文化的美与荣耀，四围墙壁则分别
画出古代历史、哲学和文学艺术的种种场景和从圣母、阿波罗
众神到柏拉图，但丁忠诗人的群星荟萃。纷繁如云纷至沓来的
人物，辉煌如潮涌来的场面，交织成一阕交响曲，展示了历史
和艺术交织成的一天云锦，令人美不胜收。

梵蒂冈的绘画，让拉斐尔越发的声名大振。找他作画的
人，求他学艺的人，跟在他屁股后面的崇拜者和捧场的人，越
来越多，恨不得把他像宠儿揽在怀里，把他像上帝一样簇拥到
云端。那时候，拉斐尔住在罗马。教皇尤里乌斯已经去世，新
教皇利奥十世，延续了尤里乌斯对拉斐尔的器重，他不仅把拉
斐尔列入了教廷的名人册里，委任拉斐尔新的任务，让他担任
重建圣彼得教堂的总建筑师，同时，还特意赠给拉斐尔一顶红
衣主教的帽子，这是一种万千宠爱于一身的象征。

那时候，拉斐尔可谓名利双收，地位显赫，不可一世。

仅他为一位贵妇画的肖像画所得到的三千块金币报酬，就
可以在罗马买一座豪宅。来自上层尤其是皇室和教廷颁布下的
名声，和与此水涨船高滚滚而来的金钱，从来都是对于艺术家
致命的诱惑，既可以是一种激励向上的动力，也可以是一种舒
服下滑的引力，甚至是腐蚀力。

拉斐尔如日中天的时候，是他31岁的鼎盛年华，他像一棵
花繁叶茂的大树，日日有清风朗日不请自来，轻柔而多情的吹

拂和照耀。最为夸张的是，只要他走在罗马的街头，他的身后就会有五十多人追随，如蜂逐蝶，更如侍从卫队一样恭恭敬敬沿街一列逶迤而去，成为罗马街头的一道别样的风景。一位画家，能有如此殊荣和如此众星捧月的遭际，可谓前所未有的奇迹壮观。

峣峣者易折，盛名之下，让拉斐尔心理得到最大的满足，同时也让他的身体极大的透支。无论再伟大的艺术，还是再伟大的人物，在上帝面前都是平等的，命运之手，会让其得失最终达到平衡。命运会因过分的冷落或忽视而毁掉一个天才，也会因过度的荣耀和金钱同样毁掉一个天才。在创作最后一幅油画《超脱》的时候，拉斐尔撒手人寰。这幅画着耶稣从人世间荆棘丛中跋涉而出升入天堂的画面，拉斐尔再无法完成。

这幅画中的荆棘丛，是耶稣命运的象征，也成为拉斐尔自己命运的一种象征。过度的名声和金钱，成为了缠裹着他而无法迈出的荆棘丛，无法如耶稣一样跋涉过去而进入天堂，其实，我们每个人，尤其是今天卖画泛滥的画家，在生活和生命的途中，都会遇到这样的荆棘丛。是如耶稣一样勇敢地迈过去？还是如拉斐尔一样跌倒在荆棘丛中？就看我们各自的态度，能力，定力和造化了。

2017年3月20日于北京

醋栗的幸福

醋栗，是一种灌木。我没有见过，看图片，醋栗有黑色和红色之分，圆圆的，是那种比葡萄珠还要小的果子。黑的很像我在北大荒时见过的黑加仑，红的像那时漫山遍野的山丁子。

在文学作品中专门以醋栗为题的，我只见过契诃夫的短篇小说《醋栗》。这是他一百多年写的，现在读来，仍然具有如今我们不少小说中难有的现代味儿。所谓现代味，就是说它不像传统小说有一个小猫吃鱼有头有尾的故事，尤其要有一个令人意想不到的结尾，像夜空中蓦然迸放的一朵烟花。《醋栗》没有什么故事，结尾也没有那朵烟花。它讲了一个平淡的人一件平淡的事，用简单的一句话就可以讲完这个人这件事：一个土地主一直攒钱梦想买一个庄园，终于好梦成真。就这么简单，甚至有点儿乏味，契诃夫在这篇小说中不无嘲讽地说，人们其实想听"高雅的人和女人事"，甚至看那个在客厅里走来走去的漂亮的女仆，都要比听这件土地主买庄园的事"都美妙得多呢"。

这就是契诃夫的厉害。即使只是挂角一将的旁敲侧击，也让我们会心，或如一箭穿心，觉得一百年前的人与事，离我们并不远。这就是小说叙事的现代性。

难道如今的我们不是一样喜欢听"高雅的人和女人事"，喜欢看漂亮的女仆在我们面前晃乳摇臀吗？我们的小说里，我们的屏幕中，不尽是被这些人秋波暗送或撩拨吗？就更不要说梦想买庄园了。在这里，庄园或许大了些，但是，买一套乡间的别墅，或者买一套城里的大房子，该是多少人一辈子的梦想。谁能够想到呢，我们竟然和一百年多年前的契诃夫在这同一梦想前重逢。或者说，一百多年前，契诃夫就早早在那里等候我们了，守株待兔般知道我们一定得在那里撞在他的这株树上。

所有持有这同一梦想者，都会经历这样的三部曲，即想象自己住进这样的庄园、别墅或大房子的情景；开始广泛关注报纸上的地产广告；节衣缩食攒钱。契诃夫的小说《醋栗》中的那个土地主，一样奏响了这样的购房三部曲。只是他更为极端一些，为了购房款而娶了一位又老又丑的但有钱的寡妇，还不让人家吃饱，不到三年把人饿死了。他的庄园却终于买得了，志得意满之余，唯一遗憾的是，庄园没有他早早设想的醋栗。小说的题旨，在这时出现了。这是小说最关键的细节，更是指向明亮的明喻。契诃夫爱用这样的写作手法，比如《樱桃园》

《海鸥》《带阁楼的房子》。他愿意让它们说话，作为艺术的背景，和人物一起完成明暗之间的命运之旅。

试想一下，如果没有这个醋栗，一个买房人志得意满的故事，该如何述说？说得那三部曲再委婉曲折，不过和我们自己的生活大同小异。有了醋栗，全盘皆活，如同在一桶恹恹欲睡的鱼群中放进一条泥鳅。

为此，故事好讲了；人物活了；小说的主旨跟着深入了。

土地主先是买了二十墩醋栗栽下，日子开始"照地主的排场过了起来"。原来，醋栗不是一种普普通通的绿植，是他梦想中的排场与贵族身份的重要形式与内容之一，就如同我们必要在我们自己的新房里悬挂一幅印刷品油画一样。当然，可以将醋栗随意置换我们自己的心中所爱。

等醋栗第一次结果，仆人为他端来，土地主"笑起来，默默地瞧了一会儿醋栗，眼泪汪汪，激动得说不出话来，然后他拈起一个果子放进嘴里，露出小孩终于得到心爱玩具后的得意神情，说：'好吃啊！'"

紧接着，夜里，土地主"常常起床，走到那盘醋栗跟前拿果子吃"。如此，醋栗三部曲，方才曲终奏雅。所谓心满意足又激动难抑的心情，醋栗帮助了土地主更帮助了契诃夫出场完成。

契诃夫的更高明之处，不仅在于以醋栗完成对人物性格的塑造和对人物心情的描摹，更在于他对于幸福的认知与发问。是不是买了一套梦想中大房豪宅就是幸福？他讲这个土地主买房的故事时，一再说自己带有点忧郁的心情，他亲眼看到这个土地主是如此的幸福，自己"心里却充满近似绝望的沉重感觉"。他甚至感慨："这是一种多么令人压抑的力量。"在这里，醋栗，成为了契诃夫诘问和批评的这个幸福的代名词。

契诃夫说："如果生活中有意义和目标，那么，这个意义和目标就断然不是我们的幸福，而是比这更合理、更伟大的东西。"这个东西是什么呢？他没说。他只说天下还有不幸的人。但是，很明确，他指出这些以房子为意义和目标的幸福，不是真正的幸福。那只是属于醋栗的幸福。可怜的我们多少人归属这样的幸福圈里呢？在经历了普遍的贫穷和没有房子的痛苦之后，没有比房子更让我们纠结一生的事情了。房子，确实是我们的幸福，我们容易跌进安乐窝里，以为醋栗的幸福就应该是我们的幸福。

契诃夫在小说里说："那果子又硬又酸。"我没有尝过醋栗，不知道醋栗是不是这样的滋味。

2016年7月19日 于北京

《万卡》130年

《万卡》是契诃夫1886年写的一篇小说，距今130年。应该感谢这个世界上有《万卡》这样一篇小说。小说讲述的故事，是那样的简单，却是那样的撼动人心。

如果只是写一个9岁的叫万卡的小男孩，圣诞前夜，忍受不了离家在外学徒生涯的痛苦，给唯一的亲人爷爷写了一封诉苦求救的信。还会有《万卡》这篇小说这样的魅力吗？

可以肯定地说：不会。契诃夫让万卡写给爷爷的信，没有地址，是一封永远无法寄到的信。如果爷爷收到了信，也就不会有这样的魅力。

那么，如果仅仅写万卡寄出一封爷爷永远也不会收到的信，小说就真的具有了那样悲凉的魅力了吗？

如果仅仅这样写，只能说明契诃夫聪明。契诃夫的伟大，在于他没有将一篇内容丰富的小说处理成一篇简单的小小说，或欧亨利式结尾处的灵光一闪。在《万卡》这篇小说中，契诃夫让万卡一边给爷爷写信，一边回忆起和爷爷在一起的往事。

过去的事情，眼前的情景，两条平行线，同时运行，就像电影里的闪回，就像音乐里的二重唱。

契诃夫是以过去时态的叙述推动现在进行时态叙述，在这样过去与现在的互动之中，形成小说的合力，加剧了紧张感，才让小说最后的结尾苍凉而令人感慨和回味。

契诃夫在小说两大段过去时态的插叙里，极尽力量叙述的是过去万卡和爷爷在一起的欢乐时光，以此来对比万卡孤独一人在鞋铺挨打受骂吃不饱饭的痛苦生活。第一段插叙，契诃夫写这样三件事情，一是守夜人的爷爷的身边总跟着两条狗；二是爷爷和仆人们快乐的开玩笑；三说乡间雪夜美丽的景色，"整个天空缀满繁星，快活地眨眼。天河那么清楚的显现出来，就好像有人在过节以前用雪把它擦洗过似的"。第二段插叙，契诃夫写了两件事情，一是和爷爷一起去树林砍圣诞树，爷爷不住卡卡的咳嗽，树木被冻得卡卡的响，万卡学他们的样子卡卡的叫。二是女仆人给万卡糖果吃，还教万卡认字读书和跳舞。

在万卡写信时想起的这些人和事和风景，都是快乐的，而写的信的内容则全是悲伤的、痛苦的。这种明暗的对比，以快乐衬托痛苦，是这篇小说最主要的艺术特色。契诃夫就是用这样的方法，让一个小孩子给爷爷诉说自己的痛苦普通的一封信，有了这样震撼人心的冲击力。我们知道万卡的信写完了，那些快乐的回忆也就随之结束了，小说就要收尾了，而迎接万卡的是这封信永远寄不到爷爷的手里。这是一种多么让人感到悲凉的结尾。快乐的回忆是那样的短暂，可望而不可即，但是，痛苦却是还在眼前，而且将继续下去。这样的结尾，在万卡现实的痛苦生活和过去快乐的回忆交织一起。最简单最常用的插叙方法，在契诃夫的手里起到了这样大的作用，帮助契诃夫完成了比现实更具有力量的艺术空间的塑造。

契诃夫仅仅是为了以快乐对比痛苦吗？如果回过头来再仔细读一遍，会有新的发现。第二段插叙中，契诃夫特意写道，让爷爷在老爷家的圣诞树上给万卡摘一个圣诞礼物，其实，那只是用金纸包着的一个核桃，但是，万卡却让爷爷替他"收在那口小绿箱子里"。同时，万卡嘱咐爷爷："我的手风琴不要送给外人。"这是万卡的两个小小的愿望，说明他是多么渴望回到爷爷的身旁，而且，对于这个愿望的实现，他的心里是充满信心的。可是，他写给爷爷的这封信，却永远寄不到。这是多么残酷的事实呀。每一次读到这里的时候，想象着蜡烛光下写信的万卡，我的心里总会一颤，眼睛发酸。

除了快乐和痛苦的对比，还有希望在现实面前无情的破灭，万卡之所以让人心疼，让人悲伤，让人无奈，是由这样两种力量集为一束，冲击着我们的心。

还有一点，在第一段插叙中，契诃夫写了总跟着爷爷身边的两条狗，其中重点写了那条叫泥鳅的狗，它总是挨主人的打，甚至被打断了腿。泥鳅的命运，会让我们想起万卡。小说最后让万卡做了一个梦，梦见了爷爷，也梦见了泥鳅。读到这里，会让人多么的心酸，泥鳅还能够在爷爷的身边，而自己却不能。最普通的插叙方法，契诃夫将其用到了极致，看似不经意却有着这样细微而缜密的铺排，万卡这封著名的信，才富有了这样丰富而震撼人心的力量。真的，世界上存在着不知有多少封各式各样的信，我敢说没有一封信能够给予我们这样震撼心灵的艺术力量。

一篇那样短的小说，历经130年，还能让人读下去，并且读后令人感动甚至震撼，并不多见。这是契诃夫的魅力，也是短篇小说的魅力。好的短篇小说，远胜过泛滥成灾粗枝乱叶的长篇小说。音乐家德彪西说得对："有时候，大的东西让我恶心。"

2016年8月29日于北京

重读《荷花淀》

——孙犁先生逝世十四周年纪念

　　《荷花淀》是孙犁先生的名篇。每一次重读这篇小说，都有不同的收获。对战争的文学书写中，孙犁先生以此为代表，抒发了战争文学中鲜有的阴柔之美。《荷花淀》中那位没有名字只被称作水生嫂的女人，不是以往赵一曼或刘胡兰式的英雄，却一样的让我们感动而难忘。她所承载的战争残酷压力之下所散发出来的坚韧、勇敢与温柔，其鲜明的性格与形象，长久地走进我们的心里，走进文学史的长廊之中。

　　在以往的解读中，更多的是从水生嫂这样的性格、形象，和水生参军时、她与姐妹们寻找各自的丈夫时的言行以及与之相连的白洋淀的环境，来分析认知这篇小说。这当然是没错的。这一次重读，燃起我新的兴趣，并格外受到触动的则是小说所出现的苇眉子、菱角这样微不足道只是点到为止的东西。这些东西，都和荷花淀的生活乃至生存密切相关，是那里最为司空见惯的事物。它们既是小说书写的细节，也是小说构成的情境；既是人物的性情所至，也是小说氛围的弥漫。

或许，以苇眉子、菱角，作为重新解读这篇小说的路径，会让我们有一种新的感受。

小说一开始就让苇眉子先于人物出场："月亮升起来，院子里凉爽得很，干净得很，白天破好的苇眉子潮润润的，正好编席。"苇眉子潮润润的，是因为在水乡的缘故，也是由于心情不错的缘故。尽管人物还没有出场，但是，人物的心情先在苇眉子上闪现，就像戏台上人物还没有出场，锣鼓音先响了起来一样。心情的不错，才让这个晚上有明亮的月亮，还凉爽得很，干净得很。

接着，孙犁先生还是写苇眉子："女人坐在小院当中，手指上缠绞着柔滑修长的苇眉子。苇眉子又薄又细，在她怀里跳跃着。"还是在以苇眉子来书写心情。心情确实不错，否则，苇眉子怎么会"柔滑修长""又薄又细"？而且，活了一样，在她的怀里跳跃？

试想一下，如果写的苇眉子不是在怀里跳跃，而是在手上，或在膝上跳跃，还有这样的韵味和意境吗？必须是在怀里跳跃，苇眉子和水生嫂才有了这样肌肤相亲的亲密样子，这既是心情的表现，也是形象的勾勒。同时，也是人物与乡土之间关系的密切而天然的流露，小说中对待侵犯自己家乡的敌人的仇恨和抗争，才有了坚实的依托。只是，这一切，孙犁先生写得含而不露。

对苇眉子的书写，并没有到这里为止。孙犁先生进一步书写苇眉子，充分运用苇眉子，让苇眉子作为下面女人等待丈夫的出场前的音乐背景。这既是女人的心情展示，也是丈夫回家时带来要参军的消息的铺垫。他让苇眉子作为心情不错意境美好的代言者，有意和丈夫参军打仗的消息，做一个对比。这是以弱对强，以美好对残酷的对比。同样，这样其实蕴含着生离死别的强烈对比，让孙犁先生也写得含而不露。

看孙犁先生是这样写的："这女人编着席。不久在她身子下面，就编成了一大片。她像坐在一片洁白的雪地，也像坐在一片洁白的云彩上。她有时望望淀里，淀里也是一片银色世界。水面笼起一层薄薄透明的雾，风吹过来，带来新鲜的荷叶荷花香。"在这时，苇眉子已经变成了编好的席，而且，是一大片的席，她像坐在洁白的雪地和云彩上。这是小院里的一幅画。另一幅画，则由苇眉子扩展到了白洋淀上，不仅是雪地和云彩，而是一片更为宽阔的银色世界。在这里，还捎带脚带出了荷叶和荷花悄悄在远处隐现。苇眉子，便如同一个特写镜头，然后拉出一个长镜头，将我们从小院带到白洋淀。

这时候，水生出场了。这是一个多么恰当的出场背景呀。
苇眉子，如同一枚灵巧的绣花针，为我们绣出了一幅水乡温馨
的画面。这样的画面，是为了水生出场，也是为了和后面在荷
花淀里与敌人残酷而血腥的战争，做出的场景的对比和情绪的
烘托。

丈夫突然要去参军打仗，毕竟是残酷的战争，面临的是生
死离别，丈夫托付给女人的是一家老小，甚至还有面对被敌人
活捉时的同归于尽。做妻子的再坚强，也难免心里会震动一
下。但是，孙犁先生没有写女人心里的震动，他只是让她的手
指震动了一下，依然运用的是苇眉子这个在前面已经出现的几
乎是形影不离的道具："女人的手指震动了一下，想是叫苇眉
子划破了手，她把一个手指放在嘴里吮了一下。"用词多么巧
妙，又那么的恰如其分，苇眉子，已经和女人融为一体。孙
犁先生从来都是不愿意直接书写人物的心情，他总能随手在身
边，或在小说的行进中，找到书写心情的替代物，看似信手拈
来，却是像女人编席一样细致而缜密。他将看不见的心情，让
我们清晰看得见，并能够触摸到一个即将和丈夫分别且是战争
中生死未卜的分别时的细微感情，让我们读时心怦然一动。

小说的后半部分，写水生嫂和几个姐妹到白洋淀找自己的
丈夫，即那句有名的过渡句："女人到底有些藕断丝连。"
藕，自然也是白洋淀的特产，便也成为了心情自然而然的借

喻。在这一部分，孙犁先生写到了荷叶和荷花，不像苇眉子一样是为了人物的心情和小说的氛围，而是有自己明确的指向："那一望无际的密密层层的大荷叶，迎着阳光舒展开，就像铜墙铁壁一样。粉色荷花箭高高地挺出来，是监视白洋淀的哨兵吧！"或许，这样明确的象征，是可以料想得到的，并不新鲜。但是，在这段叙事中，有这样一小节对菱角的书写，可能会被我们忽略，却也可能会让我们读出别一番滋味。

女人划着小船在白洋淀寻找各自的丈夫却没有找到的时候，孙犁先生横插一笔写道："她们轻轻划着船，船两边的水哗，哗，哗。顺手从水里捞上一棵菱角来，菱角还很嫩很小，乳白色。顺手又丢掉水里去。那棵菱角就又安安稳稳的浮在水面生长去了。"两次"随手"，看似信手拈来的闲笔，却那样手到擒来。菱角同苇眉子一样，都是水乡常见物，一样为人物的心情服务，拿是拿得起，放又放不下，才下心头，又上眉头，将几个没能找到各自丈夫的女人落寞的心情，让捞上来又丢下去的菱角委婉而别致地道出，在这样菱角被捞出又丢下的起落之间，为我们画出一道漂亮而动人的心理弧线。

如果没有苇眉子和菱角，这篇小说该如何完成？还会是孙犁先生的小说吗？好的小说家，不是把小说做大，而总能在小说的"小"中做文章，达到曲径通幽的境界。荷花淀里最为常见的苇眉子和菱角，方才被孙犁先生点石成金。

在小说的结尾，孙犁先生写了这样一笔："敌人围剿那百顷大苇塘的时候，她们配合子弟兵作战，出入那芦苇的海里。"小说又回到了起始点，又回到了苇眉子。只是，在这时候，"柔滑修长""又薄又细"的苇眉子，已经变成了一片芦苇的海。这不是为了小说的首尾呼应和对比，而是让小说如水一样回环，气韵相通，浑然一体。

我说过，对孙犁先生最后的怀念方式，莫过于认真读他的文章。谨以此文纪念孙犁先生逝世十四周年。

2016年7月26日写于北京

想起了李冠军

如今，作家的泛滥和贬值，谁还记得中国曾经有一个名字叫李冠军的作家呢？

我一直觉得，散文是孩子文学阅读的最佳选择。我自己的少年时代最初阅读的正是散文。记得刚上初一不久，偶然之间，我买到一本中国少年儿童出版社出版的署名李冠军的散文集《迟归》。这本薄薄的小书，让我爱不释手，一连读了好几遍。书中的散文全部写的是校园生活，里面所写的学生和我的年龄差不多大，老师和我熟悉的人影叠印重合。

至今依然清晰地记得书中第一篇文章《迟归》的开头："夜，林荫路睡了。"感觉是那样的美，格外迷人。一句普通的拟人句，在一个孩子的心里升腾起纯真的想象。

文章写的是一群下乡劳动的女学生回校已经是半夜时分，担心校门关上，无法回宿舍睡觉了。谁想刚走到校门前，校门开了，传达室的老大爷特意在等候她们呢，出门迎接她们时却说："睡不着，出来看看月亮！"女孩子们谢过他后跑进校园，老大爷还站在那里，望着五月的夜空。文章最后一句写道："这老人的心，当真喜欢这奶黄色的月亮？"

已经过去了五十多年，一切却都恍若目前。尽管现在看，这位老人说的这句话，有些做作和多余。但是，在当时，那个少年眼里的五月的夜晚，那个奶黄色的月亮，那个传达室的老大爷，弥漫起一种美好的意境，总会在我的心中浮动，让我感动。

读完这本书，我抄录了包括《迟归》在内的很多篇散文。那情景，仿佛就发生在昨天。抄录的文章，尽管钢笔纯蓝色的墨水痕迹已经变淡，却和记忆一起清晰的保存至今。

可以说，这本薄薄的散文集，让我迷上读书进而学习写作。从那以后，我读了很多散文，在初三的那一年，我读到韩少华的《第一课》《考试》《寻春篇》《就九月一日》，写的也都是校园的生活，也都是以优美的文笔，美好的心地，书写校园里我所熟悉的老师和同学。韩少华的这几篇文章，我也都抄录了下来。可以说，新中国成立以来，李冠军和韩少华是校园散文的开创者，因为即使是迄今为止，也还没有如他们二位一样以散文的形式认真而专注的书写现在进行时态的中学校园生活。而最早结集成书的，只有李冠军的《迟归》。

我长大也开始写作以后，在20世纪80年代，结识了韩少华，曾经向他诉说了我的这一段阅读经历，表达了我对他和李

冠军的敬重和感谢。他对我说，李冠军是我二中读书时的中学
同学呀！中学毕业以后，他到天津当中学老师，可惜，他过世
得太早。

我这才知道，李冠军一直在天津当中学老师，难怪他的散
文写的校园，那么充满生活的气息。以后，很多的时候，我常
常会想起从未见过面的李冠军。他和韩少华一样的年纪，如果
他还活着，今年84岁了。可是，如今，不要说在全国，就是在
天津，会有多少人记得李冠军呢？记得他的那本薄薄的散文集
《迟归》呢？文坛是个名利场，势利得很。

是的，文学的品种有很多，除散文，还有诗歌，小说，戏
剧，评论等等。但是，我还是要说，在一个孩子最初的阅读
阶段，走出童年的童话阅读，最适合少年时代的，便是散文
阅读。散文，尤其是写孩子的生活或和孩子的生活相关联的散
文，因其内容亲近而亲切，更容易便于孩子接受；因其篇章短
小而精悍，更容易便于孩子吸收。无论是对于培养孩子的阅读
和写作的能力，还是培养孩子审美和认知能力，或是提高孩子
的智商和情商，尤其是情商，散文都具有其他文体起不到的独
特的作用。散文是孩子成长路上最便当最适宜的伙伴，就像能
够照见自己影子的一面镜子，能够量出自己长没长高的一种很
有意思的参照物。

想起我的少年时代，如果没有最初和李冠军的邂逅，当

然，我一样可以长大，但我的少年时代该会是缺少了多么难忘
的一段经历和一种营养。我和他在散文中激荡起的浪花，是那
样的湿润而明亮。那段经历，洋溢着只有孩子那种年龄才有的
鲜活生动的气息。在这样文字的吹拂下，会让自己的情感变得
细微而柔韧，善感而美好，如花一样摇曳生姿，如水一样清澈
见底。

从某种程度而言，一个人的成长史就是阅读史。可以这样
说，童年属于童话，少年属于散文，青春属于诗和小说。那
么，一个孩子独有而重要的少年时代的成长史，其实就是他或
她的散文阅读史。

想起李冠军，心里总会充满感谢和感动。

2014年4月23日写于世界读书日

怀念萧平

一直到今天，才知道萧平已经不在了，两年前2014年的2月就去世了。我真的惭愧自己消息的闭塞，竟然一点都不知道。想起今年年初到美国看孩子，在印第安纳大学的图书馆里，偶然间看到萧平的《三月雪》，颇有点儿意外重逢他乡遇故知的感觉。谁会想到呢，他已经不在了。

翻检年初读《三月雪》时随手做的笔记，抄录书中的片段，那一天细雪飘洒的傍晚，从图书馆里把那本《三月雪》借来重读的情景，一下子恍若目前。这是一本只有一百多页薄薄的小书，1979年人民文学出版社的新版。虽是新版，封面和旧版却完全一样，浅蓝色的封底，衬托着一束清新淡雅的白色三月雪花瓣。书显得很新，和我当年在新华书店的书架上最初见到它时，一模一样。只是里面多了两篇小说，感觉不过是多年不见的老朋友，个子长高或是腰围长胖了一点儿而已。

1964年，我读高一，买过一本《三月雪》，是1958年作家出版社的初版本，里面只有六篇短篇小说，其中最有名也让我最难忘的是《三月雪》和《玉姑山下的故事》。年初重读，忍不住先读这两篇。《三月雪》第一节开头写道："日记本里夹着一枝干枯了的、洁白的花。他轻轻拿起那枝花，凝视着，在他的眼前又浮现出那棵迎着早春飘散着浓郁的香气的三月雪，翁郁的松树，松林里的烈士墓，三月雪下牺牲的刘云……"一下子，又带我进入小说所描写的战争年代；同时，也带我进入我自己的青春期。这段话，我曾经抄录在我的笔记本上，52年过去了，许多东西都丢了，那个笔记本还在，纯蓝色的墨水痕迹还清晰在本上面跳跃。那时候，我16岁多一点儿。

《三月雪》和《玉姑山下的故事》，写的都是战争年代的故事。在20世纪50年代，与同时代同样书写战争的小说的写法不尽相同。萧平是把战争推向背景，把更多的笔墨放在了战争中的人性和人情之处。将战争的残酷和人性中的微妙，有机地调和一起。浸透着战争的血痕，同时又盛开着浓郁花香的三月雪，可以说是萧平小说显著的意象，或者象征。可谓一半是火，一半是花。

这两篇小说的主角，不是叱咤风云的大人或小英雄，都是小姑娘，清纯可爱，和庞大而血腥的战争，仿佛有意做着过于鲜明的对比。《三月雪》中，区委书记周浩很喜爱这个聪明伶俐的十一二岁的小姑娘，在离别前小娟孩子气地和他商量好，骗妈妈说要跟周浩一起走，走了几步，又跑回去告诉了妈妈真相，怕妈妈担心的那一段描写，现在读来还是那样的可亲可爱。

这应该是后来批判小说宣扬"人性论"和"战争残酷论"的重要证言或说辞；却也是当年最让我心动之处。《三月雪》中的小娟和妈妈在战争中相依为命又相互感染的感情，是写得最感人的地方。有了这样的铺垫，妈妈牺牲之后，小娟到三月雪下妈妈的墓前，才格外的凄婉动人。"天上变幻着一片彩霞。一只布谷鸟高声叫着从晴空掠过。""墓上已生出一片绿草，墓前小娟亲手栽的幼松也泛出新绿，迎风轻轻摇摆着。"。三月雪的花朵和彩霞和绿草和松树连成一片，成为我青春期一幅美丽的图画。

《玉姑山下的故事》中的小姑娘小凤，比小娟大几岁，应该和当初读小说时的我年龄相仿。小凤与小说中的"我"发生的故事，将青春期男女孩子之间情窦初开的朦胧感情，写得委婉有致。特别是放在战火硝烟的背景之中，这样的感情如鲜花一样开放，如春水一样流淌，却是极易凋零和流逝，便显得那样的格外揪心揪肺。这在当时描写战争的小说中，是难得一见的。其异于当时流行的铁板铜钹而别具一格的阴柔风格，是格外明显的。

四年未见的一对男女孩子，再次见面时，小凤"手扯着一枝梨花，用手一个瓣一个瓣地向下撕扯着"。当初读时就觉得萧平写小姑娘，总不忘用花来做映衬，上一次是用三月雪，这一次用梨花，足见他对小姑娘的怜爱，也足见他格外愿意以鲜花来对比炮火硝烟，而格外珍惜人性之花的开放。这篇小说最迷人之处是晚上的约会，"我"的渴盼，小凤没去后"我"到梨园找她时一路的心情和想象……那一番极其曲折又微妙难言的情感涟漪的泛起，写得一波三折，质朴动人。重读时候，还是让我感动。感动的原因还在于第一次读它的那时候，我也正在悄悄地喜欢一个小姑娘。我曾经把这篇小说推荐给她看过。

小说结尾，小凤成为了一名战士，骑着一匹红马从"我"身旁驰过，"我想叫住她，可是战马早已经驰过很远了。我呆呆地站在那里，望着那匹红马迎着西北风在山谷里奔驰着，最后消失在深深密林里"。那时候，我曾经特意给她读过这段话，是想讲小说收尾给人留下那种怅然若失的味道。世事的沧桑，中间又隔着和战争一样残酷的"文化大革命"，我想叫住她，可是那匹红马早已经驰过很远，消失在密林深处。

记得很清楚，年初重读《玉姑山下的故事》，让我想起乔伊斯的短篇小说《阿拉比》，同样写一个小男孩对一个姑娘悄悄的爱。一个从未去过的叫作阿拉比的集市，只不过因姑娘一次偶然提起，让小男孩连夜赶到了阿拉比，阿拉比却已经打烊。同样的怅然若失的结尾，让我感叹小说写法尽管千种百样，一个是战争年代，一个是庸常日子，一个是消失的红马，一个打烊的集市，人心深处的感情却是一样的，不分古今中外。萧平一点儿不比乔伊斯差。

今天知道了萧平去世的消息，心里有些不平静。年初读《三月雪》时，心里是安静的，是美好的，说充满想象的。因为那时一直都觉得萧平还活着，也因为想起50多年前最初读萧平时自己的青春日子。同时，还想起了30年前写长篇小说《早恋》和《青春梦幻曲》的时候，小轩愁入丁香结，幽径春生豆蔻梢，我的小说中那些男女中学生在青春期朦胧情感忧郁惆怅又美好纯真的描写，很多地方得益于萧平这篇《玉姑山下的故事》。当时写作时并未察觉，重读萧平时候，感到潜意识里代际之间文学血液的流淌，是那样的脉络清晰，又那样的温馨温暖。那时，觉得萧平即使离我很远，却也很近。

青春期的阅读，总是带着你难忘的心情和想象，它对你的影响是一生的，是致命的。它给予我的温馨和美感以及善感和敏感，是无可取代的。我应该庆幸在我的青春期能够和萧平相遇，感谢他曾经给予过我那一份至今没有逝去的美感、善感和敏感。

我和萧平有过一面之缘。是20世纪80年代之初，我和刘心武、梁晓声一起乘火车到蓬莱，路过烟台的时候，到萧平教书的学院里和他见过一面。但那一面实在有些匆匆，而且，那一次，主要是心武更想见他，主角是他们两人，因此，主要是听他们两人交谈。可惜，我没有来得及对萧平表达我的一份感情。一别经年，没有想到世事沧桑流年暗换之中，竟是唯一的也是最后的一面。

此刻，我想起了高一时候买的那本《三月雪》。1968年的夏天，去北大荒插队前的那天晚上，我的从童年到青年一起长大并要好的那个小姑娘，来我家为我送行，我把这本书送给了她。如果这本书还在，陪伴我们已经有52年了，萧平陪伴我们也已经有52年了。真的，我很想对他说说这样的话。并不是所有的人，所有的书，所有的感情，都有这样久的生命。

萧平如果活着，今年整90岁。

2016年8月11日写毕于北京

重读田涛

读高一那一年，在我们汇文中学的图书馆里，我偶然发现了一本短篇小说集《在外祖父家里》。那时候，应该感谢学校图书馆破例允许我进去自己挑书。在密密麻麻的书架上，为什么能与这本薄薄的小书邂逅，我真的解释不清，完全是一种阴差阳错，或者说是一种冥冥之中的缘分。

在此前之前，我根本不知道有这样一本书，也不知道作者是何人，我没有读过他的任何一篇作品。但是，这本书留给我很深的印象。现在想起来，大概原因有这样两点，一是他是以童年视角写作的小说，书中的那个叙述者小男孩，比我当时的年龄还要小，容易引起我的共鸣；二是他以第一人称"我"的回忆口吻，叙述河北农村的往事，和我在童年时跟随父亲一起曾经回到过的老家河北沧县乡间的生活，有着某种天然的联系，特别他的好多方言，比如称舅母为妗子，那么亲切，书中的大妗子、二妗子，家长里短，至今仍让我记忆犹新。那时候，我们学校有一个老师和同学办的板报《百花》，刊发老师和学生写的文学作品，我在上面写了一组《童年往事》，就是模仿《在外祖父家里》，回忆并想象着河北乡间关于我的外祖父、大妗子、二妗子以及童年小伙伴的往事。

于是，我记住了这本书的作者田涛。

52年过去了。这次来到美国小住，忽然想起了田涛的这本《在外祖父家里》。在美国借书，比在国内方便，好多想看的书，都会留到美国来借。我在印第安纳大学图书馆里，没有借到这本书。填好书单，一个多月后，我借到了这本书，同时还有田涛的另外两本书：1957年新文艺出版社《友谊》，1985年人民文学出版社《田涛小说选》。美国大学图书馆资源共享，这三本书分别是从耶鲁、康奈尔和亚利桑那三所大学调来的。

《在外祖父家里》，1958年新文艺出版社出版，183页，定价5角。重读旧书，仿佛重遇阔别多年的故人，有些喜悦，有些陌生。流年暗换之后，在那些发黄的沧桑纸页之间，是否真能够似曾相识燕归来？毕竟52年已经过去。

我迫不及待从头到尾读了一遍，田涛童年的记忆，交错着我的少年记忆，纷至沓来。河北平原乡间的人物与风情，至今读来依然感到是那样久违的亲切。性格从刚开始外祖母病重时气得胡子哆嗦敢拿菜刀和地主拼命、后来软弱成了一摊稀泥的外祖父，爱赌又顺从的大舅父，驯服蒙古烈马的好车把式二舅父，刚烈而离家出走的三舅父，持家心疼丈夫怪恨外祖父的大妗子，爱哭爱笑真性情的二妗子，还有"我"的小伙伴王五月和他直脾气敢扇老师耳光的奶奶，三舅父的好伙伴兴旺和三舅父爱着的年轻漂亮的李寡妇以及和"我"年纪差不多却心思并不一样的大妗子的女儿青梅……一个个依然活灵活现在眼前，重新唤回我少年时候的记忆，让我不禁感慨小说中人物的生命力，他们比我比作者都要活得更为久长。或许，这就是文学的魅力。

尽管小说无法摆脱当时阶级斗争二元对立的影子，但是，大多时候，是把这一斗争放在背景来处理，是以一个孩子的视角来看这些春秋冷暖，人情世故以及乡间的民俗风物。人物便有了鲜活的血肉，有了孩子气的爱恨情仇，性情迥异，带着河北平原朴素稚拙的乡土气息。如果和当时同样写作农村题材小说的李准相比较，差别是极其明显的。李准是紧跟时代的步伐向前走的，田涛则是回过头来向后走的，回溯到童年，钩沉自己的回忆。李准的人物，努力并刻意捕捉着时代的影子；田涛的人物，则融有着自己与生俱来的乡间情感。一个向外走，如蜻蜓紧贴着水面在飞，飞向外部广阔的世界；一个向内转，如蚯蚓钻进泥土，钻进一己窄小的天地。在文学创作中，所抒写对象的大与小，天地的宽和窄，与文学本身应尽的意义并非呈正比。小说自身的特质，有时候恰恰在于小说中的小。这正是1956年和1957年的文学创作中，田涛能够自有存在的一份价值。这一份难得的价值，至今依然被忽略。

今天重读这本小说集，所有篇章都集中在河北平原一个叫"十里铺"的小小的村子。应该说，这样一点，更是具有当时文学创作少有甚至是绝无仅有的一种创新价值。当时，并没有福克纳所说的抒写自己所熟悉的"一张邮票大的地方"的文学概念。在"五四"的文学传统中，也只有萧红集中自己家乡的《呼兰河传》和师陀的《果园城记》等为数不多的篇章。田涛将小说集中自己的家乡的一个村落，各篇独立成章，又相互勾连，彼此渗透，漫漶一体，不仅人物彼此血脉相连，风土风物，民俗人情，也枝叶缠绵，铺铺展展，蔚然成阵，富于勃勃生命，构建成一方虽小却独属于自己的小说世界。

外祖父的梨树林、兴旺爹的瓜园、村子里那口甜水井，那座破庙改造的小学校，大人们擂油捶的油作坊和做棺材套的木场子，孩子们抽鸽子柏树坟、捉鱼的苇塘壕沟和拾落风柴打孙军（一种游戏）的旷野……这些场景，散漫却集中在同一个村落，如同多幕剧的一个舞台，变幻着不同装置的场景，演绎着一组相同人物的悲欢离合。

能吃到肉丸子的娶媳妇时候才有的伏席，以及"我"的那件只是在第一天来外祖父家、上学和吃伏席才穿过三次的蓝大叶子（长衫），还有过年时挂在门口麻绳上的年灯和结起一层薄冰的村头街口炮仗红纸破皮壳子的碎草纸，农家桌上那盏冒着蜻蜓头似的黑蕊的小油灯，田野里开着碗形白花的胡萝卜和开着蝴蝶形蓝花的马兰草……——如风扑面，似水清心，不仅成为小说存活重要的背景和氛围，人物生长细致入微的细节与生命，也成为了小说另外的一个个主角，让这一场多幕剧有了浓郁的生活气息和艺术氛围，带有贫穷生活和孩子内心的些微伤感交织而成的抒情性，玲珑剔透，多彩多姿，撩人心绪。

重读田涛这本小说集，让我想起日后莫言所写的高密家乡小说系列和苏童早期小说中的香椿树街。50多年前，田涛就这样写过，将人物与背景毕其功于一役，集中在一处的方寸天地之间，今天看来，也许算不得什么新奇，但在当时，却具有某些现代的小说意识与姿态。

当然，今天重读田涛，更加吸引我并能唤回我学生时代记忆的，是他以一个孩子的心理书写的笔法和笔调。这便不只是回忆，回忆中更多的是感情，而这样笔法与笔调的书写，除了感情，更是生命的投入和再现。无论"我"，还是小说中其他人物，便都不是那种老照片。所以，他才可以写的那样逼真，总会在情不自禁中跳出当时阶级斗争的模式而进入人心深处，特别是进入难得的童年淳朴而丰富的世界。

他写每年七月十五给外祖母上坟，母亲都要嘱咐"我"在外祖母的坟头上哭，要不外祖父就不给梨吃。"我"就跟着大人哭。离开坟地，看见母亲的眼睛都哭红了，也不敢开口要梨吃了。这样微妙的心理，是独属于孩子的。不是那种外祖母被地主逼死而怀有一腔愤恨痛哭的那种外在的描写。

他写"我"帮助王五月砸开脖子上的银锁，丢进水坑里，那是奶奶为让孙子能够好好长大的救命锁，奶奶大骂孙子，不许他以后再和"我"一起玩，自己每天都到水坑里用大竹竿子去捞银锁。王五月趁奶奶不注意，跑到我一直躲藏的大树后来，找我一起玩，捉一只蚂蚁，放在树枝上，看它"爬上爬下，像小人迷了路，怎么也找不到回窝的路了"。少年不识愁滋味，完全是一种吃凉不管酸的孩子心态，更反衬出奶奶的心酸。

高粱秀穗时到高粱地批叶子，"那亭亭直立的高粱秆，滑擦过我赤裸的肩膀，高粱顶端被震下的细水点子溅在我的脖颈上，凉森森的，旁边豆地里有蝈蝈在叫，远远近近的庄稼地里，都有虫子叫。我的鼻子不仅喜欢嗅高粱地里清凉气息，我的耳朵也被旷野里传来的虫子的叫声吸引住了。""小风一吹，杜梨树上的针（即蝉）便叫起来，小小的叶子，打着枝子，唱着歌，熟透的杜梨，珠子一样落在地上。"真的写得很美，是艰辛生活中只有孩子才有的和田野相亲相近的透明的心情。

为吃伏席，"我盼着树叶儿发黄，盼着树叶儿落，盼着那料峭的西北风快些吹来。好把这大地上的一切青色变黄，一切小虫子冻死，让那些小濠坑儿里地上的水结起带有花纹的冰片。到那时，兴旺就会坐着篷窿儿车把新娘子的花轿接过来，我们就可以伏八碟八碗的酒席了。兴旺把新娘子娶过门后，他也会带着新妗子陪我们往旷野里去拾落风柴的。想着兴旺的美事，自己仿佛都着急。"如果没有这样孩子气的描写，小说该减了多少成色。

即便写老一辈人艰辛的日子，这样孩子细若海葵的笔触和情如微风的笔调，也让大人的世界变得那样令人在心酸之中有了难得的温情。大舅父被外祖父赶出家门去谋生，外祖父复杂的心情，在孩子的眼里是这样的一种描写："大舅父走后，外祖父的性格更显得冷漠。妗子们不愿同他多谈话，他也不同家里的人谈什么。每天除了走进梨树林，一棵梨树一棵梨树地数着上面的梨儿，便坐在大柏树间的窝棚里吸旱烟。有时候，他叫我陪他一同坐在柏树杈间的窝棚上，伴着他的寂寞。"外祖父后悔自己把捉来的鱼交给地主家后的心情，在孩子眼睛中是这样的描写："外祖父坐在旁边，低着头，一句话不说，只是擦萝卜片儿，擦完一个萝卜，又从旁边捡起一个来，一直把他身边的一堆萝卜擦完了，头都总不抬起来。"他写得真好，把一个把万千心事都埋在心底的孤苦老人的心情，写得那样含蓄不露，蕴藉有致。那些数不清的梨树上梨儿，那些抽不完的旱烟，那些擦不完的萝卜片儿，都是外祖父的心情，也是"我"

对外祖父的感情。

这样以孩子视角与心理铺陈的小说叙事策略，让我想起和田涛同时代的作家刘真的《长长的流水》，和国外的作家如乔伊斯的小说集《都柏林人》。这不仅在当时属于凤毛麟角，就是如今也与那些热衷描写孩子热闹外部世界的小说拉开了距离。一本小说集，经历了五十多年的光景，还能让人看下去，不仅能看，而且耐看，实属不容易。并不是每个作家都能这样的。我边看边做笔记，竟然抄录了那么多，就像52年前上中学时做笔记一样。可惜，那些读书笔记都已经不在了。但是，记忆还在，而且那样深刻，温馨，清晰如昨。

我没有见过田涛，但心里始终记住他，因为我曾经受益于他，他曾经是我中学时代文学的启蒙之一。我知道他是河北的作家，前些年，也曾经向袁鹰老师打听过他。可惜，那时他已经去世多年。我知道，他命运坎坷，在写作《在外祖父家里》之后，再未能天赐机缘让他持续这样得心应手的写作。相反，在唐山大地震中，他付出了妻子和一个女儿的生命代价。

今年恰逢田涛诞辰百年。竟然那么巧，他的生日和我的生日是在同一天。

2016年3月21日写毕于布鲁明顿

放翁晚年的一个梦

放翁晚年，曾经作过一首名字叫作《梦中行荷花万顷中》七言绝句。那是放翁86岁临终前几天的所作。这是一首非常有意思的诗，记述的是放翁一个奇特的梦，居然梦见健步行走在荷花怒放的万顷荷塘之中，丝毫未见86岁这样年龄老衰的颓然和步履的蹒跚，梦的是如此汪洋恣肆的艳丽和开阔。如果对比放翁临终之作《示儿》，同样也是一首七言绝句，完全是两种不同的境界。

"老去已忘天下事，梦中犹看洛阳花。"这也是放翁晚年的诗句。梦中看花，看来对于放翁不是一次的偶遇。只不过，这一次比洛阳花更为奇特，是一碧万顷的荷花。

这首诗，放翁是这样写的：

天风无际路茫茫，老作月王风露郎。
只把千尊为月俸，为嫌铜臭杂花香。

以前我没有读过这首诗，当我读到这里的时候，眼睛一亮，心头一震，暗想放翁一定有先知先觉，有着无比的洞察力和预测力，这首诗简直就是专门为了800余年后的我们的今天而写的。如今，很多的诗人和作家，早已经脱贫致富，作家收入排行榜更是令人艳羡，不会如放翁一样"医不可招惟忍病，书犹能读足忘穷"一样的尴尬和无奈。但是，铜臭早已经淹没了花香的现实，却让放翁一语中的，如此的料事如神，像是钻进了我们肚子里的一条悟空式的蛔虫。想想，如今，纵使有万顷荷花，放翁再有想象力，可能永远想象不到，要去看，得要买门票的，而且因有荷花作展，门票是要加价的。想做月王风露郎，囊中羞涩，也不那么容易了。

或许，这实在是读完放翁这首诗后有些丧气的事情。800年后，与放翁相比，时代的变迁异常巨大，但诗心与诗情，乃至写诗者和读诗者的感官与感觉以及背后全社会的道德感和理想力，却是没有进化，而只有潜移默化的变化，或者触目惊心的退化。

忍不住想起800年前的放翁。"利名皆醉远，日月为闲长"，那时候，放翁有了这样气定神闲的心态；"研朱点周易，饮酒和陶诗"，那时候，放翁有了这样的旷远豁达的情致；"小草临池学，新诗满竹题"，那时候，放翁满眼都是诗。对于过去曾经发生过的一切，他的态度是"荣枯不须计，千古一棋枰"；对于疾病和贫穷，他说得达观而幽默："留病三分嫌太健，忍疾半日未为贫"；对于鹊起的声名，他看得更为透彻，"镜中衰鬓难藏老，海内虚名不救贫"。

那时候，过眼的一切真正成为了浮云，放翁把自己定位于一个年老病多的诗人，而不再是金戈铁马的将士，更不是拥有资历显赫老本可吃的老臣或元老。远避尘嚣，读书和写诗，真的成为了他自己的生活和生命的一部分，而从来没有如今天的我们考虑过码洋、印数、转载、翻译、评论或获奖，或弄一笔赞助开一个广散红包的作品讨论会。

"挂墙多汉刻，插架半唐诗"；"浅倾家酿酒，细读手抄书"；"诗吟唐近体，谈慕晋高流"；"古纸硬黄临晋帖，矮笺匀碧录唐诗"；"细考虫鱼笺尔雅，广收草木续离骚"……这样的诗句，在放翁的晚年中俯拾即是。书不再是安身立命的功名之事，而是一种惯性的生活和心情的轨迹，就像蛇走泥留迹，蜂过花留蜜一样，自然而然，甚至是天然一般。他不止一次这样写道："引睡书横犹在架""体倦尚凭书引睡"，能够想象那时他的样子，一定是看着、看着书，眼皮一打，书掉在地上，书成了安眠药和贴身知己。

那时候，他说"羹煮野菜元足味，屋茨生草亦安居"，如此的安贫气全，没有我们现在好多人急于换一处大房子的心思，更没有非要住别墅的欲望躁动。还有一句诗，放翁是这样写的：“敲门赊酒常酣醉，举网无鱼亦浩歌。”似乎可以找到800年后的我们底气不足以及和放翁差别的原因，起码我不能做到“举网无鱼亦浩歌”，我更看重的是网里得有鱼，且是大鱼，我就像是普希金《渔夫和金鱼》里古老故事里的那个老渔夫，怎么也得打上一条金鱼来，否则怎么交代？因此，便不会做放翁那样的无用功，举网无鱼，还要傻了吧唧地吼着嗓子去唱歌，而且是浩歌。

所以，我们老时做不出放翁一样行荷花万顷之梦。

2017年4月23日改毕于北京

八面风来山镇定

在印第安纳大学图书馆里，看到方守彝的《纲旧闻斋调刁集》，眼睛一亮，立刻借回来读。之所以选择了方守彝，是因为曾经读过这样一则短文，讲方守彝和他的父亲的一段小故事。

方守彝的父亲方宗诚，是桐城派的重要人物，曾经在枣强县做过几年的县令。过去的俗语：一年清知府，十万雪花银。正所谓即使是于官不贪，也是于官不贫。但是，方宗诚却坚守清廉之道。清光绪六年，方宗诚辞官返乡时，枣强县的朋友不忍心看着他就这样两手空空归去，便纷纷解囊，慷慨赠银。盛情难却，方宗诚只好收下，将其打成薄薄的银片，分别夹在自己的几十卷文稿中，准备回乡后作为印书的费用。谁想回家后被为父亲整理书稿的儿子方守彝看到，以为是父亲当县令时收受贿赂的赃款。父亲告他实情，他还是不客气地对父亲说："用礼金印书，文章会因之黯然失色，为儿今后还能读父亲的大作吗？"他又对父亲说："父亲平时有心兴学，不如将礼金送回枣强以做办学之用。"这一年，方守彝33岁。

这则短文印象很深，是因为让我想起如今不少官员私人出书，所用公款，毫无愧色；就更不要说那些肆无忌惮受贿敛财豪取鲸吞的贪官污吏了。方守彝却能够帮助父亲守住读书人的本分，坚持清廉之道，实在令人钦佩。

我记住了方守彝这个名字。

作为晚清桐城派尾声的诗人方守彝，如今已经少为人知。他的同时代人称他的诗"体源山谷，瘦硬淡远"。这话说得不像如今文坛一些拿了红包的评论托儿的阿谀之词。读方守彝"小园花树关心事"，"秋来天大千山秃"；再看黄庭坚"篱边黄菊关心事"，"落木千山天远大"，便证明"体源山谷"信是不假。再读方守彝"五夜青灯呼剑起，一天黄叶携风来"；"白练远横天吸浪，黄云无际麦翻风"；"园竹不肥存节概，海棠未放已风流"；那风和剑、天和浪、麦和风的呼应；黄叶与青灯、黄云与白练的色泽清冽的对比；竹子气概与海棠风流的存在背景意在言外的抒发，自可以看出"瘦硬淡远"，并非虚夸。

我读方守彝，除"瘦硬淡远"外，还有清新雅致一面。"结彩空门佛欲笑，堕眉新月夜来弯"；"四山真似儿孙绕，万马能为罴虎横"；"梅影纵寒无软骨，酒杯虽浅有余香"；写新月为夜来而弯，写群山如儿孙而绕，写梅写酒，语清词浅，都有清心爽目不俗的新颖之处。再看他写雪："店远难沽村断径，风寒如叟发全斑"；"高天定有清言在，但看缤纷玉屑飞"；前者把雪比喻成白发斑斑，后者将雪比喻成清言纷纷，总能在司空见惯里翻出一点新意，实属不易。

在这本《纲旧闻斋调刁集》里，我最看重的是那些书写乱世之中苦守心志的诗篇。"报国难凭书里字，忧时欲拨雾中天"；"忧来世事无从说，话到家常有许悲"；"诗来苦作离骚读，恨起微闻古井澜"；并非躲进他的纲旧闻斋成一统，隐遁在沧桑动荡的红尘之外，而是心从报国，忧来世事，应该说更属不易。如同他自己的诗中所说："语来万斛清泉里，意在三峰华岳中"，方守彝的诗，才有了他自己与万千世界相连的开阔的意象和寄托，才有了今天阅读不俗的价值与意义。

方守彝生活在清末民初从太平天国到辛亥革命的动荡时期，他的同代人称其为"命重当时，离乱俯然，身居都会，不夷不惠，可谓明哲君子矣"。这个评价，特别说他是"明哲君子"，是名副其实的。他不是如秋瑾一样的革命志士，也不是如龚自珍一样的呼吁革新的风云人物。但在乱世之中能够明哲保身，守住读书人的一份良知，并不是所有知识分子都能做得到的。方守彝的诗中有这样的诗句："八面风来山镇定，一轮月明水清深。"便最让我难忘。同样的意思，他还一再写道："清月乍生凉雨后，高山自表乱云中。"可以说，诗里的山与水与月，是方守彝做人与作诗的明喻，以自己的镇定与清深，对应并对峙的是外界的乱云飞渡和风吹草动。这里的清白与定力，是明哲君子的品性，也是做明哲君子的基础。

对于人生处世，方守彝有一个"浑沌"之说。这个"浑沌"，不是郑板桥"难得糊涂"的"糊涂"。方守彝说："人能浑沌，则不受约束，无所沾滞，有自在之乐。"他进一步解释："忘老衰之忧，顺时任运，不惧不足，不求有余，尤为浑沌之态。"这个"浑沌"说，是方守彝的人生哲学，可以说是他的自我安慰，甚至有些宿命，却也可以说是他律己的要求。他说的"不惧不足，不求有余"，对立的是贪心不足，欲壑难平。方守彝的这话，让我想起他33岁那年发现书稿中夹有银片时对父亲说的那番话，前后的延续是一致的。那是一种安贫乐道，坚廉不苟的君子之风。所谓明哲保身，保住的正是这最重要的一点。而这一点，恰恰会让今天我们的知识分子汗颜。我们如今不是"浑沌"，而是过于清醒，明确得如巴甫洛夫学说中的一条徒挂虚名的名犬，知道两点一线的距离最近，知道我们自己想要什么，并通过什么样的路径，可以迅速叼到。

方守彝诗云："止可坚安君子分，羊肠满地慎孤征。"一百年过去了，如此一个"慎"字，依然可以作为我们今天的箴言。

2016年4月7日美国归来

悬解终期千岁后

熊十力是当代大儒，当年，他曾在梁启超主编的《庸言》杂志上发表文章，批判佛教思想。当时，梁漱溟两次自杀，屡表素食，舍身求法，一心佛门，笃信非常，岂容熊十力如此对佛教的亵渎？便发表长文《究元决疑论》，指名道姓痛斥熊十力愚昧无知，词语尖利，如火击石。战火挑起来了，学界一时大哗，熊梁二位都是大家，各自拥有的学问和文字，都是各自的利器，不知会出现什么情况。

谁知，没有出现一些人们料想的战火。熊十力认真读完梁漱溟的文章之后，并没有动肝火，相反觉得梁漱溟骂的并非没有道理，开始认真钻研佛教，但道理究竟在何处，他一时尚未闹清。于是，他修书一封给梁漱溟，希望有机会得一晤面细谈请教。梁漱溟很快回信，欣然同意。两人这一年便在梁漱溟借居的广济寺会面，相谈甚欢，相见恨晚，一语相通，惺惺相惜。

从此，两人建立了长达半世纪之久的友谊，传为令人钦佩而羡慕的佳话。解放之后，梁漱溟遭受批判，熊十力多次站出来为梁漱溟说话，显示出一介书生的肝胆相照的勇气。而梁漱溟在熊十力最为落寞、学术界毫无地位可言的晚年，不仅写出《读熊著名各书书后》，并且摘录《熊著选粹》，极力张扬熊说，以示后学，显示出高山流水难能的知音相和之情和患难与共的友情。

马一浮是当代另一位大儒，熊十力和他的交往，也很有意思。马一浮是有名的清高之士，孤守西子湖畔，唯有和梅妻鹤子、朗月清风相伴，凡人不见。熊十力托熟人引见，依然不果。但是，学问的吸引，惺惺相惜，渴望相见之情越发强烈，想不出更好的法子，熊十力便径自将自己的《新唯识论》寄给马一浮，希望以彼此相重的学问开路，从而叩开马一浮的西子之门。谁知，数十日过去，泥牛过海，依然是潮打空门寂寞回。

熊十力正值失望的时候，忽然自家屋门被叩响，告他有人来访，他推门一看，竟是马一浮。马一浮正是读完他的《新唯识论》后，对他刮目相看，同梁漱溟一样，和他相见恨晚，相谈甚欢。彼此对于学问的共同追求，是搭建在相互心之间最后的桥梁，再遥远的距离，也就缩短了。从此，两人结下莫逆之交，后来，《新唯识论》一书便是马一浮题签作序出版的。

但是，再好朋友也是两人相处，决非一人是另一人的影子，更何况都是各持一方学问的大家，性情中人，自尊和自傲之间，矛盾和摩擦总在所难免。

抗战时期，马一浮在四川乐山乌龙寺办复性书院，请熊十力主讲宋明理学，熊十力作了开讲词并备好讲义，没想到和马一浮在一些问题上发生了分歧。学问家各自的学问，都是视之为生命的，楚河汉界，各不相让。争论之下，各执一词，坚持己见，谁也说服不了谁，居然闹得不可开交，一时竟无法共事，不欢而散。这是谁也没有料想到的结局，谁也不想看到的结局，同时，又是无法避免的结局。

可贵的是事后，两人没有意气用事，而是都冷静下来，和好如初。不同的见解，乃至激烈的争论，对于上一代的学问家，不会影响彼此的友情，相反常是友情能够保鲜和恒久的另一种营养剂。

1953年，熊十力70岁生日时，马一浮特写下一首七律，回顾了他们几十年的友谊："孤山萧寺忆清玄，云卧林栖各暮年。悬解终期千岁后，生朝长占一春先。天机自发高文在，权教还依世谛传。刹海花光应似旧，可能重泛圣湖船。"在这首诗中，马一浮还在说当年争论的事情呢，而且，不止是一次的争论，一直都没有和解，一直都在各自心里坚持，和解是要"悬解终期千岁后"。但是，这样的争论没有影响他们之间的友情，这首诗中传达出马一浮对熊十力的友情，让熊十力非常你给的感动。熊十力很珍视马一浮的这首诗，一直到晚年背诵得依然很熟。

名人之所以称之为名人，在于他们各有各自的学问，也在于他们各有各自的性格。按研究这些大儒的学者的分析，就性格而言，熊十力和马一浮相比，一个"简狂"，一个"儒雅"；熊十力和梁漱溟相比，一个有似于《论语》中所说的"狂"，一个则如《论语》中所说的"狷"。学问的不同，没有门户之见；文人相轻，不仅重的只是自己的学问，相反却可以寻求"求己之学"，相互渗透的志趣。性格的不同，不是有你没我，而是可以获得"和而不同"，互补相容，相互裨益的效果。那学问里方如大海横竖相同，那性格里包容的胸怀，方才令人景仰。

如今，我们学界和文坛，没有这样"悬解终期千岁后"的争论，只有甜蜜蜜的评论，我们便当然也就没有熊十力和梁漱溟、马一浮这样的大师。

2017年3月12日于北京

诗的救赎

如今，电视屏幕的娱乐节目，几乎被搞笑的小品相声和娱乐化的相亲做饭等板块所占领。丁酉新春伊始，央视一套推出中国诗词大会（第二季）的节目，颇为值得一看。我是从第四场偶然间看到了，立刻被吸引，便又找到回放，补齐前三场。现在，十场比赛落下帷幕，让我看到在泛滥的娱乐节目中难得的那一点文化的影子，尤其又是我国传统文化美丽的疏影横斜。

中国古典诗词，尤其是我们的唐诗，真的是世界绝无仅有的一种文学样式，同时又是我们民族从古至今代代相传潜移默化的文化营养。即使过去了上千年，它们和我的生活、我们的情感，我们的精神，还是那样息息相关，而且，离我们是那样的近。可以毫不夸张地讲，现今存在的一切以及我们内心所思悟、情感所需要，梦想所企盼的一切，在唐诗中都可以找到这样诗性的对应，非常的奇特，而且，非常的准确，非常的好懂易记，又非常的含蓄蕴藉和浓缩。面对当今纷繁变化的世界，我们需要包括唐诗在内的中国诗词这样带有古典情怀的诗性的营养，起码对于我，需要这样诗性的释怀，甚至救赎。

节目中，无论是百人团形形色色的参赛者，还是主持人和点评嘉宾，都值得点赞。从某种程度而言，古诗词是一种游戏，其游戏的特点在于我国文字魅力的独特性，其中词与词、字和字之间细致入微、紧密非凡而奇特无比的关系，亦即如布罗茨基所讲的："一个词在上下文中特殊的重力。"这是中国古诗词独有的语言系统、美学系统和价值系统。这些系统不是正襟危坐的高头讲章，而是温润清澈，如水流动，真的是一种中国文化独有的奇妙而有着特殊重力的存在。

中国诗词大会抓住了其游戏的特点，让节目在比赛中变得好看，同时，传播了经典传统的文化。更重要的是将参与者的人生与精神和我们的古诗词密切交融，互为镜像，更让我们能够有意识地靠近它们庇荫取暖，读诗洗心，以此完成了对于我们今天残缺的精神和娱乐化节目的救赎。

在这个节目中，最让我感动并难忘的，是来自河北农村的一位普通农民，40岁的白茹云。她在比赛中淡定而坚定，最后脱颖而出，完全答对了题目，真的是不容易，那九道题让我来答，我是答不全的。六年前，她患有淋巴癌，住院化疗期间，无所事事，在医院旁边的小摊上买了一本唐诗鉴赏辞典，躺在病床上看，住院一年，看了也一年，一首首地看，一首首地抄，一首首地背，燃起了她对古诗词的爱。是古诗词帮助她走出死亡的阴影，战胜了生活的贫寒和化疗的痛苦，完成了她生命更是精神的救赎。

主持人董卿，是我看到她主持节目中的最好的一次。在节目中，她引用别人的诗句说：生活中不仅有眼前的苟且，还有以后的苟且，正因如此，我们更需要诗和远方——她敢于在中国古诗词中面对今天的苟且，让她在这个节目中显示出了她知性素养和感性真情的一面，她情不自禁地落泪，和即兴而来的吟咏，摆脱了以往节目中一些端起架子的造作和程式化的空洞。可以说，这些其实就是今天无奈的苟且，她是清醒的，是中国古诗词让她有勇气清醒地面对今天的苟且，并帮助她有力量战胜苟且而完成对自己和电视节目的救赎。

一个普通的电视节目，能够如此完成对于我们自身的生活和电视节目的双重救赎，是不简单的，不容易的，尽管这样的救赎只是浅近的尝试和开始。

其实，我们每一个人都有属于自己的苟且，因此，都需要属于我们自己的精神救赎，哪怕只是一点点，因为我们每一个人都有属于自己心里的一点点的期许，一点点对自己的祈愿，和对他人的祝愿。当然，救赎的方式是多样的，中国古诗词只是其中一种。前辈学者钱穆先生，在论述中国古诗词时曾经说过这样的话："中国古人曾说'诗言志'，此是说诗是讲我们心里的东西的。"在这里，对于"诗言志"的"志"，钱穆先生做了最好的解释，而不囿于传统和现时惯用的那种宏大的指向，强调的是"心里的东西"。

我想，大约是古典诗词区别于新诗乃至文学其他品种最特殊的地方，也是最迷人的地方，最让我们感到亲近的地方。所以，钱穆先生又说："正因文学是人生最亲切的东西，而中国文学又是最真实的人生写照，所以学诗就成为学做人的一条径直大道了。"这是学习中国古诗的更高境界了。这样的境界，就是诗帮助我们完成救赎之后所达到的境界。

2017年2月12日 于北京

学之五界

　　71年之前，即1943年，京剧名伶余叔岩去世之后，有一位名为凌霄汉阁的剧评家，写了一篇题为《于戏叔岩》的文章，在当时颇为出名。至今，在评论余叔岩成就得失的时候，仍然不能不读这篇文章。那个时代，老生皆尊谭鑫培为宗师，余叔岩学的也是谭派。因此，在评论余叔岩之前，这位凌霄汉阁先提出一个观点，伶人学艺，自有渊源，包括谭鑫培自己和其他学他者，此等学习，有善学、苦学、笨学、浅学和"挂号"这五种学法之分。

　　善学，是指先天自己本钱足，而后天又能够"体察自己，运用众长"，谭鑫培自己是也；苦学，是指自己本钱不足，但后天能够勤能补拙，余叔岩是也。笨学，是指枝枝节节，竭力描摹，却"不识本源，专研技式"，言菊朋是也；浅学，是指只学得皮毛而浅尝辄止，王又宸是也（王是谭鑫培的女婿）；最末等的是"挂号"，是指那些只有谭派的字号，而无谭派的功夫，"如造名人字画者，只摹上下欺盖假图章"。

　　这五种学法，尽管他举例的余叔岩、言菊朋和王又宸，都说得有些苛刻，但你不能不说他说的非常有意思。不囿于谭派之学，也不囿于京戏之学，对于我们今天学习其他方面的知识和技艺，也非常有启发。我称之为"学之五界"。真的是五种不同的境界。如"挂号"者那样的混世魔王，学得个博士之类唬人者，如今遍地皆是。浅学和笨学者，自然更是大有人在，这就是我们今天大学毕业生多如牛毛却难以出得真正人才的原因之一。

　　自古学习都是呈金字塔状，最终能够学有成效而成功者，毕竟是少数。这些人都是善学和苦学者。在我看来，除极个别的天才之外，善学和苦学。是筋骨密切相连，分不开的，两者应该是相互渗透而相辅相成的。即便凌霄汉阁所推崇的谭鑫培，也不是尽善尽美，再如何善学，他因脸瘦而演不了皇帽戏，不苦学，也不会能够演出一两百出好戏来。所以，说余叔岩苦学自然不错，但如果他不善学，仅仅是苦学，恐怕也出不了那么大的成就。

　　如果还说京剧，善学和苦学者多得是，方才有同光十三绝，有四大名旦，四小名旦，四大须生等等的群星璀璨。我最佩服的善学和苦学者，是梅兰芳和程砚秋。梅兰芳自是没的说，苦学，养鸽子为看鸽子飞练眼神，快跟达·芬奇画蛋一样，尽人皆晓了；善学，更是处处练达皆学问，京剧向王瑶卿学；昆曲向乔慧兰学；文向齐如山学；武向钱金福学；甚至一起排练演出《牡丹亭》时向俞振飞学行腔吐字……今年是程砚秋诞辰110周年，就来单说程砚秋的善学和苦学。

程砚秋的水袖，为京剧一绝，当年四大名旦其余三位未能与之比肩，至今依然无人能够超出，即便看过张火丁和迟小秋的非常不错的演出，也觉得和程砚秋的差一个节气。无论在《春闺梦》里，还是在《锁麟囊》中，他的飘飘欲仙充满灵性的水袖，有他的创新，有他自己的玩意儿。看《春闺梦》，新婚妻子经历了与丈夫的生离死别之后，那一段哀婉至极的身段梦魇般的摇曳，洁白如雪的水袖断魂似的曼舞，国画里的大写意一样，却将无可言说的悲凉心情诉说得那样淋漓尽致，荡人心魄，充满无限的想象空间。看《锁麟囊》，最后薛湘灵上楼看到了那阔别已久的锁麟囊那一长段的水袖表演，如此的飘逸灵动，真的荡人心魄，构成了全戏表演的华彩乐章，让戏中的人物和情节，不仅只是叙事策略的一种书写，而成为艺术内在的因素和血肉，让内容和形式，让人物和演唱，互为表里，融为一体，升华为高峰。

将艺术臻化到这种至善至美的境地，是程砚秋善学和苦学的结果。他练得一手好的武术和太极拳，从三阶六合的动作中，体味到水袖抖袖的动作不应该放在胳膊甩、膀子抡上，而应该放在肩的抖动，再由肩传导到肘和腕上，如一个水流流畅到袖子上，抖出来的水袖才会如水的流动一样美。由此，他总结出：勾、挑、撑、动、拨、扬、掸、甩、打、抖十字诀，不同的方式，可以表现出不同姿势的水袖。这就是善学。

程砚秋的水袖，比一般演员的长四寸，舞出的水袖自然更飘逸幽美，但同时也会比一般的演员要难，付出的辛苦要多。他自己说："我平日练上三百次水袖，也不一定能在台上用过一次。"这就是苦学。

程砚秋的水袖，不是表演杂技，而是根据剧情和人物而精心的设置，每一次都是有讲究的，不像春晚水袖舞蹈中的水袖，乱花迷眼，也纷乱如麻，分不清为什么要水袖甩动，只觉得像喷水池在铆足了劲喷水。据说，在《荒山泪》中，多有两百多次水袖，风采各异，灵舞飞扬。在《武家坡》里，却少得只有四次水袖，但那四次水袖都是情节发展的细节，人物心理的外化，尤其是最后王宝钏进寒窑，水袖舞起，一前一后，翩然入门关门，美得动人心弦，舞得又恰到好处，然后戛然而至。

可惜，年龄的关系，我错过了程砚秋的舞台演出，如今还从电影纪录片《荒山泪》中找补回来，但程砚秋那样美妙绝伦的《武家坡》，再也看不到了。

2014年8月1日于布鲁明顿

庞薰琹的三幅画

弗洛里达侧身像

巴黎的第六区有一条蒙巴尔纳斯街，曾经是一条非常有名的艺术大街。一次世界大战之后，巴黎的艺术中心建立在这里。不仅是来自法国，来自世界很多国家的艺术家，云集在这里。这条街上的"杜姆"和"古堡尔"咖啡馆，是艺术家们最爱去的地方，渐渐的成为了艺术沙龙。毕加索当年便常在这条街上和咖啡馆里出现。一直到现在，这里为人所瞩目，成为了旅游观光者愿意流连之地。

20世纪20年代，庞薰琹留学法国，便在这条街上一个叫作大茅屋学院学习美术。说是学院，不过是一间简单的工作室。无须考试，没有门槛，谁都可以买票进去，里面高低有几排板凳，窗前可以站一排人，正对窗户的是模特台，光线明亮，人们坐在或站在那里画模特，有老师指点一下而已。

　　来这里学画的，大多如庞薰琹一样，都是贫寒的流浪画家。想想，那时候的蒙巴尔纳斯街，有些像我们北京的宋庄，那么多流浪画家怀揣着梦想，来到这里学画，却不知前路迷茫在哪里。按照庞薰琹的说法，当时在巴黎学画的有几万人，能够靠自己卖画为生的，只占不到三分之一；这不到的三分之一中，能够混出点儿名声的，也只占不到三分之一；在这些有点儿名声的人中，出来的真正的大画家，没有几个人。艺术世界中，表面看风光无限，残酷的淘汰率，让大多数人不过成为了为数可怜的成功者的庞大分母。

　　有意思在于在这些流浪画家中，巴黎成为了身份镀金的一种自命不凡的光环。好像从蒙巴尔纳斯大街上走过，就像在我们这里的涮羊肉在火锅里涮过，立刻成为美味可口的菜肴一样，自己便也成为不起的画家了。

　　这样的人，在蒙巴尔纳斯常常可以遇到。弗洛里达就是这样的一位有点儿小名气的画家。但是，越是这样一瓶子不满半瓶子晃荡的主儿，越是生怕别人不认识他，他就像我们如今这里的有些画家故意蓄长发留长胡子一样，鬓角留到了脖子上，鼻子还缀着一个金属的鼻环。走到蒙巴尔纳斯大街上，他要夹一个很大的画夹，画夹上写着他很大很大的名字，就像我们有些时尚的女人，愿意挎一个有着LV之类字样的名牌包，走在大街上招摇，希望获得回头率一样。

　　庞薰琹早就在蒙巴尔纳斯街上见过他来回招摇。没有想到有一天在聚会上见他夹着他的大画夹，向自己走过来，对自己说，想为自己画张画像。庞薰琹很高兴地答应了，在蒙巴尔纳斯，他的名气不小，而自己籍籍无名，庞薰琹很想看看他画画的水平到底怎么样。

　　庞薰琹坐下来，静静地看着他画。坐了一个小时了，他还没有画完，只见他换了三张画纸，脸上渗出细碎的汗珠。他对庞薰琹说：要不你换个姿势，我画你的侧面像吧。庞薰琹侧过身子，等他继续画。这一次，他画了半个来小时，终于画完了，只见他如释重负，立刻又恢复了平常时的得意扬扬的样子，在画上很是潇洒地签下自己的大名，然后把画递给庞薰琹，用一种很有几分高傲的语气说："送给你了！"

　　庞薰琹看了看这位自以为了不起的画家为自己画了一个半小时才画得的半身侧面像，真是水平很一般，这样水平的画家，在蒙巴尔纳斯街上，随便一抓可以抓一大把。他却很快忘掉刚才画画时的紧张和尴尬，立刻出现了趾高气扬飘飘然的样子。庞薰琹很不以为然，对他说了句："我也帮你画张侧身像吧。"

　　庞薰琹在大茅屋学画人像速写，打下了良好的基础。那时候，他受同在巴黎的画家常玉的影响，用毛笔勾勒人物的线条，再涂上水彩的颜色，一般十分钟就可以画成一幅。庞薰琹刚才坐在那里看这家伙给自己画像的时候，早已经仔细观察过了，奇形怪状的装扮和夸张的样子，特点那么明显，很好抓住。于是，庞薰琹成竹在胸，用了不到十分钟的时间就把他的侧身速写像完成了。

弗洛里达接过画来一看，很是惊讶，没有想到庞薰琹画的这样好，又这样快。他禁不住问："你也是画家？"

庞薰琹说："不，我只是一个学生。"

弗洛里达不敢相信："不，你已经很有名了吧？"

庞薰琹依然冷冷地说："不像你，你是大名鼎鼎的弗洛里达嘛！"

他惊讶地瞪大了眼睛，鼻环一闪一闪使劲地晃动着："你怎么知道我的名字？"

庞薰琹带几分讽刺的口吻说："你自己告诉我的。"

他更是惊讶了："我以前没有见过你呀！"

庞薰琹没有说话，只是指指他画夹上他龙飞凤舞的签名。

这一回，他的脸红了。

晚年，庞薰琹回忆起这件往事时，说道："一个真正的艺术家，永远是虚心的。他用不着为自己吹牛。"

戴黑帽的自画像

巴黎拉丁区一条叫作圣米歇尔街上，有一家新开的酒吧，酒吧不大，墙壁上装满镜子，四周显得很亮。

22岁的庞薰琹常常到这里来。那时，是庞薰琹来到巴黎的第三个年头。他依然艰苦学艺，依然是个贫穷的流浪画家。

常来这里，有两个原因，一是他没有钱去剧院听音乐会或看歌剧，便来到了这个不需要门票的酒吧消磨时光；二是他可以坐这里画画，来酒吧的各色人等，成为他最好的模特，很接地气，充满生活的气息。

每一次来酒吧，庞薰琹都会坐在最里面的一个高凳上，这样既可以让自己安静的画，又可以让酒吧一览无余。酒吧卖酒的小伙子，说一口流利的法语和英语。很欢迎庞薰琹。精明的小伙子，觉得庞薰琹的出现可以为酒吧带来生意，让酒卖得多一些。

庞薰琹第一次来酒吧，先为小伙子画了一幅速写。以后，只要庞薰琹来酒吧，小伙子就会把自己的那幅速写画像，先挂在吧台后的镜子上，很是显山显水，让进酒吧的客人一眼就能看见。这时候，有人看看镜子上的速写，再看看庞薰琹坐在后面正在画画，会走到庞薰琹面前，请庞薰琹为他也画幅速写。小伙子会立刻跑过来，为庞薰琹倒一杯酒。如果来的人是位外国人，或者是位有钱的阔主儿，小伙子会瞧人家一眼，问一句："来瓶香槟？"不等答话，他已经冲着吧台大声招呼："香槟一瓶！"瞬间的工夫，两杯冒着泡沫的香槟已经端到面前。

所以，庞薰琹愿意到这里来画画的第三个原因，是可以不用花钱喝到很多好酒。当然，这些速写都是非卖品，如果有人非要拿走，也都是免费奉送的。庞薰琹来这里的目的，就是练练自己的手艺，观察观察现实的生活。

有一天，庞薰琹来到酒吧，坐在老座位前画画，走过来一位中年男人，嘴上留着醒目的小胡子。庞薰琹以为又是来找自己画速写的，谁知道这一次不是，他很有礼貌地问庞薰琹："能不能看看你画夹里的大作？"

庞薰琹也客气地说："请便。"

他坐在庞薰琹的面前，开始翻阅画夹里的画，一幅一幅的看，看得很仔细，很认真。然后，他挑出一幅钢笔画，问庞薰琹："请问这一幅能否割爱卖给我？"说罢，也不等庞薰琹回答，已经掏出一沓面值一百法郎的钞票，放在庞薰琹面前咖啡杯的碟子下面。

庞薰琹看得有些发蒙，当时没好意思数钱，等回到家数后发现一共是700法郎，这是庞薰琹来巴黎三年后第一次卖画，一幅就卖了这么多钱。当时，这700法郎，可是他两个月的饭钱呀。天上竟然有这样突然掉馅饼的好事。巴黎城的天，终于对庞薰琹阳光灿烂了起来。

没过几天，在酒吧里，庞薰琹看见这位出手大方的人又向自己走过来。这一次，他送给庞薰琹一顶宽边的黑丝绒帽，是当时巴黎的流行样式，戴在庞薰琹的头上，很有些不一样的风度。他看看庞薰琹，庞薰琹看看他，都笑了。

又过了几天，还是在酒吧，庞薰琹看见他又向自己走了过来。这一次，他的手里还是拿着一顶帽子，这一次是顶咖啡色的丝绒帽。同时，还带来了一双皮鞋。不用说，都是巴黎时尚的款式。按照中国话说，是人配衣服马配鞍，庞薰琹颇有些鸟枪换炮的感觉，来巴黎三年，终于丑小鸭要变天鹅了吗？庞薰琹不明白他葫芦里卖的什么药，为什么要对自己如此慷慨大方？

那人好像一眼洞穿了庞薰琹的心思，对他介绍自己是位子爵，是法国的贵族后裔，那意思是钱对于他不在话下。紧接着，他对庞薰琹说：知道我为什么看重你的画作吗？因为你有你自己的三个优势。

庞薰琹还是第一次听到有人会这样如同庖丁解牛一般剖析自己，他很有兴趣，愿意洗耳恭听。

第一，你的画有你自己的画风，有你的风格；第二，你是亚洲人，尤其你是中国人，在巴黎，还没有一个有名的中国画家；第三，你很年轻。

应该说，他说得很客观，也算眼光老辣，一眼看到了庞薰琹的才华和未来发展的空间。那么说，自己真的遇到伯乐了？

庞薰琹有些不敢相信，卖出一幅或几幅画是可能的，但能遇到伯乐这样的好事，可是像漫天的大雨能落进自己小小瓶子里一滴雨滴一样，可能性实在是太小了。

那位子爵望了望庞薰琹迟疑茫然的眼睛，又说："但是，你要想成为巴黎有名的画家，还缺少两个必不可少的条件，你想知道是什么条件吗？"

庞薰琹洗耳恭听。

第一，你缺少一间漂亮的画室；第二，你缺少一辆漂亮的汽车。

庞薰琹一听这话，忍不住哈哈大笑，对他说："我现在连生活都困难，漂亮的画室，漂亮的汽车，你说的这不是天方夜谭吗？"

子爵不笑，依然很严肃地对庞薰琹说："你不要这样的笑，也不要以为这是天方夜谭。一切都是有可能的。"

庞薰琹依然在笑着反问他："怎么有可能呢？难道能够有安徒生童话一样的奇迹出现在巴黎吗？"

子爵依然严肃地说："是的，可以出现奇迹，因为你所缺少的两个条件，我能够帮助你解决。"

庞薰琹反问他："怎么解决？"

子爵说："从现在开始，我每月给你两千法郎，暑假还可以提供你到普罗旺斯海滨休假两个月的全部费用。你只要履行我对你提出的以下三个条件：一是你每月最少要给我两幅油画和五十幅中国毛笔画的速写；二是你要卖画时，必须经过我的手；三是你十年之内如果要改变画风必须提前和我商量。"

庞薰琹明白了，原来子爵是位画商，是位精明也有眼光的画商。

庞薰琹立刻警惕了起来。因为他的脑子里立刻旋风一般掠过两幅画面。一幅是常玉对他说过的话。那时，他受常玉的影响很大，常玉曾经不止一次对他说："你千万不要上画商的当！"一幅是他曾经在书中读到的一个故事，一个人为了生活的享受，把灵魂卖给了魔鬼，生活的种种享受得到满足，但他成为了一个没有灵魂的人，心里无比的痛苦。

子爵最后对他说："你现在不用着急回答我，回去好好想想。"

可是，最后，庞薰琹也没有答应子爵。庞薰琹还是想做个自由的人，不愿意在诱惑面前做一个失去灵魂的人。

庞薰琹决定回国之前，子爵又来找庞薰琹，劝他留下来不用走，子爵说："你留在巴黎，我保证你生活没有任何问题。你想一想，对于一个画家而言，世界上找不到第二个巴黎！"

这一次，子爵又带来一顶帽子送给庞薰琹。是一顶墨绿色的丝绒帽子。这是他送给庞薰琹的第三顶帽子，也是最后一顶。

庞薰琹还是毅然决然地回国了。在离开巴黎之前，庞薰琹画了一幅题为《戴黑帽的自画像》。画上面的庞薰琹戴着的是子爵送给他的第一顶黑丝绒帽。尽管他是一个精明的画商，却也是一个看重庞薰琹才华的人。庞薰琹还是很感谢他的。这幅油画漂洋过海，让庞薰琹带回国，一直珍藏，可惜，"文化大革命"被毁。

穿巴尼欧裙子的女人

巴尼欧裙子，是一种法国古老的式样，在18世纪末和19世纪初很流行。但是，到了20世纪初期，也就是1929年的时候，这种式样，早已经成为了老古董，就像我们清朝的长袍马褂，除非在戏台上，是不会有人穿的了。

1929年，庞薰琹住在巴黎的阿斯尼埃尔，房东是位老太太，对庞薰琹很好，知道他是画家，特意把花房改造成画室，租用给庞薰琹住。在这里，庞薰琹见到了毕欧尔的姐姐，她是专门从南希来看望弟弟和房东太太她的姨妈的。庞薰琹第一次看到她，居然身上还穿着巴尼欧式样的老裙子，非常惊讶。

毕欧尔，是庞薰琹几年前就认识的小朋友。他是房东太太的侄子，在那里上学，天天在一起碰面，几乎是看着这孩子一天天长大。不过，他的姐姐却是第一次见到，穿着如此老旧，倒退了几乎一个世纪，让庞薰琹有些匪夷所思。如今，在巴黎任何一条街上，谁还会穿这样的裙子呢？这种巴尼欧裙子，下面装有一个圆箍，整个看起来像一个大花篮，穿这样的裙子，走道都不方便呢。

和总是穿这样古怪的裙子相似，她还有一件古怪事情，也让庞薰琹惊异。这是庞薰琹听他弟弟毕欧尔说的。她是南希音乐学院毕业的钢琴家，弹一首好钢琴，只是不能登台演奏，只要一上台，她准保会晕倒。所以，尽管她已经毕业多年，是一位优秀的钢琴家，却从来没有登台甚至当众演奏过一次钢琴。

林子大了，什么鸟都有，这真的是一个奇怪的人。庞薰琹心里想。

有一天，毕欧尔的姐姐找到庞薰琹，她从她的姨妈和他弟弟那里听说庞薰琹是一位画家，便问："你知道我的父亲也是一位画家吗？"

庞薰琹点点头。他早就听房东太太和毕欧尔说过。在卢浮宫里，他还特意找到她父亲画的那幅油画看过，是一幅古典风格写实的画作。经她这样一提，庞薰琹立刻想起了那幅油画，他恍然大悟。那幅油画上，画着一个十来岁的小姑娘，身上穿着的就是这样一件巴尼欧式样的裙子呀！莫非那个小姑娘就是站在眼前的这位有些古怪的钢琴家？

庞薰琹说起了这幅油画，并把自己的疑问一并告诉给了她。她点点头，说："父亲当年画的就是我。那时，我还不到十岁，穿的就是这件巴尼欧裙子。从那时候起，我一直穿着这件巴尼欧裙子。"

说到这里的时候，庞薰琹看到她的眼睛里闪动着晶莹的泪光，他不敢再看，禁不住心里怦然一动。他明白了一个女儿对父亲的感情，日复一日，年复一年，将这样一份感情，长久的寄托在这样一件巴尼欧裙子上，那感情该是多那么的深厚。不是每一个孩子对于自己的父亲，都能够有这样深厚的感情的。对于这样巴尼欧裙子，庞薰琹多少可以理解了，那裙子上不仅有岁月的光影，也有感情的分量。

第二天，她又找到庞薰琹，希望他能陪她去卢浮宫找她父亲为她画的那幅油画。卢浮宫太大，琳琅满目那么多的作品，她怕自己不好找。

庞薰琹陪她去了卢浮宫。走在去卢浮宫的路上，走进卢浮宫里面，熙熙攘攘的人群，几乎没有一个人不在看她。她的那件巴尼欧裙子，实在是太扎眼了。她却是旁若无人走着。

庞薰琹把她领到她父亲画的那幅油画前的时候，她的眼睛里立刻放射出一种异样的光，她盯着油画上曾经十来岁的她和如今自己身上一模一样的巴尼欧裙子，兴奋地蹦了起来，简直像一个见到什么宝贝的孩子，几乎忘记了这是在卢浮宫里，忘记了周围那么多人的存在。

好奇心，是世人共有的。很多人都围了过来，一边看看油画上的那个小姑娘，一边又看看油画前面的这个二十七八岁的年轻女人。岁月在她的脸上和身上留下了痕迹，却遮挡不住生命相似的印记。那件巴尼欧裙子，更是泄露了其中的秘密，让岁月在那一刻定格，仿佛她又重回孩提时光，父亲依然站在她的面前，画笔和调色盘，那样鲜亮的晃动着，在阳光下闪闪发光。

那一刻，庞薰琹很有些感动。画就有这样的魅力，能够让一对父女穿越时空而重逢，昔日重现，触手可摸。

从卢浮宫回来，一路上，她都处于兴奋状态。这一天晚饭后，她对庞薰琹说："你和我父亲都是画家，我的父亲已经不在了。我想请求你能够像当年我父亲画我一样，也为我画一幅像，可以吗？"

她的眼光里不仅有请求，还有渴望和坚定的信心。这样的眼光，是不能不答应的。况且，房东太太也走了过来对庞薰琹说："你就答应吧，她就要结婚了，算作送给她的结婚礼物吧！"

庞薰琹答应了，对她说："不过，我有个交换的条件，你回南希之前，为我弹奏一次钢琴。"谁都有好奇心，庞薰琹也有。都说她从来不为他人弹奏钢琴，他很想看看她穿着这件巴尼欧裙子弹琴是什么样子。

她坐在庞薰琹的面前，那件巴尼欧裙子，在灯光下闪着古老而迷离的光斑，像有很多小小的飞虫，从裙子上飞出来，弥漫在她的身子周围，让她的脸庞显得有些朦胧。庞薰琹手里握着画笔，心里在想她父亲为她画的那幅油画，自己不能用他父亲那种古典派的完全写实的法子同样为她画像，我是一个中国画家，得有点中国风格，让人以后看到这幅画，一眼能够看出不是欧洲人画的，而是中国人画的才好。他在这幅肖像画中用了一些中国的笔法，有一些写意和装饰，她的脸庞和眼睛，有些迷蒙，有回忆，也有思念，还有不知所以的若有所思；那件巴尼欧裙子，在画作中呈一种暗色调，显得格外凄迷。

别看这幅肖像画画幅并不大，在庞薰琹的艺术生涯中，却是至关重要的一件创作，甚至可以说是他画风演进的转折点。因为这是庞薰琹第一次尝试中西结合的方法创作的油画。

毕欧尔的姐姐回南希的前一天晚上，对庞薰琹说："今晚我为你弹奏几支肖邦的曲子谢谢你。"

庞薰琹非常高兴，她没有忘记临别前演奏的承诺，可以满足一下自己的好奇心了。

不过，我有两个要求，一是要把房间里所有的灯都熄灭，二是所有的人都要坐在钢琴的背后，不要出声。

听完姐姐的话，毕欧尔先忙不迭地跑过去，把所有的灯都关掉。屋里一片幽暗，只见她坐在钢琴旁边，留下一个漂亮的剪影。她开始演奏了，琴键在她的手指间像小鸟一样跃动，旋律如清泉一样流淌，真的是美轮美奂。那一刻，庞薰琹看不清她的脸庞，也看不清她身上的那件巴尼欧裙子，但是，他听见了她心的声音，随琴声一起跳跃。

不到一年之后，庞薰琹回国了。那幅他中西结合的画作穿巴尼欧裙子的女人，如今无法看到了。庞薰琹把它送给毕欧尔的姐姐，将近90年过去了，不知道是否存世，或流落何方。

2017年4月13日于北京

齐白石的发财图

　　齐白石的润格和画作一样出名。他的润格是他的前辈吴昌硕先生写的，润格便出师有名。这是以前画家的一贯做法，而不是现在找一帮托儿，哄抬润格。所以，齐白石一贯理直气壮地说："卖画不讲交情，君子知耻，请照润格出钱。"

　　1927年5月的一天，有人来买画，指定题目，要齐白石画一幅发财图。当然，是照润格出钱的，而且，按照润格，指定题目，是需另加钱的。

　　齐白石以画花草虫鱼出名，"发财"这样时髦而又抽象题意的画，他还是真未遇见过。齐白石和买家有了关于发财图的下面的对话，非常有趣。

　　齐白石先问买家："发财门路很多，该怎么个画法？"买家说："你随便画。"齐白石便说："画一个赵元帅如何？"买家立刻回答："非也。"

　　这第一个回合的问答，是对于赵元帅的否定。我们知道，赵元帅指的是赵公明，是我们国家传统的财神爷。赵公明曾经为周文王负责围猎事物有功，被封为大夫，到了明清时期，由于经济活动的加大，市场经济和资本主义的萌芽，才发掘出了赵公明做木材生意发了财之后乐善好施这一方面的功德，被封为财神。对于赵元帅的否定，等于对于神祇的否定，也就是说，发财不必迷信于神，或者说，发财不必靠神仙指路。

第二个回合。齐白石问："那么画印玺衣冠之类如何？"买家又答："非也。"所谓印玺衣冠，当然指的是走官道发财，这从古至今发财的一条屡试不爽的捷径。对于这样的一条发财之道的否定，是觉得这并不是一条发财的正经之路。

第三个回合。齐白石问："那么画刀枪绳索之类如何？"买家还是给予否定："非也。"所谓刀枪绳索，当然指的是走非法发财的黑道，并非仅指明目张胆的抢劫，而是坑蒙拐骗假冒伪劣的奸商之类。这应该也是自古至今都存在发财之路，即马克思早就说过的每一个毛孔里浸满了血。对这样的发财之路的否定，应该基于良知和道义。

最后一个回合，问答颠倒，主角次角位置置换，改买家发问，他对齐白石说："画一个算盘如何？"齐白石答："善哉。"对于这个主意的肯定，齐白石自己有这样一个解释：欲人钱财而不施危险，乃仁具耳。然后，齐白石一挥而就，画了一个算盘。

这四个回真是有意思，简直就像现在的电视小品，有起伏，有悬念，有心理战，有潜台词。对于这幅发财图，齐白石和这位买家，各自心里都早有既定的目标选择。买家肯定是来之前就已经成竹在胸，却引而不发。齐白石心里对发财也有自己的想法，却也引而不发，投石问路，三试其意，在揣摩买家对发财真实的意图，最后图穷匕首见，算盘脱颖而出。

发财是人之所欲望，并没有错误。错误是前三个回合中的否定物，即对神的顶礼膜拜以及昧心黑心走黑白两道。想这样三条发财之道，至今依然被不少人所顶礼膜拜，真的要感慨齐白石当年画的这幅算盘发财图了。上述齐白石的那个解释，不知是当时对买画的人说的，还是事后自己的思悟，不管什么样的情况，他所说发财之路的仁之意，还是值得今天警醒的。具有这种仁之意，才会让发财发得心安理得。所谓仁，是中国文化传统尊崇的道义，亦即不要发那些不义之财。不义之财，无论是黑道白道，都逃脱不掉最后的危险。那便是道义的惩罚，神祇也帮不了你。

89年前，齐白石画的这幅《发财图》中的算盘，便成为了一种象征，成为一句谶语。齐白石很珍惜这幅画，客人买画走后，他立刻又重画一幅，自己藏于箧底，并书写了上述委婉有致四个回合的长篇题款，占了整个画幅一半以上。齐白石一辈子画虫草花鱼无数，画算盘者，唯此一幅。想放翁诗"细考虫鱼笺尔雅，广收草木续离骚"，其实，白石老人的这幅算盘，比那些虫鱼草木更能够笺尔雅，续离骚。

2016年3月5日于布鲁明顿

席勒和老师

　　19年前，我和席勒（Egon Schiele）擦肩而过，失之交臂，至今想来十分后悔。那是1997年的秋天，在捷克的克鲁姆洛夫山城脚下，正有一个克里姆特和席勒的联席画展。因为在山上耽搁的时间长，下山时天已黄昏，行色匆匆，便没有进去看。其实，也是自己的见识浅陋，当时只知道克里姆特，不知道席勒，还非常可笑的以为是德国的诗人席勒呢。

　　在欧洲，席勒是和克里姆特齐名的画家。应该说，克里姆特是席勒的前辈，既可以称之为席勒的老师，也可以说是席勒的伯乐。1907年，在奥地利的一家咖啡馆，克里姆特约席勒见面。那时，席勒籍籍无名，克里姆特已经大名鼎鼎，是欧洲分离派艺术联盟的主席——猜想应该是和我们这里的美协主席地位相似吧？克里姆特看重了这个和他的画风相似特别爱用鲜艳大色块的小伙子，把他引进他的艺术联盟。干什么，都有专属于自己的一个圈子，一百多年前的欧洲，和如今的欧洲，或我们的这里，没有什么两样，美术圈子，也是一个江湖。

客观讲，克里姆特是有眼光的，对席勒有着引路人的提携之功。那一年，克里姆特45岁，席勒只有17岁。

2006年，在芝加哥大学的图书馆里，我借到了一本席勒的画册。那本画册，收集的都是席勒画的风景油画。在那些画作中，我看到了塑熟悉的山城克鲁姆洛夫。尤其是站在山顶望山下绿树红花中的房子，错落有致，彩色的房顶，简洁而爽朗的线条，异常艳丽，装饰性极强。他画了不少克鲁姆洛夫的风景。我才知道，克鲁姆洛夫是席勒母亲的家乡。怪不得9年前要在那里办他的画展。只是9年过去了，我对席勒的了解依然的浅近的，只看到了他的风格独特的风景画，没有看到他浓墨重彩的重头戏——人体画。

一直到又过了四年之后，陆续到美国几次，在很多家美术馆里，看到了席勒的人体画，同时借到了席勒的多本画册，才对他有了进一步的了解。克里姆特是他的老师，克里姆特的装饰风格以及用色橘红、绿和蓝大面积的艳丽色块，对他的影响极深，能够从他的画作中看到克里姆特的影子。但是，我也惊讶地发现，他和克里姆特的画风并不尽一致，甚至有些大相径庭。

克里姆特的人体，大多是如他的著名画作《金发女人》一样穿着华丽衣着的贵妇人；席勒的人体，则大多是裸体，有女人，也有男人。克里姆特的人体，是局部写实中整体带有浓郁的装饰风格，雍容华贵，典雅而现代；席勒的人体，则是性器官赤裸裸的、张扬的、怪异的、狰狞的，甚至是村野的、丑陋的、焦灼的。同样艳丽的色块，在他们彼此的人体中显示着不同的艺术追求和完全迥异的内心世界。甚至和席勒自己的那些风景画也不一样，那些艳丽的色块，渲染着、对比着风景中的宁静；而在人体中，则渲染着、对比着内心的激情与欲望的躁动不安与不知所从。那些从克里姆特那里学来的橘红、绿和蓝，像水一样融化在他的风景画中，却如火焰一样跳跃在他的人体画里，像是我们京戏里重重涂抹在人物脸上的油彩，那样的醒目而张扬。

我也多少明白了，席勒为什么在心里并没有把克里姆特认作是自己的老师，尽管是克里姆特把他引进欧洲美术界。他甚至根本就没有把克里姆特放在眼里。他画过一幅题名为《最后的晚餐》的油画，居然用自己的肖像，取代了中间位置的耶稣，而将空缺的那个座位上的人物指陈为克里姆特。这样明显的桃代李僵，画朱成碧，是任何人都看得出来的。如果放在我们这里，如此的为师不尊，狂妄自大，即使不被口诛笔伐，大概也难在这里的江湖里混了。但是，克里姆特并没有对席勒说什么，任他如此野心勃勃，一条路走到黑，任他反感并直言反对自己华丽的贵族风。艺术从来就是这样各走各路，他并不希望席勒笔管条直的成为克里姆特第二。

　　1918年，克里姆特去世，席勒果然取代了克里姆特的位置，在欧洲画坛上声名大振，卖画的价格也随之暴涨了三倍。人们像认可克里姆特一样，开始认可了席勒。

　　可以这样设想一下，如果席勒当年对于克里姆特的引路和提携感激涕零，跟随在克里姆特的屁股后面亦步亦趋，然后拿着老师的名牌借水行船兜售自己，这个世界上还会有一个席勒吗？我们的老话说青出于蓝而胜于蓝，就是说青和蓝已经不是一种颜色了，也就是说这个世界上多了一种新的颜色了。好的学生，就是不让自己和老师成为一样的颜色。好的老师，同样也不让学生成为自己的一个拷贝。在这一点意义上讲，席勒是个好学生，克里姆特是个好老师。如今，我们特别爱说创新，但我们的艺术，缺乏这样的学生和老师。

2016年4月12日于北京

图书在版编目（CIP）数据

昔日重现 / 肖复兴著 . —北京：民主与建设出版
社，2017. 12
（名家散文自选集）
ISBN 978-7-5139-1814-5

Ⅰ . ①昔… Ⅱ . ①肖… Ⅲ . ①散文集－中国－当代
Ⅳ . ① I267

中国版本图书馆 CIP 数据核字（2017）第 283185 号

昔日重现
XIRICHONGXIAN

出 版 人	许久文	
总 策 划	李继勇	
著 者	肖复兴	
责任编辑	刘树民	
封面设计	宋双成	
出版发行	民主与建设出版社有限责任公司	
电 话	（010）59417747　59419778	
社 址	北京市海淀区西三环中路 10 号望海楼 E 座 7 层	
邮 编	100142	
印 刷	三河市腾飞印务有限公司	
版 次	2018 年 1 月第 1 版　2018 年 2 月第 2 次印刷	
开 本	787mm×960mm　1/16	
印 张	23 印张	
字 数	210 千字	
书 号	ISBN 978-7-5139-1814-5	
定 价	39.80 元	

注：如有印、装质量问题，请与出版社联系。